Robert Pucher
Krokodilstränen

Robert Pucher

Krokodilstränen

Kriminalroman

Leykam

Nun, die Wahrheit ist ein eigenartiges und recht seltenes Phänomen.
In der Badewanne der Geschichte ähnelt sie einem Stück Seife, das man nur mit Mühe festhalten kann – vorausgesetzt, man findet es überhaupt.

Terry Pratchett

1

Der Kaugummi wuchs zu einer rekordverdächtigen Blase, bis diese platzte und Tinis halbes Gesicht verklebte. Peinlich, dachte sie und befreite sich in aller Eile von dem Schlamassel. Hoffentlich hatte das niemand mitbekommen! Vorsichtig schielte sie in die Runde. Nein, kein Gelächter, kein blöder Kommentar. Nichts. Alle schienen damit beschäftigt zu sein, sich wach zu halten.
Die Typen waren ganz okay. Frank, Elfi, Bogdan, Kathi und der Schwammige mit der Gitarre, dessen Namen sie sich nicht gemerkt hatte. Wahrscheinlich deshalb, weil er der Einzige war, der sie ein bisschen nervte mit seinem schaurigen Singsang, den er selbst offensichtlich gar nicht so schaurig fand. Ein unverbesserlicher In-den-Mittelpunkt-Dränger, diagnostizierte sie. Immer darauf bedacht, ausreichend Beachtung zu finden. Dafür war ihm kein Song seines spärlichen Repertoires zu dämlich, kein Barrégriff zu gewagt.
Und dann gab es noch Philipp, den mit der Nase, der wie sie ein Stück abseits im Gras lag, mit dem Wodka in der Hand, und schon merklich hinüber war. Ständig musste sie ihn ansehen. Sie konnte gar nicht anders. So jede Minute im Schnitt. Wegen der Nase. Voll groß und schief saß die in seinem Gesicht. Aber keineswegs unattraktiv, wie der ganze Kerl, der dahintersteckte. Alter: 18 oder 19, schätzte sie. Vielleicht sogar 20, wenn er sich gut gehalten hatte. Philipp war der Naturbursch unter ihnen, kam aus Tirol und studierte auf der Bodenkultur irgendwas mit

Landwirtschaft. Das hatte Elfi, die ihn näher kannte, erzählt. Und er besaß eine eigene Wohnung.
Eigene Wohnung war gut, fand Tini. Damit eröffnete sich für sie eine Möglichkeit, über die Nacht unterzukommen. Oder besser gesagt über den Tag, weil die Nacht so gut wie gelaufen war und sie absolut keinen Bock hatte, wieder einmal hier auf der Donauinsel zu pennen und inmitten Hunderter eingeölter, spießiger Sonnenanbeter aufzuwachen, die sie dann anstarrten, als käme sie von einem anderen Stern.
Sophie fiel im Moment als Quartiergeberin ja leider aus. Wie immer, wenn ihr Freund zu Gast war, der großkotzige Arsch, der glaubte, nur weil er bei einem Wirtschaftsprüfer arbeitete und piekfeine Anzüge trug, den Edelmacho raushängen lassen zu können. Mit dem hielt es Tini keine fünf Minuten aus. Da packte sie lieber ihre sieben Sachen und schlief unter freiem Himmel.
Ungefähr zum hundertsten Mal schon stimmte der Schwammige *Knockin' on Heaven's Door* an. Eines der wenigen Lieder, die er durchhielt, ohne sich zu vergreifen oder immer schneller zu werden. Hilfe! Lagerfeuer-Klassiker schön und gut, aber wer bitteschön wollte den verstaubten Mist heutzutage noch hören? Uncoole alte Omas vielleicht. Und das Lagerfeuer war sowieso schon bis auf ein paar Glutnester runtergebrannt. Wenn er jetzt noch mit *Country Roads* anfing, würde sie mit Sicherheit einen Schreikrampf kriegen.
Ein leidender Blick zu Philipp auf der Suche nach einem Gleichgesinnten. Tini konnte sich ein Kichern nicht ver-

kneifen. Der Kolben war echt der Hammer! Schräg. Im wahrsten Sinne des Wortes. Doch die blitzenden Augen links und rechts davon hatten etwas, das sie faszinierte. Etwas Lebendiges, etwas Kraftvolles, als steckte in dem Typen mehr, als er zur Schau stellte. Er war der stille Beobachter, einer, der alles abcheckte und sich seinen Teil dabei dachte. Seit sie die Truppe im *Flex* aufgegabelt hatte, waren ihm keine fünf Worte über die Lippen gekommen.

Wenn das mit der Schlafgelegenheit etwas werden sollte, würde sie langsam zur Sache kommen und irgendeine Aktion starten müssen. Nur blöd hinüberzugrinsen, war eindeutig zu wenig.

„Noch eine Tankfüllung?", fragte er sie in diesem Moment und winkte mit der Wodkaflasche. „Letzte Chance. Viel ist nicht mehr da."

Tini schüttelte den Kopf. Sie ärgerte sich, dass er schneller gewesen war. Sie mochte es gar nicht, wenn das Zielobjekt ungestüm vorpreschte und ihre Taktik über den Haufen warf.

„Na, was ist?", setzte er nach. „Tini, richtig?"

Korrekt. Er erinnerte sich an ihren Namen. Das ließ sie hoffen und brachte ihm einen dicken Pluspunkt ein. „Ich weiß was Besseres", verkündete sie aufgekratzt. Spontan war sie allemal, so schwer es ihr auch fiel, auf die Beine zu kommen. Mit beiden Händen musste sie sich abstützen und nachdrücken, bis sie endlich aufrecht stand. „Komm mit!" Noch während sie die Böschung hinunterstolperte, zog sie sich schon das T-Shirt über den Kopf.

„Wohin?“, hörte sie ihn mit seinem kehligen Akzent rufen. „Warte, bleib stehen!“
Na bitte. Der Gute hatte angebissen. Ein Couchplatz war zum Greifen nah. Tini drehte sich nicht um, taumelte einfach weiter. Die Hose im Laufen aufzuknöpfen, war kompliziert genug.
„Wie du willst“, krächzte er und rappelte sich auf. „Dann hol ich dich eben!“
Dann hol ich dich eben? Was sollte das jetzt wieder heißen? Erst sagte er keinen Ton, lag nur da wie ein gestrandeter Wal und dann, von einer Sekunde auf die andere, erwachte sein Jagdinstinkt. Männer! Was um Himmels willen dachte dieser Nasenbär, was sie mit ihm vorhatte? Tini trat sich ihre Nikes von den Füßen, schälte sich aus den engen Jeans und platschte ins Wasser. Mit ein paar kräftigen Tempi ließ sie das Ufer hinter sich. Als sie sich umdrehte, stand er da, mit hängenden Schultern, und sah ihr nach.
„Komm rein!“, plärrte sie. „Es ist super!“
Philipp wankte ungelenk hin und her, versuchte, aus seinen Klamotten zu kommen, was ihm nicht recht zu gelingen schien, und plumpste wie ein nasser Sack auf den Kies. „Bin gleich da“, verkündete er dabei ein wenig zu optimistisch.
Urkomisch sah das aus. Tini verschluckte sich fast vor Lachen. Glucksend wandte sie sich ab und schwamm weiter. Das kalte Wasser prickelte auf ihrer Haut. In Kombination mit dem Alkoholdusel ergab das einen sensationellen Effekt. Der volle Kick. So richtig *hui*! Ein Glücksgefühl,

wie sie es schon lange nicht mehr empfunden hatte. Die totale Entspannung. Heißhunger auf alles und nichts. Der ganze Scheiß, in dem sie sonst badete, war wie weggeblasen. Ad acta gelegt. Fest verschnürt und gut verstaut, dort, wo er ihr nichts anhaben konnte, ganz weit hinten in ihrem Gehirn. Wenigstens bis zum Aufwachen sollte das so bleiben, und was danach passierte … Wen interessierte es? Tini hatte längst aufgehört, an ein Morgen zu denken. Jedenfalls solange etwas zum Zudröhnen zur Hand war. Dann war alles in Ordnung. Dann brauchte sie sich vor ihrer Angst nicht zu fürchten und vor dem, was zu Hause auf sie wartete, weil es ein Zuhause ohnehin nicht mehr gab. Nicht für sie. Die Geschichte war abgeschlossen. Over and out.

Die Nacht war lau, das Entlastungsgerinne spiegelglatt. Alles so friedlich, so harmonisch, so perfekt. Und wunderbar still. Drüben, am Himmel über Transdanubien, zeigte sich ein Hauch von Morgenröte. Echt geil sah das aus. Babyrosa. Der pure Kitsch. Tini liebte Kitsch. Der Tag würde ein besonderer werden, spürte sie. Ein Wahnsinnsanfang für etwas ganz Neues. Was genau das sein sollte, wusste sie nicht. Aber egal, sie ließ sich gerne überraschen.

Tini stutzte. Da war etwas im Wasser, bemerkte sie. Links neben ihr, ein paar Meter entfernt. Etwas Großes, Dunkles. Es kam direkt auf sie zu.

★

„Aua! Scheiße! Mist, verdammter … Hurerei!“ Bezirksinspektor Doppler fluchte wie ein Bierkutscher. Jammernd hielt er seinen rechten kleinen Zeh und hüpfte auf einem Bein quer durchs Schlafzimmer. Jeden Morgen das gleiche Theater! Die Schmerzen wurden zur Gewohnheit. Wenn auch keineswegs zu einer lieben. Die neue Satellitenschüssel, die neben dem Bett an der Wand lehnte, stand nicht gerade günstig da, wenn man in verschlafenem Zustand an ihr vorbeitaumelte.
Programme ohne Ende. So nah und doch so fern. Als er sich die Antenne angeschafft hatte, weil sie mit 85 Zentimeter Durchmesser die größte war, die man beim *MediaMarkt* kriegte, hatte er nicht bedacht, dass es ihm an einem geeigneten Platz für die Montage des Monstrums fehlte. Ein Balkon etwa oder eine Terrasse. Und drinnen in der Wohnung gab es keinen Empfang, wie er zu seinem Bedauern hatte feststellen müssen.
Der unüberschaubare Haufen an Schmutzwäsche neben dem Kleiderschrank stellte die nächste Prüfung auf seinem Hindernisparcours dar. Gestern in der Früh hatte er sich zwar fest vorgenommen, einen längst fälligen Waschtag einzulegen, doch dann war wieder allerhand dazwischengekommen, wie meistens, wenn Arbeit anstand. Ausschlafen natürlich, ein gemütliches Wochenendfrühstück ohne Eile, ohne Hast, ein Trip in den Sexshop und so weiter. Unverzichtbares eben. Danach hatte er den nächsten Schwung seiner Horrorvideos auf DVD überspielt und sich mit der brandneuen Sony Videokamera beim Zehennägelschneiden gefilmt. Kein Wunder also,

wenn seine Wohnung mehr und mehr verkam. Schuld daran war vor allem seine Mutter, weil die sich seit Vaters Tod standhaft weigerte, so wie früher zweimal pro Woche bei ihm zu putzen.
Es fehle ihr an Kraft, behauptete sie. Ihre ganze Lebensfreude habe sie verloren. Und dann setzte sie ihren leidenden Alles-hat-keinen-Sinn-mehr-Gesichtsausdruck auf und fing an zu weinen. Er hasste es, wenn sie sich dermaßen gehen ließ. Mein Gott, Menschen starben nun einmal und außerdem war es nicht der erste Herzinfarkt seines alten Herrn gewesen! Da half kein Jammern, auch wenn es nach 40 Jahren Ehe für sie bestimmt nicht einfach war, plötzlich alleine dazustehen. Aber den Kopf hängen zu lassen, war zweifellos der falsche Weg. Ein wenig Arbeit hätte sie rasch von ihrem Kummer abgelenkt, ihr geholfen, über den Schicksalsschlag hinwegzukommen. Und wo könnte sie mehr Ablenkung kriegen als bei ihm, wenn sie Staub wischte, Wäsche wusch und ein bisschen vorkochte? Doch sie stellte sich stur, und da ihr Schluchzen lauter und lauter wurde, zog er es vor, die aufreibende Diskussion zu beenden. Mit Frauentränen hatte er seit jeher seine Schwierigkeiten gehabt. Sie verursachten bei ihm das Gefühl, etwas falsch gemacht zu haben. Weil das aber keineswegs der Fall war, wollte er sich damit nicht unnötig belasten. Er hatte ohnehin genug am Hals.
Den Berg Schmutzwäsche zum Beispiel und nichts Frisches anzuziehen. Die Unterhose, an der er prüfend schnüffelte, trug er bereits seit … nun – Doppler nahm seine Finger zu Hilfe – gestern, vorgestern, vorvorges-

tern, Mittwoch … Genau, seit vier Tagen, was aber ohnehin einer durchaus vertretbaren Zeitspanne entsprach. Einen weiteren Tag dranzuhängen, ginge völlig in Ordnung, fand er, und heute Abend, wenn er heimkäme, wollte er unverzüglich die Waschmaschine anwerfen.

Seit Wochen fieberte er diesem speziellen Sonntag entgegen. Im Weltspiegel Kino lief eine Japan-Filmretrospektive, die er als großer Bewunderer fernöstlicher Fesselungskünste auf keinen Fall verpassen durfte. Äußerst rare Bondage- und Schulmädchenklassiker aus den frühen Siebzigern wurden gezeigt und das nonstop, was soviel wie durchgehend bedeutete. Genau sein Ding also. Doppler hatte beschlossen, möglichst früh da zu sein, um einen guten Platz in der letzten Reihe zu ergattern, wo er ungestört Hand anlegen konnte.
Die hypermoderne Espressomaschine, der er erst nach einem zweiwöchigen Studium der völlig unverständlichen Gebrauchsanleitung das erste Schälchen Kaffee entlockt hatte, fauchte und brodelte lautstark vor sich hin, als er verdrießlich eine dicke Schicht Butter auf das staubtrockene Brot schmierte. Mit dem nahrhaften Marmorkuchen zum Frühstück war es seit Mutters Streik ebenfalls vorbei. Verflucht noch einmal, um alles musste man sich selbst kümmern! Dass in dem allgemeinen Chaos dann wichtige Termine in Vergessenheit gerieten, war die logische Konsequenz.
Mit einem flauen Gefühl im Magen schielte er auf den Wisch, der seit Tagen auf dem Küchentisch lag. Dritte

Mahnung, stand da fett gedruckt. Seltsam, an die ersten beiden konnte er sich gar nicht erinnern. Doppler war absolut überzeugt davon, sie nie erhalten zu haben. Und falls doch … Mein Gott! Nur weil er sich bei der Kalkulation der monatlichen Raten ein wenig vertan hatte und mit den Zahlungen ins Schleudern gekommen war, gleich so einen Aufstand zu machen, fand er reichlich übertrieben. Schließlich war er der Kunde und als solcher bekanntlich König. Da durfte man sich von den Typen bei der Leasingfirma doch ein Mindestmaß an Entgegenkommen erwarten.

Okay, er hätte sich das Ganze genauer durchrechnen sollen, gab er zu, aber dann war da dieser göttliche Porsche im Schaufenster des Autohauses gestanden. Ein 911er Carrera 4S Cabrio, speedgelb, mit allem Pipapo und seine ohnedies kaum vorhandenen Bedenken hatten sich unverzüglich in Luft aufgelöst. Irgendwie ginge sich das schon aus, hatte er gedacht, bei dem kleinen Vermögen, das ihm sein Vater hinterlassen hatte. Über 200.000 Euro waren unterm Strich zusammengekommen und davon ließ es sich im Überschwang leben. Genau genommen hätte es sich im Überschwang leben lassen, wäre er nicht so dämlich gewesen, auf seinen Vermögensberater zu hören und den Löwenanteil der Erbschaft in ach so tolle Fonds zu investieren.

„Die asiatische Wirtschaft boomt, Herr Bezirksinspektor!“, hatte ihn Nager aufgeklärt. „Da muss man partizipieren, am Erfolg mitnaschen, wenn schon in der Heimat alles den Bach runtergeht. Lassen Sie sich die Vorteile gewinnbringender Kinderarbeit einmal ernsthaft durch den Kopf gehen." Und als müsste er dem Bezirksinspektor moralische Bedenken ausreden, hatte er hinzugefügt: „Ich persönlich, aber bitte, das ist nur meine bescheidene Meinung, kann an Kinderarbeit absolut nichts Verwerfliches erkennen. Eine Schule besuchen die kleinen Schlitzaugen sowieso nicht. Überlegen Sie: Wo blieben sie denn, säßen sie nicht Tag für Tag 16 Stunden in einer Fabrik? … Richtig, auf der Straße! Was für ihre Familien nicht nur einen existenzbedrohenden Einkommensverlust darstellen, sondern auch das Drogenproblem exorbitant in die Höhe schrauben würde. Haben Sie sich das schon einmal durch den Kopf gehen lassen?"

Das hatte Doppler zugegebenermaßen noch nicht. Die Zustände in fernen Ländern interessierten ihn nicht. Die Zustände im *eigenen* Land kümmerten ihn schon herzlich wenig. Auf seine persönlichen Zustände kam es an, also auf die, in denen er lebte.

„Wenn Sie jetzt zugreifen und in den Lucky-Asia-Fonds einsteigen, tun Sie folglich nicht nur etwas für Ihre Geldbörse, sondern auch für Ihr Gewissen", hatte Nager seinen Vortrag abgeschlossen und ihm den Papierkram zur Unterschrift hingeschoben.

Und jetzt lag sein Geld irgendwo in einer chinesischen Textilfabrik und die Raten für den Porsche blieben auf der Strecke. Achtzehnhundert Euro pro Monat von seinem mageren Beamtengehalt abzuzwicken, war beim besten Willen nicht drinnen. Eine Lösung musste her, und zwar rasch. Am klügsten wäre es, gleich morgen bei sei-

nem Anlageberater vorzusprechen, um einen Ausweg aus der Misere zu finden. Sonst kam die Leasingfirma noch auf die Idee, das Cabrio wieder einzukassieren. So weit durfte es nicht kommen. Allein die Vorstellung bescherte Doppler heftige Magenschmerzen. Er und das *Gelbe Geschoß*, wie er den Wagen liebevoll nannte, waren binnen kürzester Zeit zu einem unzertrennlichen Team geworden. Doppler und der Porsche. Der Porsche und Doppler. Die beiden gehörten zusammen wie Pech und Schwefel, wie Sonne und Mond, wie Feuer und Eis. Das Auto war sein ständiger Begleiter, sein treuer Freund und das aus gutem Grund. Gemeinsam erregten sie Aufsehen. Vorrangig bei den Frauen, wie er hoffte, denn bei denen hatte er zeit seines Lebens noch nie Aufsehen erregt. Höchstens deren Unmut. Aber wenn er in einem so heißen Schlitten vorfuhr, mussten die Mädels fast zwangsläufig hin und weg sein.
Der allerletzte Beweis für seine Theorie war bislang ausgeblieben. Trotz der vielsagenden Blicke, mit denen er nicht geizte, wenn er wehenden Haupthaars durch die Straßen gondelte und Roy Black aus den Lautsprechern dröhnte, hatte sich noch keine liebestolle Passantin entschließen können, spontan auf den Beifahrersitz zu hopsen.

Dopplers Handy vibrierte wohltuend in seiner Hosentasche. Behaglich grunzend ließ er es eine Zeit lang läuten, bevor er sich meldete.
„Einen schönen guten Morgen.“ Es war Kleist, der nervtötende Streber, der Herr Magister, der seit einem guten

halben Jahr bei ihnen im Referat seinen Dienst versah. „Genießen Sie Ihren Sonntag?“
„Bis jetzt ja“, knurrte Doppler. Irgendetwas in seinem Hinterkopf sagte ihm, dass er sich den Ausflug ins Pornokino in die Haare schmieren konnte.
„Tut mir leid, wenn ich Sie störe, aber es gibt Arbeit. In der Johann-Teufel-Gasse wurde eine Leiche gefunden. Simone und ich sind bereits unterwegs und erwarten Sie dort.“
Der Bezirksinspektor stieß ein leidendes Stöhnen aus. Verflucht, er hatte es gewusst! „Muss das sein?“, maulte er. „Eigentlich habe ich schon etwas vor. Da gibt es ein Filmfestival …“
„Sie machen auf Kultur?“ Kleist klang ehrlich erstaunt. „Das ist natürlich etwas anderes. Moment, ich frage Simone, ob wir Sie entbehren können.“
„Und? Was sagt sie?“, drängte Doppler, dem die Pause eindeutig zu lange dauerte. Ein leiser Hoffnungsschimmer begann sich am Horizont abzuzeichnen.
„Sie meint, es sei okay. Wir können gerne auf Sie verzichten, was wir – ich zitiere – ab sofort auch tun werden, sollten Sie Ihren Arsch nicht unverzüglich hierher bewegen.“

★

Obwohl er alles aus dem *Gelben Geschoß* holte, was die Straßen Wiens bereit waren herzugeben, erreichte Bezirksinspektor Kurt Doppler wie gewöhnlich als Letzter den Tatort. Zur Sicherheit ließ er den Motor mehrmals laut aufheulen, damit kein Zweifel aufkam, wer vorgefahren war. Der erste Eindruck war bekanntlich der wichtigste.

Feine Gegend, bemerkte er. Ein schmuckes Einfamilienhaus reihte sich nahtlos an das andere. Das sah verdächtig nach Geld aus. Nicht nach unverschämt viel Geld wie in den Nobelgegenden in Hietzing oder Döbling, aber doch nach einem gehörigen Batzen. Etwa seine Preisklasse, schätzte er. Der gehobene Mittelstand, dem er neuerdings angehörte. Nur dass *er* sein Vermögen selbstverständlich nie so protzig zur Schau gestellt hätte. So einer war er nicht. Abgesehen davon wären ihm Instandhaltung und Pflege eines Eigenheims viel zu zeitaufwendig gewesen, scheiterte er doch schon daran, seine Dreizimmerwohnung in Schuss zu halten. Ein Problem, das sich den Menschen in dieser Gegend allem Anschein nach nicht stellte. Die Gärten waren penibel gepflegt, die Rasen kurz geschoren, die Hecken millimetergenau getrimmt. Unkraut eine aussterbende Spezies. Wenn man von dem Großaufgebot an Einsatzfahrzeugen absah, wirkte die Siedlung fast unnatürlich friedvoll.

Gleich im Vorraum schlug Doppler hektische Betriebsamkeit entgegen. Wie weiße Ameisen wuselten die Beamten der Spurensicherung umher, bepinselten jeden Gegenstand, der ihnen in die Quere kam, sammelten akribisch Fusselchen ein und fotografierten Staubkorn für Staubkorn, von denen es jedoch nur wenige gab. Der Haushalt profitierte eindeutig von einer intakten Mutter.

„Und?“, fragte der Bezirksinspektor, als er das Wohnzimmer betrat, in dem Kleist und Hannes Dreier, der Kriminaltechniker, angeregt debattierten. „Was haben wir hier?“
„Wonach sieht es denn aus?“ Dreier warf ihm einen missbilligenden Blick zu. Er, der sich mit seiner Truppe als Erster am Tatort eingefunden hatte, war es leid, alles zwei- oder dreifach kommentieren zu müssen.
„Mord?“
„Gut beobachtet, Herr Kollege. Leopold Borstinger, 51. Augenscheinlich das Opfer einer bis in alle Einzelheiten geplanten Tat.“
Doppler beäugte die nackte Leiche, die gerade zum Abtransport in einen schwarzen Plastiksack gestopft wurde. Das Einzige, das ihm auffiel, war eine rötlich verfärbte Beule auf der Stirn des Toten. „Erschlagen?“, riet er.
Kleist schüttelte den Kopf. „Nein, er wurde erstickt. Wir fanden ihn mit Klebeband an Händen und Füßen gefesselt, mit einem Gefrierbeutel über dem Kopf und einem Stofftaschentuch im Mund, das als Knebel diente.“
„Wer benutzt denn heutzutage noch Stofftaschentücher?“, wunderte sich der Bezirksinspektor, der sich gewöhnlich auf die Fußballerart schnäuzte.
„Nach dem Monogramm zu urteilen, gehörte es dem Ermordeten“, erläuterte Kleist. „LB wie Leopold Borstinger. Das Hämatom auf dem Kopf deutet lediglich darauf hin, dass er vor seinem Tod außer Gefecht gesetzt wurde. Auf seinem Rücken finden sich übrigens weitere Verletzungen.“

„Striemen", konkretisierte Dreier. „So wie sie von einer Rute herrühren. Oder einem Rohrstab. Als wäre er gezüchtigt worden."
Dopplers Miene erhellte sich augenblicklich. „Rohrstab? Gezüchtigt?", grinste er schäbig. „Dann ist der Fall gelöst! Simone war's. Punktum." Seine amüsante Bemerkung sorgte für weniger Heiterkeit als angenommen. „Ähm, wo steckt sie eigentlich?"
„Drüben in der Küche. Sie unterhält sich gerade mit einem Freund des Hauses, Richard Gric. Der hat die Leiche entdeckt."
Der Bezirksinspektor ließ sein geschultes Auge durch den Raum schweifen. Als sein Blick den Wandspiegel streifte, brachte er flink seine wirre Cabriofrisur in Ordnung. „Ich kann hier nirgendwo Kampfspuren entdecken", bemerkte er. „Der Kerl war kräftig gebaut. Warum hat er sich nicht zur Wehr gesetzt?"
Dreier zuckte mit den Schultern. „Wenn er hinterrücks überwältigt und dann gefesselt wurde …"
„… war er ohne Chance", ergänzte Kleist. Er sah noch die geröteten Abdrücke, die das Klebeband an den Handgelenken und Knöcheln hinterlassen hatte, vor sich. „Wir denken, dass ihm die Verletzungen auf dem Rücken erst später zugefügt worden sind, während er qualvoll erstickte."
„Genau. Und noch etwas …" Dreier lenkte Dopplers Aufmerksamkeit auf eine Untertasse auf dem Couchtisch, die als Aschenbecher zweckentfremdet worden war. „Soviel wir wissen, war Borstinger Nichtraucher. Sein Mör-

der hat es nach getaner Arbeit offenbar nicht eilig gehabt und sich in aller Ruhe eine Zigarette gegönnt."
„Kein Filter?"
„Nein, nur die Asche. Leider. Der Kerl ist nicht dumm. Auf Anhieb finden sich keine relevanten Spuren."
„Und wie ist er hier reingekommen?"
„So wie Sie auch, Kollege. Durch die Tür. Es sieht ganz danach aus, als hätte Borstinger seinen Mörder selbst ins Haus gelassen."
„Oder …" Doppler kratzte sich nachdenklich am Kinn. „Der Unbekannte besaß einen Schlüssel."
„Möglich." Kleist nickte.
„Ich bin mir sicher, dass sich die beiden kannten. Die Umstände sehen mir ganz nach einem Vergeltungsakt aus, nach einer Hinrichtung. Dazu passt, dass nichts gestohlen wurde. Keine durchwühlten Schubladen und Kästen und so. Im Wandschrank haben wir eine geringe Menge an Bargeld und zwei Sparbücher gefunden. Hätten die den Mörder interessiert, wären sie nicht mehr hier."
„Und wann?", stellte der Bezirksinspektor die unvermeidliche Frage, die angesichts eines Mordopfers immer gestellt wurde.
Dreier wiegte unsicher seinen Kopf hin und her. „Irgendwann letzte Nacht. Wir müssen den Obduktionsbericht abwarten, bevor wir Genaueres sagen können."
Dopplers Wissensdurst war noch nicht gestillt. „Gibt es Zeugen?", hakte er nach. „Wurden die Nachbarn bereits einvernommen?" Seit der junge Magister bei ihnen im Referat arbeitete, befand er sich als hierarchische Num-

mer zwei in der glücklichen Lage, die Fragen stellen zu können. Davor war das ja anders gewesen. Da hatte er für Simone den Hilfssheriff spielen und selbst alle Informationen zusammentragen müssen. Diese Laufburschenjobs gehörten jetzt Gott sei Dank der Vergangenheit an.
Kleist, der sich gerade ein paar Notizen machte, blickte kurz auf. „Ach ja, die Nachbarn … Das sollen Sie erledigen, hat Simone gemeint. Und zwar heute noch."
Dreier schaute ihn verwundert an. „Hat die Reichenbach nicht *Sie* damit beauftragt?", erkundigte er sich, als Doppler zähneknirschend abgezogen war.
„Tatsächlich? Hat sie das?" Kleist lächelte. „Ich kann mich nicht erinnern."

★

„Tennis?" Simone Reichenbach wollte es nicht recht glauben. „Ernsthaft? Sie betreiben Sport?" In ihrer Stimme schwang ein leicht spöttischer Unterton mit. Sie hielt Grics Aussage ebenso für eine Mär wie die Geschichte von dem Donaukrokodil, die neuerdings in Wien kursierte und die die Boulevardpresse in der Sauren-Gurken-Zeit mit Begeisterung aufnahm, weil das Ungeheuer von Loch Ness längst in Pension gegangen war.
Ihr Gegenüber nickte schwach. „Jeden Sonntag. Ich hole den Poldl von daheim ab, dann fahren wir gemeinsam zum Tennisclub nach Kalksburg. Sein Haus liegt ja quasi am Weg. Jeden Sonntag", wiederholte er. „Immer um

zehn. Und heute … Es hat keiner geöffnet, die Tür war aber nicht abgeschlossen und da bin ich …"
Kalksburg war gut, dachte Simone. Allerdings hätte er besser daran getan, sich in die dortige Trinkerheilanstalt einweisen zu lassen. Richard Gric stank nach Bier. Er war einer, der den Tag gerne mit einem kleinen Frühschoppen begann, um in Schwung zu kommen. Nach Sport sah er jedenfalls nicht aus. In seiner Jugend vielleicht. Da war er vermutlich ein stattlicher Mann gewesen. Doch das Zusammenspiel von Zeit und ungesundem Lebenswandel hatte aus dem ehemals festen Muskelgewebe jene unförmigen Fettschwarten gemacht, die er in einem extra weit geschnittenen dunkelblauen Trainingsanzug zu verbergen versuchte. Ein Rolex-Imitat am Handgelenk, eine Goldkette um den Hals und schwarzes, drahtiges Brusthaar, das aus dem V-Ausschnitt seines T-Shirts quoll, vermittelten Simone ein vollständiges Bild.
Er musste Anfang fünfzig sein, schätzte sie, sah aber um gut zehn Jahre älter aus. Sein ergrautes Haupthaar hatte er, soweit vorhanden, unbeholfen quer über die Glatze gekämmt. Ein ziemlich misslungenes Täuschungsmanöver, wie sie fand, überhaupt an einem windigen Tag wie heute. Seine Haut war übersät mit unzähligen Aknenarben. Wie kleine Krater gruben sich die hässlichen Poren in sein Gesicht. Ein Kanalsystem aus feinen Blutgefäßen spannte sich leuchtend über die schwammigen Wangen. Das vom Alkohol aufgedunsene, dunkelrot verfärbte Antlitz wies ihn als schweren Hypertoniker aus. Der Mann war alles, was man über den Mars wissen musste. Und er schnaufte

bei jeder noch so kleinen Bewegung, wobei seine Bronchien einen hohen Pfeifton von sich gaben.
„Sie waren Borstingers Tennispartner?“, fragte sie nochmals, um einen Hörfehler auszuschließen. Die beiden hatten wahrscheinlich eher die Kantine als den Sportplatz frequentiert.
„Tennispartner, Kumpel, Arbeitskollege“, betete Gric heiser herunter. Seinen Freund tot vorzufinden, hatte ihn sichtlich aus der Bahn geworfen. „Wissen Sie, wir kannten uns eine Ewigkeit. Seit unserer Kindheit genau genommen. Es ist furchtbar, einfach schrecklich. Ich kann es immer noch nicht glauben.“ Er machte Anstalten, sich zu erheben. Pfiiiet, drang es aus seiner Kehle. „Ich hole mir etwas zu trinken. Möchten Sie auch was?“
„Sie bleiben schön sitzen!“, fauchte ihn Simone an. „Sie befinden sich an einem Tatort. Da nimmt man sich nicht einfach ein Bier aus dem Kühlschrank! Wo kämen wir denn da hin?“
„Verzeihung. Ich wollte nur … Darf man wenigstens rauchen?“
„Von mir aus“, zeigte sie sich großzügig. „Sie sagten, Sie und Borstinger wären Arbeitskollegen gewesen?“
Gric nickte eifrig. „In der Astral Versicherung. Der Poldl hat mich ins Unternehmen gebracht. Das ist jetzt vier Jahre her. Davor war ich selbstständig als Versicherungsmakler tätig. Na ja, die Geschäfte sind nicht besonders gut gelaufen, wissen Sie.“
Versicherungsvertreter also. Typisch. Etwas Ähnliches hatte sie sich bereits gedacht. Ihr Bauchgefühl täuschte

sie selten. „Der Poldl lebte hier aber nicht alleine, oder?“, erkundigte sie sich.
Die Küche sah nach geschickten Hausfrauenhänden aus. Sie spiegelte geradezu vor Sauberkeit, als wäre sie noch nie benützt worden.
„Nein. Birgit, seine Frau, wohnt auch hier. Und seine Tochter. Normalerweise sind sie am Sonntag daheim, wenn ich den Poldl abhole. Also seine Frau wenigstens.“
„Und Sie haben keine Vorstellung, wo sie sich aufhalten könnte?“
Gric saugte gierig an seiner Zigarette. Zögerliches Kopfschütteln, leerer Blick geradeaus. Der Mann brauchte in der Tat etwas zu trinken.
„Wie war die Ehe denn so?“, tastete sie sich weiter.
„Ausgezeichnet … Ja, hm, von Problemen hat man nichts mitgekriegt.“
„Das heißt, es gab welche.“
„Also offen gestanden …“ Er rieb sich seine müden Augen und schnaufte einmal mehr. „Die beiden waren seit – ich weiß nicht – 20, 25 Jahren zusammen. Da kann es schon zu Unstimmigkeiten kommen.“
„Das bedeutet konkret?“
„Mein Gott, man lebt sich halt auseinander, es entstehen Spannungen und so weiter.“
„Und was ist mit Ihnen? Sind Sie verheiratet?“ Simone hätte ohne zu zögern ihre Dienstmarke dagegen gesetzt.
„Geschieden. Ist besser so.“
Bestimmt. Vor allem für die Frau, dachte sie. „Als Versicherungsangestellter hat Borstinger für seine Familie

sicher gut vorgesorgt. Ich spreche von einer Lebensversicherung. Wissen Sie etwas darüber?"
„Klar hat er eine gehabt."
„Und wer ist der oder die Begünstigte?"
„Ich nehme an Birgit, aber da müsste man sich die Polizze näher anschauen."
Es gab eine erste Verdächtige. Poldls Frau durfte sich einerseits auf ein wenig Kleingeld freuen und glänzte andererseits durch Abwesenheit, was nicht gerade ein günstiges Licht auf sie warf. Simone stand auf und trat nachdenklich ans Fenster. Die Beamten von der Kriminaltechnik hatten ihre Arbeit zwischenzeitlich beendet und verließen mit Sack und Pack das Grundstück.
„Meine Kollegen sind fertig", wandte sie sich wieder an Gric, der verzweifelt an seiner Unterlippe nagte. „Wenn Sie jetzt ein Bier möchten …" Verblüfft betrachtete sie ihn, wie er mit einer Gewandtheit, die man ihm nicht zugetraut hätte, zum Kühlschrank flitzte. „Wen gab es da noch in Borstingers Umfeld? Außer Ihnen, meine ich. Hatte er noch mehr Freunde?"
„Natürlich! Der Poldl war ein kontaktfreudiger Mensch, der hat viele gekannt. Er ist immer offen auf alle zugegangen."
„Ich spreche von *Freunden*, Herr Gric!" Simone kapierte nicht, weshalb die Leute das immer durcheinanderbrachten. Bekannte waren keine Freunde. Bekannte gab es wie Sand am Meer. Freunde hingegen, die einem wirklich nahestanden, besaßen Seltenheitswert. Das wusste sie aus eigener Erfahrung. Sie hatte keine. Und wenn sie es recht

bedachte, erging es den meisten Menschen in ihrem Umfeld nicht anders.
„Der Poldl war sehr beliebt durch seine gesellige Art", versicherte ihr Gric. „Das wird Ihnen jeder bestätigen. Fragen Sie seinen Bruder!"
Simone probierte es von hinten herum. „Und Feinde?"
„Aah", stöhnte Gric zufrieden und wischte sich mit dem Handrücken über den Mund. Nachdem er die Flasche in einem Zug geleert hatte, ging es ihm besser. „Feinde? Hm, kann ich mir nicht vorstellen. Nein, wie gesagt, der Poldl war sehr beliebt, ein feiner Bursch."

★

Die Stadt ist ihm fremd geworden. Sie hat sich verändert, bis zur Unkenntlichkeit. Was hat er erwartet? Die Jahre hinterlassen Spuren, auch an ihm, und dann passt nichts mehr zusammen. Er ist ein Außenseiter, ein Fremder, ein Geist, der nicht zur Ruhe kommt. Tag für Tag hastet er durch die Straßen, auf der Suche nach sich selbst.
In der Nacht die Atemnot. Mindestens einmal reißt sie ihn aus dem Schlaf. Es ist, als würde sein Herz aussetzen und für immer aufhören zu schlagen. Er ringt nach Luft. Das Leintuch klebt an ihm. Er zittert am ganzen Leib. Das Fieber hält ihn bis zum Morgen fest.
Nicht mehr lange und es ist vorbei. Das sagt er sich immer wieder. Der Gedanke, einen Schlussstrich zu ziehen, tröstet ihn. Aber noch ist es nicht so weit.

Seit fünf Wochen ist er hinter ihnen her. Er macht sich mit ihrem Leben vertraut, studiert ihre Gewohnheiten, verfolgt ihre Wege.
Gestern hat es begonnen. Exakt nach Plan, ohne Komplikationen. Es war ein Kinderspiel. Und dennoch ... Heute ist nichts mehr davon übrig. Keine Genugtuung, keine Zufriedenheit. Schon gar keine Euphorie. Nur die vertraute, pechschwarze Leere. Sein Schmerz hat ihn zersetzt. Er höhlt ihn förmlich aus.

In der Wohnung steht die Luft. Es riecht nach alter Frau. Noch immer. Nachmittags, wenn die Sonne in das Zimmer fällt und er die Fenster schließt, die Jalousien herunterkurbelt, kriecht der Gestank aus allen Ritzen.
Ihm bleibt nur der Rückzug. Die Katze trabt hinter ihm her. Ihr Schwanz ist kerzengerade aufgestellt. Im Bad ist es erträglich. Auch für sie. Es duftet nach Seife und es ist kühl.
Lange starrt er in den Spiegel. Ein Fremder starrt zurück. Das da drüben ist nicht er. Das da drüben ist eine fahlgelbe, lederne Maske. Er wendet sich ab. Er lässt Wasser über seine Hände laufen. Minutenlang, eiskalt, bis er sie nicht mehr spürt.
Die Katze gähnt. Sie streckt sich und trippelt durch die Wanne.

★

Die Sonne schenkte Simone ein paar ihrer letzten Strahlen. Die Kriminalbeamtin legte ihre handschriftlichen Aufzeichnungen beiseite und rekelte sich wohlig im Liegestuhl. Im Garten hätte es einiges zu tun gegeben, doch der Umgang mit Spaten und Heckenschere war nicht ihr Ding. Irgendwann würde sie Hilfe anheuern müssen, wollte sie vermeiden, dass das Grundstück vollends verwilderte. Sie hatte deswegen schon mehrmals missbilligende Blicke ihrer Nachbarn geerntet.
Nach der Scheidung war sie in das Haus ihres Bruders nach Dornbach gezogen, als einfachste Lösung für alle Beteiligten, wie sie meinte, denn ihr Bruder Daniel residierte ja seit seiner Entlassung aus der psychiatrischen Klinik in ihrer alten Wohnung. Kein schlechter Tausch, wie sie jetzt fand.
Früher hätte sie sich ein Leben in der Siedlung am Stadtrand nicht vorstellen können. Alles Spießer, Kleingeister, die da hausten, die ihr unbedeutendes Dasein der biedermeierschen Selbstverliebtheit widmeten und ihre heile Welt perfekt in Schuss hielten, um ja nicht über die eigenen vier Wände hinaussehen zu müssen. So hatte sie einmal gedacht. Inzwischen war es ihr gelungen, ihre Vorurteile über Bord zu werfen. Sie hatte gelernt, das ländliche Idyll für ihre Bedürfnisse zu adaptieren. Schließlich ging es auch ohne wöchentliches Rasenmähen oder die verbissenen Feldzüge gegen das Unkraut, bei denen man ohnehin auf verlorenem Posten stand. Man musste nur fähig sein, sich die Vorteile herauszupicken. Die Ruhe, die Zurückgezogenheit, die frische Luft, die Lammkoteletts

vom Holzkohlengrill und den Liegestuhl, der es ihr erlaubte, im Schutz der Thujen nackt in der Sonne zu baden. Und keiner war da, der sie störte.
Die Scheidung war die logische Konsequenz ihrer viel zu überhastet eingegangenen Ehe gewesen. Bereits nach drei Monaten hatten ihr Ex-Mann und sie einsehen müssen, dass es keine gemeinsame Zukunft gab. Es hatte einfach nicht gepasst. Zu unterschiedliche Ansichten und Interessen. Die Auseinandersetzungen waren immer belastender und nervenaufreibender geworden, die Distanz zwischen ihnen immer größer. Da hatte man sich rasch geeinigt, es bleiben zu lassen, bevor die Beziehung zu einer unerträglichen Qual geworden wäre. Übermäßig groß war die Liebe ohnehin nie gewesen. Die Lust vielleicht, ja, anfangs, aber dann … Und Simone zählte sowieso nicht zu jenen Menschen, die nach Geborgenheit in einer Partnerschaft lechzten. Dafür war ihr ihre Unabhängigkeit viel zu kostbar. Ihre Persönlichkeit mit selbst auferlegten Kompromissen zu beschneiden, kam für sie nicht in Frage. Kein Mann auf dieser Welt war das wert.

Grübelnd wandte sie sich wieder ihren Notizen zu. Die Ermittlungen versprachen brisant zu werden. Die Einvernahme von Borstingers Bruder hatte mit einer gehörigen Überraschung begonnen. Mit einem Knalleffekt, wenn man so wollte.
„Sind Sie Frau Borstinger?“, fragte sie die hagere Person, die die Tür einen Spalt öffnete, gerade so viel, um vorsichtig ins Stiegenhaus zu spähen. „Mein Name ist Rei-

chenbach von der Kriminaldirektion 1. Ich bin die Leiterin des Referats für Kapitalverbrechen.“ Ein fahriges Nicken kam als Antwort. Im Blick der Frau lag mehr als die übliche Verwirrung, die unangemeldete Polizeibesuche mit sich brachten. Simone erkannte so etwas wie jäh eintretende Unruhe. „Ist Ihr Mann da? Ich würde ihn gerne sprechen.“
Frau Borstinger sah sich um wie ein gehetztes Tier. „Mein Mann? Nein, hm, der ist nicht hier. Ich … Wieso, was ist mit ihm?“
„Haben wir Besuch, Spätzchen?“, tönte es hinter ihr aus der Wohnung.
„Und wer ist das, wenn ich fragen darf?“ Simone drückte die Tür ein Stück weiter auf.
Er kam gerade aus dem Bad, um nach dem Rechten zu sehen. Mit nassen Haaren und einem viel zu kleinen Handtuch um die Hüften. Guter Körperbau für einen, der Mitte 40 war. Im Fitnesscenter modelliert. Dazu ein kantiges Gesicht, schmale Lippen und der Schlafzimmerblick von Jean-Claude Van Damme.
„Das ist …“, begann die hagere Frau.
„Michael Borstinger“, vollendete er den Satz und streckte Simone so schwungvoll die Hand entgegen, dass diese befürchtete, er könnte die Kontrolle über das Handtuch verlieren.
„Ich dachte, Ihr Mann wäre nicht zu Hause.“
„Mein Mann?“ Frau Borstinger war die Sache sichtlich unangenehm. „Nein, das verstehen Sie falsch. Michael, hm, ist mein Schwager.“

„Oho!“ Simones Augenbrauen schossen in die Höhe. „Wenn das so ist, dann sind Sie wohl Birgit Borstinger, Leopolds Frau.“
„Hm, ja. Aber ich sage es gleich, ich gehe nicht zurück zu ihm.“
„Ich bin keineswegs hier, um Sie einzufangen. Das hätte gar keinen Sinn. Ihr Gatte ist tot. Er wurde ermordet.“
Birgits Mund klappte auf. Sie musste sich an ihrem Schwager festhalten, um nicht umzukippen. „Tot?“, hauchte sie.
„Ermordet?“, fragte auch er ungläubig nach. Im Gegensatz zu ihr machte er aber einen außergewöhnlich gefassten Eindruck. Ohne eine Miene zu verziehen, bat er die Kriminalbeamtin weiter. „Wenn Sie mich einen Moment entschuldigen wollen, ich zieh mir nur rasch etwas an.“
Die Wohnung präsentierte sich hell und freundlich. Viel Weiß mit klaren Linien und reichlich freien Räumen. Genau ihr Stil, musste Simone zugeben. *Zu* genau, bemerkte sie einen Augenblick später, als sie *ihn* sah. Wie ein Farbklecks stand er mitten im Wohnzimmer, dieser wunderschöne würfelförmige, rote Ledersessel. *Ihr* wunderschöner würfelförmiger, roter Ledersessel, um die Sache auf den Punkt zu bringen. Exakt den hatte sie vor sechs Wochen in einem kleinen Möbelgeschäft in der Neulerchenfelder Straße entdeckt und sofort bestellt. Geliefert war er allerdings bis heute nicht worden. Und jetzt fand sie ihn ausgerechnet hier, bei diesem Borstinger wieder! Wie konnte es das geben? Wenn *sie* ihn nicht kriegte, wieso dann er?

Und da kam er schon, der Dieb, federnden Schritts im schicken Tommy-Hilfiger-Anzug und einem Bluetooth-Headset ans Ohr geklemmt.
„Nehmen Sie doch bitte Platz“, forderte er sie auf und wies ihr die cremefarbene Couch zu, wo Birgit in sich zusammengesunken kauerte und leise in ein Taschentuch weinte. Er selbst packte sich mit einer Selbstverständlichkeit, die an Unverschämtheit grenzte, in den roten Würfel, als gehörte er ihm. „Auf den Schreck hin ist es doch erlaubt, oder?“, meinte er und schenkte sich einen großen Cognac ein. Doch so verschreckt wirkte er gar nicht. Vielmehr souverän und bestrebt, das Geschehen an sich zu reißen.
„Darf ich den Grund erfahren, weshalb Sie sich hier aufhalten?“, wandte sich Simone an Birgit.
Michael ließ seiner Schwägerin keine Gelegenheit zu antworten. „Die Sache ist folgende“, preschte er vor, als wollte er um jeden Preis verhindern, dass sie etwas Unbedachtes ausplauderte. „Eine pikante Geschichte. Ich kann doch mit Ihrer Diskretion rechnen, Frau Oberpolizeirat.“
„Dr. Reichenbach genügt“, knurrte Simone.
Dann begann er zu erzählen. Birgit habe ihren Mann verlassen. Letzten Freitag sei das gewesen, nach einem heftigen Streit, einer dieser hässlichen Szenen, die sich seit geraumer Zeit leider häuften. Sie habe es einfach nicht mehr ausgehalten bei ihm. Das müsse man verstehen, das könne man ihr nicht verübeln.
„Schön, aber weshalb sind Sie ausgerechnet hier, bei Ihrem Schwager eingezogen, *Frau Borstinger*?“

Wieder war Michael schneller. „Wir stehen uns sehr nahe, wissen Sie, und da ist es doch selbstverständlich, dass ich ihr meine Hilfe anbiete."
Er schirmt sie ab, dachte Simone. Der Typ steht mit beiden Füßen auf der Bremse, als hätte er etwas zu verbergen.
„Ich glaube, Ihre Schwägerin kann für sich selbst sprechen", rügte sie ihn. „Hab ich recht, Frau Borstinger?"
Mattes Achselzucken. „Es stimmt, was er sagt", wisperte sie.
„Wenn Sie behaupten, sie stehen einander nahe, darf ich davon ausgehen, dass Sie ein Verhältnis pflegen?"
Sofort nahm er Abwehrhaltung ein. „Und wenn schon, ich denke nicht, dass das verboten ist. Es kommt, wie es kommt, sag ich immer. Wo die Liebe hinfällt … Dagegen darf man sich nicht wehren." Sein Lächeln war aufgesetzt, seine Stimme schmeichelweich, wie antrainiert. „Ich verstehe natürlich, dass Sie das fragen müssen", fügte er eilig hinzu, als hätte er Angst, zu weit gegangen zu sein. „Das ist schließlich Ihr Job."
„Und Ihr Bruder wusste davon?"
„Nun, offen gestanden, wir haben es ihm nicht unter die Nase gerieben. Was er nicht weiß, macht ihn nicht heiß, oder? Er dachte, dass Birgit zu ihren Eltern gefahren wäre. Außerdem sind wir erst seit Kurzem … Das kam ziemlich plötzlich, wissen Sie. Aber wir hätten es ihm gesagt. Bestimmt. Demnächst, irgendwann … Nicht wahr, Spätzchen? Nein, nein, mein Verhältnis zu Leopold war in bester Ordnung, falls es das ist, worauf sie hinauswol-

len. Das musste es auch sein. Immerhin haben wir zusammengearbeitet."
Simone schnaubte belustigt durch die Nase. Sieh einer an, noch ein Versicherungsvertreter! Das erklärte die dynamische Verkäuferbräune und das lachsrosa Poloshirt unter dem Anzug. So unterschiedlich die Lackaffen auch waren, in gewissen Belangen ähnelten sie einander wie ein Ei dem anderen. Offenbar war sie gerade dabei, ein ganzes Nest auszuheben.
„Und wo steckt Ihre Tochter? Wie alt ist sie eigentlich?", versuchte sie es abermals bei Frau Borstinger.
Ohne Erfolg. Michael dachte nicht im Entferntesten daran, das Wort abzugeben. „Bettina ist 16. Sie ist vor einigen Wochen von daheim ausgezogen und wohnt seitdem bei einer Freundin."
„Mit 16?"
Er zeigte wieder dieses gekünstelte Lächeln mit den blendend weißen Zähnen, diese gespielte Freundlichkeit, die Simone allmählich aufzuregen begann. „Das war besser so, glauben Sie mir. Außerdem ist sie für ihr Alter unglaublich selbstständig. Sie kommt gut zurecht. Hilf dir selbst, dann hilft dir Gott, sag ich immer. Mit ihrem Vater war sie ohnehin ständig auf Konfrontationskurs. Das hat das Zusammenleben nicht gerade einfacher gemacht. Auf Dauer gesehen wäre das nicht gut gegangen."
„Was es ohnehin nicht ist, wie wir jetzt wissen. Was darf ich unter *Konfrontationskurs* verstehen?"
Diesmal kam ihm sein Handy zuvor. *We are the Champions*, dudelte es. Der Mann war die Bescheidenheit in

Person. „Ja, bitte?", quasselte er ins Leere, als führte er ein Selbstgespräch. „Begrüße Sie, Frau Laumann … Ja, ich erinnere mich … Verstehe … Aber selbstverständlich, ich versichere Ihnen … Keine Frage … Machen wir, Frau … ähm … Alles klar … Ja, ich faxe Ihnen das gleich morgen durch … Genau, was man hat, hat man, sag ich immer … Ha, ha! … Alles klar … Danke. Auch Ihnen einen schönen …" Borstinger stellte das Bluetooth-Ding ab. „Kunden", seufzte er mit gespieltem Bedauern. „Sogar am Sonntag lassen sie einen nicht in Ruhe."
Die Kriminalbeamtin musterte ihn abschätzig. Der Kotzbrocken war einer von der unentbehrlichen Sorte, ohne die die Welt zusperren könnte. Immer einsatzbereit, immer parat mit einer Kaltschnäuzigkeit, die ihresgleichen suchte. Sie konnte nicht umhin, ihn darauf anzusprechen. „Sie wirken nicht gerade betroffen, Herr Borstinger. Hat Ihnen ihr Bruder so wenig bedeutet?"
„Nein, nein, ganz im Gegenteil!", setzte er sich eifrig zur Wehr, wobei er um einen leidenden Gesichtsausdruck bemüht war. „Das ist der Schock. Ich glaube, ich habe die furchtbare Nachricht noch gar nicht richtig realisiert."
Seine Rechtfertigung war so plump, dass sich Simone nur wundern konnte. „Was meinten Sie zuvor mit *Konfrontationskurs*?"
„Ach, Frau Doktor, Sie wissen doch, wie Kinder in dem Alter sind. Die Pubertät ist kein Honiglecken."
„Obwohl das Mädel angeblich so selbstständig ist?"
Michael ließ sich nicht aus dem Konzept bringen. „Gerade deswegen. Sie hat sich nichts gefallen lassen und der

Leopold war einer, der immer seinen Willen durchsetzen musste. So eine Vater-Tochter-Geschichte halt. Beide stur bis zum Gehtnichtmehr. Der Apfel fällt nicht weit vom Stamm, sag ich immer.“

2

Daphne wuselte aufgeregt quiekend zwischen Tür und Bett hin und her. Immer wieder warf er Kleist einen flehenden Blick zu, der sein ganzes Leid zum Ausdruck brachte. Höchste Eile war geboten. Rabih murmelte etwas Unverständliches im Halbschlaf, wälzte sich auf die andere Seite und machte keinerlei Anstalten, dem dringenden Bedürfnis des Hundes Abhilfe zu verschaffen. So lief es immer. Tag für Tag das gleiche Theater.

Murrend kroch Kleist aus den Federn und schlüpfte in das kurzärmelige Hemd und seine Mustang-Jeans, die er am Vorabend fein säuberlich bereitgelegt hatte. Ständig war es an ihm, frühmorgens den Mops von seiner Pein zu erlösen. Wie kam er dazu? War er *sein* kleiner Liebling? Wohl kaum. *Er* wäre nie auf die haarsträubende Idee gekommen, einen Rüden Daphne zu nennen und ständig im Femininum über ihn zu reden. Der Hund war neurotisch genug. Da musste man nicht noch eine Identitätskrise heraufbeschwören, indem man ihn einer verbalen Geschlechtsumwandlung unterzog, wie eine Mutter, die ihren Sohn *Klaus Maria* nannte und ihn im Rüschenkleidchen in den Kindergarten schickte, nur weil ihr sehnlichster Wunsch nach einem Mädchen nicht in Erfüllung gegangen war. Wohin das führte, zeigte sich an Rabih allzu deutlich. Vor allem dann, wenn er in sein zweites Ich kippte, eine Bauchtänzerin mit dem klingenden Namen Aisha, die sich von oben bis unten mit Glitzerfummel behängte, bis sie aussah wie ein überladener Christbaum.

Kleist hatte akzeptieren müssen, dass es eigentlich zwei Menschen waren, mit denen er Tisch und Bett teilte, ohne dass er daraus die entsprechenden Vorteile zog. Wie eine gerechte Arbeitsaufteilung im Haushalt etwa. Aisha war in Rabih zu einem gleichberechtigten Ego herangewachsen, das dieser liebevoll hegte und pflegte. Erst Rabih und Aisha, dann Daphne und irgendwo, weit abgeschlagen, folgte Kleist. Diesen Eindruck musste man jedenfalls gewinnen.
Nun, so sehr Rabih Aisha zur Selbstverwirklichung brauchte, so sehr wünschte sich Kleist einen klar definierten Rabih und manchmal dachte er allen Ernstes, dass er nicht extra hätte schwul werden müssen, wenn er ohnehin die meiste Zeit mit einer Frau verbrachte. Das ganze Tuntengehabe lag ihm überhaupt nicht.

Der Hund erleichterte sich direkt vor dem Haustor, mitten auf dem Trottoir. Daphne war nie erzogen worden. Hundeschule? Sicher nicht! Da winkte Rabih entrüstet ab. Diese unmenschliche Tortur wollte er seinem kleinen Mädchen mit den großen Knopfaugen nie und nimmer antun. Erst recht nicht den Kontakt mit räudigen Kötern und verlausten Promenadenmischungen, die ihnen am Trainingsplatz begegnet wären. Antiautoritäre Erziehung war angesagt, was soviel bedeutete, dass das Tier überhaupt keine Erziehung genoss, sondern im Gegenteil nach Strich und Faden verhätschelt wurde. Ein Keksi da, ein Wursti dort. Von allem selbstverständlich nur das Feinste, das Teuerste, das zu bekommen war. Wenn aber Kleist mit Daph-

ne vom Gassigehen zurückkehrte, stand dann für *ihn* das Frühstück bereit? Mitnichten!
Der gute Rabih war ein Faulpelz, der den halben Vormittag am liebsten im Bett verstreichen ließ. Job hatte er keinen, sah man von gelegentlichen Auftritten als orientalische Tänzerin bei diversen Travestieshows ab. Nicht, dass es keinen Bedarf an diplomierten Krankenpflegern gegeben hätte. Präsentierte man sich beim Vorstellungsgespräch aber als Kranken*schwester*, konnte es schwierig werden, den Personalchef zu überzeugen. Und selbst wenn Rabihs weibisches Gehabe einen potenziellen Arbeitgeber einmal nicht abschreckte, waren entweder die Arbeitsbedingungen inferior, die Arbeitszeiten inakzeptabel oder das Gehalt ein Witz, die Kollegen dafür aber umso humorloser. Rabih fand immer einen Grund, eine angebotene Stelle abzulehnen.
Von Kleist auf das hausgemachte Problem angesprochen, verzog er beleidigt den Mund, presste Tränen in seine Augen und meinte, er habe es nicht nötig, sich unter seinem Wert zu verkaufen. Lieber würde er sich ein rostiges Messer ins Herz rammen. Kleist hatte ihm schon Hunderte Male erklärt, dass es keinen Unterschied mache, ob das Messer rostig sei oder nicht, doch Rabih bestand darauf. In dieser Dramatik spiegelte sich seine arabische Abstammung wider.
„Dein Antlitz strahlt wie der bleiche Vollmond in einer lauen Maiennacht“, hatte er zu Kleist gesagt, als sie sich in dieser Schwulenbar beim Naschmarkt kennengelernt hatten. Im Orient galt das vermutlich als Kompliment.

Halbmond, hatte er sich grinsend korrigiert, weil Kleist ja nicht gerade pausbackig war. Oder: „Deine Ignoranz bohrt sich wie eine glühende Lanze durch mein Gedärm." Das warf er seinem Freund gerne an den Kopf, wenn dieser ihn so rücksichtsvoll wie nur möglich darauf aufmerksam machte, dass er ihn lieber in engen Jeans sähe als im bauschigen Abendkleid. Rabih hatte ja einen wirklich entzückenden Arsch, den zu verstecken eine Schande war.

Kleist zerrte Daphne hinter sich die Treppe hinauf, was der empört kläffende Hund wenig goutierte, da er trotz der morgendlichen Routine immer noch erwartete, getragen zu werden. Er stellte den verwöhnten Balg im Vorzimmer ab und machte sich unverzüglich auf den Weg zur Arbeit. Das Frühstück musste warten. Das würde er später in der Kantine nachholen. Zuerst wollte er dieser Sophie Reinprecht einen Besuch abstatten, bei der Borstingers Tochter angeblich untergekommen war. *Angeblich* ... Denn gestern Abend war es ihm nicht gelungen, das Mädchen dort anzutreffen.

★

„Laut Gerichtsmedizin starb Leopold Borstinger am Samstag zwischen 21 Uhr und 22 Uhr 30. Mit der Todesursache lagen wir übrigens völlig richtig. Tod durch Ersticken. Da der Mörder nichts entwendet hat und von seinem Opfer offenbar selbst ins Haus gelassen wurde, können wir davon ausgehen, dass er Borstingers Bekanntenkreis entspringt, wenn nicht sogar seinem engsten Umfeld, der

Familie. Zeugen gibt es ebenso keine, wie Fingerabdrücke oder andere Spuren, die vom Täter stammen."

Bei solchen Gelegenheiten, wenn sie resümierte, pflegte Simone gerne majestätisch durch den Raum zu schreiten, die Hände auf dem Rücken verschränkt, was ihr nicht nur beim Denken half, sondern auch unglaublich gebieterisch wirkte.

Seit Kleist zur Truppe gestoßen war, wurde diese Demonstration ihrer Vorherrschaft allerdings zur Farce. Für drei Personen war das Zimmer einfach zu klein. Schon nach zwei Schritten stand sie an einem der Schreibtische an und musste wieder umkehren, um schmerzhafte blaue Flecken im Hüftbereich zu vermeiden.

Anfangs hatte Dr. Feuersturm, der Leiter der Kriminaldirektion 1 versprochen, dem Problem Abhilfe zu schaffen und einen größeren Raum zu organisieren, doch nach ein paar Wochen schon war das kein Thema mehr gewesen und immer, wenn sie ihn auf die inakzeptablen Zustände ansprach, reagierte er überaus barsch. Er habe einen Architekten beauftragt, einen Anbau an die Bundespolizeidirektion zu planen, hatte er sie letztens abgewimmelt. An ein kleines Schlösschen habe er gedacht, wenn dies der Frau Doktor genehm wäre. Nichts liege ihm mehr am Herzen als ihr Wohlbefinden. Außerdem habe er ja sonst nichts zu tun.

Die Stimmung zwischen ihnen war bekanntlich nie die beste gewesen und ihr Beinahe-Rausschmiss im Jänner hatte das angespannte Verhältnis noch frostiger werden lassen. Wenn es die Lage nicht unbedingt erforderte, wenn ihr also nicht danach war, sich wieder einmal über irgendetwas zu beschweren, ging sie ihm nach Möglichkeit aus dem Weg.

Simone kehrte zu ihrem Schreibtisch zurück und nahm Platz. Sie hatte es satt, ständig auf der Stelle zu rotieren und mit ihren Absätzen Löcher in den Parkettboden zu bohren.
„Interessant in diesem Zusammenhang ist die Tatsache, dass Frau Borstinger und ihr Schwager liiert sind", fuhr sie fort. „Und dass Tochter Bettina spurlos verschwunden ist. Oder wissen wir diesbezüglich schon mehr, Thomas?"
„Leider nein." Kleist stellte bedächtig seinen Tee ab. „Sophie Reinprecht, das ist ihre Freundin, will sie zuletzt am Freitagmorgen gesehen haben. Im Übrigen ist es keineswegs so, dass sich Bettina ständig bei ihr aufhält. Sophie ist vielmehr ein Postfach, über das Frau Borstinger mit ihrer Tochter in Kontakt treten kann. Angeblich kommt das Mädchen des Öfteren bei Zufallsbekanntschaften unter. Es wird nicht leicht werden …"
„Was weiß Frau Reinprecht über die Probleme bei den Borstingers?", unterbrach ihn Simone, die alles mittippte. „Hat Bettina diesbezüglich etwas erwähnt?"
Kleist nickte. „Ein heikles Thema. Hinter den Zwistigkeiten mit ihrem Vater dürfte mehr stecken als normale familiäre Differenzen. Bettina soll gewisse Andeutungen gemacht haben, die sexuelle Belästigung oder sogar Missbrauch vermuten lassen. Klar ausgesprochen hat sie das aber nie."

Simone zeigte sich wenig überrascht. Ihr erster Eindruck hatte sie nicht getäuscht. Der Poldl war kein Guter gewesen. „Okay, Thomas. Du bleibst weiter an der Tochter dran. Nimm dir ein paar Leute und klappere ihren Bekanntenkreis ab. Ich werde mich inzwischen in Borstingers Firma umhören und mir dann die Witwe vorknöpfen. Und du Doppler, du … *Doppler?* Hörst du mir eigentlich zu?"
Der Bezirksinspektor, der die ganze Zeit regungslos zum Fenster hinausgestarrt hatte, wirbelte erschrocken herum. „Wie? Was?", stammelte er. Er war in Gedanken wieder beim *Gelben Geschoß* und den offenen Leasingraten gewesen. „Sicher, äh, *Witwe vorknöpfen*", wiederholte er hastig.
Simone schlug auf den Tisch, dass es krachte. „Sag, was ist los mit dir?", fuhr sie ihn an. „Träumst du oder was? Wach auf, hier spielt die Musik! Ein bisschen mehr Engagement, wenn ich bitten darf! Du wirst mit Gric reden. Nimm ihn in die Mangel, quetsch ihn über die Borstingers aus. Ich will wissen, was bei denen genau los war."
„Okay." Doppler unterdrückte ein Gähnen. „Äh, wer ist Gritsch?", zeigte er sich ahnungslos.
Seine Vorgesetzte sprang wütend auf. „Vielleicht schaltest du endlich dein Hirn ein und beschäftigst dich mit den Unterlagen! Dafür wirst du schließlich bezahlt!"
„Ah ja, Gric, ich weiß schon. Was ist mit ihm?"
Simone zwang sich zur Contenance. Wäre ihr nicht der Auslauf verbaut worden, sie hätte ihm auf der Stelle einen Arschtritt verpasst. Kaum zu glauben, dass Geld selbst

einen Charakter wie den von Doppler noch verderben konnte! Seit der Wohlstand über ihn hereingebrochen war, interessierten ihn seine beruflichen Pflichten lediglich peripher. Früher hatte sich der Taugenichts wenigstens bemüht, dachte sie. Da hatte man ihm den ganz speziellen Charme eines willigen aber unbeholfenen Dorftrottels zugestehen können. Heute war er nichts weiter als die schier unerträgliche Mischung aus Blödheit und Arroganz.

Warnend hob sie ihren Zeigefinger. „Hör zu, Kollege! Wenn du denkst, dass dich das alles nichts angeht, rede ich mit Feuersturm und du fliegst hochkant aus meinem Referat! Hast du verstanden?"

„Schon gut", lenkte er verdrossen ein. „Ich werde mich mit diesem Gric unterhalten. Später, nachdem ich bei Nager war."

„Bei wem?"

„Mein, ähm, Vermögensberater. Das lässt sich leider nicht aufschieben. Ich muss ein paar Transaktionen vornehmen."

„Transaktionen? Was soll das heißen?", fauchte sie.

„Tja, Geld flüssigmachen und so."

„Ach, nein? Steckt der Herr Krösus vielleicht in einem monetären Engpass?"

„In einem was?" Doppler schüttelte hastig den Kopf. „Aber wo! Es geht bloß darum, meine, hm, beträchtlichen Gewinne, äh, gewinnbringend anzulegen."

Gut pariert, dachte er. Simone brauchte von seinen momentanen Zahlungsschwierigkeiten nichts mitzukriegen. Sollte sie sich doch um ihren eigenen Kram kümmern!

Sie war ja nur neidisch. Es wurmte sie, dass er reicher war als sie. Und den Porsche hatte sie sowieso noch nie leiden können. Ständig hackte sie auf ihm herum. Eine protzige Benzinschleuder nannte sie ihn. Eine törichte Fehlinvestition bei ständig steigenden Spritkosten und der Klimaerwärmung et cetera, et cetera. Dabei betrafen Doppler die Benzinpreiserhöhungen überhaupt nicht. Er tankte immer um 20 Euro.
„Du kannst dir das nicht vorstellen“, setzte er mit einem frechen Grinsen nach, nur um ihr eins auszuwischen, „aber manchmal weiß ich echt nicht, wohin mit dem ganzen Geld.“

★

„Unfassbar! Verzeihen Sie meine Sprachlosigkeit!“ Ludwig Frantz, Landesdirektor in der Astral Versicherung, schnappte nach Luft. Als Simone ihm von Leopold Borstingers Tod berichtet hatte, war er aschfahl geworden. „Mir fällt es schwer, das zu glauben. Sie können sich nicht vorstellen, wie sehr ich über Ihre Nachricht bestürzt bin. Der Leopold war mein bester Organisationsleiter. Ein Spitzenmann! Er hat dem Unternehmen Geschäfte gebracht, von denen andere nur träumen. Einzigartig in der Branche!“
Ein paar Sekunden war es in seinem großen, hellen Büro totenstill, ehe Simone ihr Gewicht verlagerte und der Sessel unter ihr erbärmlich knarrte. Es war also der Verlust des *Verkäufers* Borstinger und nicht jener des *Menschen*, der ihn so erschütterte.

Der Landesdirektor schenkte sich einen Schluck Mineralwasser ein und vergaß ganz darauf, auch Simone ein Glas anzubieten. „Mein Gott, wer tut so etwas?“, stieß er hervor.
„Das versuche ich herauszufinden.“ Die Kriminalbeamtin lehnte sich zurück und schlug ihre Beine übereinander. Wieder legte der Sessel ächzend Protest ein. Verflucht, so schwer war sie nun auch wieder nicht! „Machte Herr Borstinger irgendwelche Andeutungen, dass er sich bedroht fühlte? Hatte er Widersacher in der Firma? Gab es Intrigen oder Kollegen, die ihm den Erfolg missgönnten?“
„Sie meinen Neider? Bei uns im Unternehmen?“ Frantz schüttelte entrüstet den Kopf, als hätte Simone einen geradezu absurden Gedanken geäußert. „Nein, davon ist mir nichts bekannt, ehrlich. Er war immer ein Vorbild für die anderen. Von Anbeginn. Die Kollegenschaft hat ihn, hm, respektiert. Sein Engagement lag weit über dem Durchschnitt, müssen Sie wissen. Das war bekannt bis hinauf in die Generaldirektion. Anfang nächsten Jahres wird die Stelle des Vertriebsleiters neu besetzt. Ich darf Ihnen verraten, dass der Leopold zu den aussichtsreichsten Bewerbern zählte.“
Und da sollte es keine Neider gegeben haben? Simone weigerte sich, das zu glauben. Angesichts der Missgunst, die in der Bundespolizeidirektion vorherrschte, hielt sie es für unwahrscheinlich, ausgerechnet in einem riesigen Versicherungskonzern auf das Arbeitnehmerparadies zu stoßen. „Da sein Tod offenbar eine immense Lücke in Ihre

Vertriebsorganisation reißt, stellt sich die Frage, wer ihn ersetzen soll. Ich meine für den Fall, dass er nächstes Jahr die Karriereleiter hinaufgeklettert wäre, hat man sich bestimmt schon Gedanken über seine Nachfolge gemacht."
Frantz hob abwehrend seine Hände. „Ich muss Sie enttäuschen. Diesbezüglich wurden noch keine Entscheidungen getroffen."
„Nicht offiziell, ich verstehe. Aber gewisse Überlegungen werden Sie als vorausplanender Chef doch angestellt haben."
„Also um ehrlich zu sein, der Jüngere der Borstinger-Brüder, Michael, den kennen Sie ja wahrscheinlich, ist ein heißer Kandidat. Ein exzellenter Mitarbeiter. Er steht dem Leopold um nichts nach."
Die Kriminalbeamtin konnte sich ein gequältes Lächeln nicht verkneifen. Nach Poldls Frau ging der gute Michael nun auch daran, dessen Job zu erben. „Ja, ich hatte bereits das Vergnügen", bestätigte sie. „Und dass er als neuer Organisationsleiter gehandelt wird, ist ihm vermutlich bekannt, stimmt's? Gerüchte dieser Art sprechen sich erfahrungsgemäß in Windeseile herum."
„Ich nehme es an. Sie denken doch hoffentlich nicht, dass er, hm, mit dem Mord irgendetwas zu tun hat. Die beiden waren ein hervorragendes Team. Ein Herz und eine Seele. Da gab es nie Probleme. Ich kann mir beim besten Willen nicht vorstellen …"
Oh nein, dachte Simone, vorstellen kannst du dir eine ganze Menge! Gerade im Zusammenhang mit Gewaltverbrechen neigten die Menschen zu außergewöhnlich

viel Fantasie. Das Problem war nur, dass sie ihre Mutmaßungen lieber für sich behielten. Vor allem, wenn die Tat ihr eigenes Umfeld betraf. Dann machten sie auf Friede, Freude, Eierkuchen. Dann galt es, den Schein zu wahren, um nicht selbst in ein schiefes Licht zu geraten.

Das Gebäude der Astral Versicherung am Donaukanal, schräg gegenüber der Urania, war einer jener gigantischen Glasphalli, mit denen sich Architekten immer öfter auch in Wien gerne ein kompensatorisches Denkmal setzten. Ein Zeugnis von Kapital und Macht. Außen prunkvoll und überdimensioniert, im Inneren eng und verwinkelt wie ein Ameisenhaufen. Vermutlich musste man hier erst ein paar Jahre gearbeitet haben, um sich halbwegs zurechtzufinden.
Fast fünf Minuten irrte die Kriminalbeamtin durch das Gewirr an Gängen, ehe sie den Lift entdeckte, der sie nach unten bringen sollte. Das ganze Haus schien ein eigener Mikrokosmos zu sein. Wenn man die Orientierung verlor, was leicht passieren konnte, und zufällig in einem falschen Stockwerk landete, standen die Chancen gut, auf bislang unentdeckte Lebensformen zu stoßen.
Ping machte es und die Aufzugtür öffnete sich mit einem leisen Surren. Das unvermeidliche *The Girl from Ipanema* begann sie einzulullen. Schön, dass man sich auf gewisse Dinge stets verlassen konnte. *Ping* machte es zwei Etagen tiefer erneut, gerade, als sie herzhaft gähnte.
„Frau Doktor! Na, das ist eine Überraschung! Die Welt ist ein Dorf, sag ich immer.“ Michael Borstinger stieg zu

ihr ein, überlegte es sich dann aber anders und blockierte die Tür. „Gut, dass ich Sie treffe. Ich wollte ohnehin etwas Wichtiges mit Ihnen besprechen. Hätten Sie einen Moment Zeit?“

„Sie arbeiten heute?“ Simone zeigte sich erstaunt. Wäre *ihr* Bruder ermordet worden, sie hätte sich sicher ein, zwei Tage freigenommen.

„Oh, da gibt es einige unaufschiebbare Dinge zu erledigen. Sie wissen, wie das ist. The show must go on, sag ich immer. Hab ich recht?“

Im Vergleich zum Büro des Landesdirektors war jenes von Michael Borstinger eine mittelgroße, düstere Abstellkammer. Kein Wunder, wenn es ihn nach einem Karrieresprung dürstete. Stöße von Papier türmten sich auf seinem Schreibtisch, daneben, auf dem abgetretenen, mit Flecken übersäten Teppichboden stand ein alter, offenbar defekter PC-Monitor, über dessen Netzkabel sie beinahe gestolpert wäre.

„Verzeihen Sie die Umstände“, lächelte er sein aufdringliches Lächeln und deutete mit einem resignierten Gesichtsausdruck um sich.

„So müssen wir hier arbeiten. Ha, ha! Von wegen *die Versicherungen und ihre Glaspaläste.* Die Leute haben ja keine Ahnung!“

Der Ärmste! Erwartete er jetzt ihr Mitleid? „Wie ich hörte, könnte sich das bald ändern“, stellte sie in den Raum und erntete einen fragenden Blick. „Ich spreche von Ihrem unaufhaltsamen Aufstieg im Unternehmen, als Nachfolger Ihres Bruders.“

„Ach das.“ Geschmeichelt winkte er ab. „Zukunftsmusik. Abwarten und Tee trinken, sag ich immer.“
Genervt verzog sie ihren Mund. Gab es etwas, das er nicht immer sagte? „Worum geht es, Herr Borstinger? Worüber wollten Sie mit mir reden?“
„Es betrifft die Lebensversicherung meines Bruders. Ich habe mir die Polizze angesehen.“
„Und?“
„Nicht Birgit, sondern Bettina ist die Begünstigte. Sie darf mit rund 80.000 Euro rechnen. Ein schönes Taschengeld, nicht wahr? Typisch für den Leopold. Er war immer um das Wohl seiner Tochter besorgt. Trotz aller Differenzen.“
„80.000?“ Simone notierte sich seine Angaben. „Jetzt müssen wir sie nur noch finden. Davon ausgehend, dass sie über die Medien längst vom Tod ihres Vaters erfahren hat, frage ich mich, weshalb sie sich nicht meldet.“
„Oh, das wird sie. Da bin ich mir ganz sicher. Sie telefoniert mindestens einmal pro Woche mit ihrer Mutter.“
„Unter den gegebenen Umständen hätte sie das bereits tun sollen. Um ehrlich zu sein, können wir nicht ausschließen, dass ihr etwas zugestoßen ist.“
„I wo!“ Michael hob beschwörend seine Hände. „Der Kleinen geht es gut. Man soll den Teufel nicht an die Wand malen, sag ich immer.“
„Wir werden sehen.“ Simone machte Anstalten aufzustehen. „War’s das?“
„Einen Moment noch, bitte“, hielt er sie zurück. „Da ist noch eine andere Sache …“ Er kramte langwierig in einem

Aktenstapel, zog von ganz unten einen Wisch hervor und strahlte sie erwartungsvoll an. „Kein leichter Beruf, den Sie haben“, plauderte er drauflos. „Als leitende Beamtin sind Sie sicher jeder Menge Belastungen ausgesetzt. Ich beneide Sie nicht darum. Der Druck, die Verantwortung … Glauben Sie mir, Stress stellt ein hohes Gesundheitsrisiko dar. Der kann einen schneller krank machen, als man denkt. Wissen Sie, dass aufgrund neuester Untersuchungen …“

„Worauf wollen Sie hinaus?“, ging sie dazwischen. Wie sie ihren Job bewältigte, brauchte ihn nicht zu interessieren.

„Nun, bestimmt haben Sie sich schon Gedanken darüber gemacht, für den Fall des Falles eine passende Vorsorge zu treffen. Da möchte man sich verständlicherweise nicht mit der normalen Kassenmedizin zufriedengeben. Noch dazu, wenn die Leistungen ständig gekürzt und Selbstbehalte erhöht werden. Aus diesem Grund hat die Astral Versicherung ein neues Produkt entwickelt, das am heimischen Markt einzigartig ist.“

„Wie bitte?“ Simone traute ihren Ohren nicht. Tat er wirklich das, wonach es sich anhörte? Wollte er ihr allen Ernstes eine Versicherung andrehen? „Hören Sie …“, knurrte sie.

Borstinger ließ sich nicht aus dem Konzept bringen. „Wer will im Krankenhaus schon auf der Allgemeinen Gebührenklasse liegen? Wo bleibt denn da die Qualität? Gesundheit ist das allerhöchste Gut, sag ich immer. Da wäre es unverantwortlich, sich mit halben Sachen zufriedenzugeben.“

„Herr Borstinger!“ Der Tonfall der Kriminalbeamtin wurde zunehmend bedrohlicher. „Ich denke nicht, dass dies der richtige Zeitpunkt …“
„Natürlich werden Sie einwenden: Was ist an einer Sonderklasseversicherung so besonders? Die bieten andere auch an.“
Eifrig schlug er eine Broschüre auf und schob sie ihr hin. „Es sind die Nebenleistungen, auf die es ankommt und die uns von der Konkurrenz unterscheiden. Hier sehen Sie, Frau Doktor, modernste Vorsorgemedizin, Wellness-Wochenenden in exklusiven Kurhotels, Ernährungsberatung und ein speziell auf Sie abgestimmtes Fitnessprogramm unter der Leitung eines persönlichen Trainers. Das alles bietet Ihnen unser Elitetarif *Gesund und Schön*, ohne dass zusätzliche Kosten für Sie anfielen.“
„Herr Borstinger, es reicht! Ich bin nicht hier, um eine Versicherung abzuschließen.“
„Verstehe, verstehe. Aber das Allerbeste, unser Top-Angebot sozusagen: Der exklusive Schwangerschaftsbonus. Was das bedeutet, wollen Sie wissen? Ich sage es Ihnen.“ Michael wischte sich fahrig durch sein Haar. Er war so richtig in Fahrt gekommen. „Ambulantes Monitoring, Schwangerschaftsgymnastik in ausgesuchten Privatinstituten *und* eine lückenlose Betreuung durch eine Hebamme Ihrer Wahl. Und nach der Entbindung erhalten Sie zusätzlich zu allen anderen Leistungen eine einmalige Pauschalzahlung von 3.000 Euro und ihr Kind wird bis zu seinem sechsten Lebensjahr gratis bei Ihnen mitversichert.“

Simones Augen wurden zu schmalen Schlitzen. Ihr böser Blick aktivierte sich. „Falls Sie es immer noch nicht kapiert haben, ich habe absolut kein Interesse.“
„*Gratis*, Frau Doktor! Ihr Kind wird es Ihnen danken. Und jetzt sagen Sie mir: Wo sonst finden Sie ein ähnliches Angebot?“
Von dem Versicherungsmann waren nur seine strahlend weißen Zähne übrig geblieben.
„Welches Kind?“, fauchte sie. Sie dachte nicht im Traum daran, jemals Nachwuchs in die Welt zu setzen. Als Mutter wäre sie denkbar ungeeignet gewesen, da machte sie sich nichts vor. Ganz abgesehen davon, dass sich die Sache ohnehin bald erübrigt hätte. Ihre biologische Uhr war am Ablaufen. In Anbetracht ihres Alters vielleicht ein bisschen früh, aber die ersten Vorboten der Menopause zeichneten sich klar und deutlich ab. Ihre Menstruation kam und ging, wann sie wollte. Von Regel konnte keine Rede mehr sein.
„Mein Gott, eine attraktive Frau wie Sie, im besten Alter, da muss man damit rechnen, dass …“
„Passen Sie gut auf!“, fuhr sie ihn an. „Lassen Sie das getrost meine Sorge sein. Ihr Schwangerschaftsbonus interessiert mich einen feuchten Dreck!“
„Alles klar. Aber trotzdem, nehmen Sie die Broschüre mit nach Hause. Schauen Sie sich das Offert in Ruhe durch. Es wird Sie überzeugen. Ich werde mich in ein paar Tagen bei Ihnen melden und dann …“
Ruckartig fuhr sie hoch und beugte sich weit über den Schreibtisch. Ganz nahe kam sie ihm. „Herr Borstinger“,

zischte sie, „wo waren Sie vorgestern zwischen 21 Uhr und 22 Uhr 30?“
„Wie bitte?“ Sein Lachen hätte souverän ausfallen sollen, kippte jedoch in die Kopfstimme und klang mehr nach aufgescheuchtem Huhn.
„Sie haben mich schon verstanden. Am Samstagabend. Wo waren Sie, als Ihr Bruder ermordet wurde?“
„Da war ich, ähm, zu Hause“, stammelte er. „Glauben Sie etwa …“
„Was ich glaube, ist meine Sache. Wer kann Ihr Alibi bestätigen?“
„Hm, Birgit natürlich. Sie war den ganzen Abend bei mir.“
„Ich werde Ihre Angaben prüfen. Verlassen Sie sich darauf.“
Der Versicherungsvertreter war ein bisschen blass geworden, die Krankenversicherung plötzlich kein Thema mehr. Zufrieden ging Simone auf Abstand. „Wir sehen uns wieder, Herr Borstinger“, setzte sie nach. „Die Sache ist für Sie noch nicht ausgestanden.“
Hastig sprang er auf und streckte ihr seine Pranke entgegen. „Hm, ja, keine Frage, jederzeit, gerne.“ Sein Händedruck war übertrieben fest, wie er es im Persönlichkeitsseminar gelernt hatte, aber schweißnass.

★

Irgendwie stimmte es schon. Sein Job war ihm nicht mehr so wichtig. Phasenweise ödete er ihn sogar regelrecht an

und immer öfter musste er sich morgens dazu zwingen, aufzustehen und in die Bundespolizeidirektion zu fahren. Da kam es schon vor, dass Bezirksinspektor Doppler mit dem Gedanken spielte, seine Arbeit einfach an den Nagel zu hängen. Warum eigentlich nicht? Eine Veränderung hätte ihm gutgetan und die Gelegenheit dafür erschien ihm günstiger denn je.
Früher war er von seinem Beamtengehalt abhängig gewesen, aber nun, da Geld im Überfluss vorhanden war, könnte er sich reizvolleren Unternehmungen zuwenden. Zum Beispiel, hm, der Produktion von Pornofilmen. Das Hobby zum Beruf machen, sozusagen. Daran hatte er immer schon gedacht. Die Erotikindustrie war ein einträglicher Geschäftszweig. Und krisensicher. Die Menschen lebten auch in Zeiten der Rezession ihre Triebe aus. Sie konnten gar nicht anders.
Als Drehbuchautor wäre Doppler zweifellos ein gefragter Mann gewesen, bei seiner Fantasie, bei seinen genialen Ideen. Und wenn ihm danach zumute war, könnte er in dem einen oder anderen Streifen sogar die Hauptrolle übernehmen und sich in die Herzen der Frauen spielen. Oder aber, er tat eine Zeit lang gar nichts, streckte alle Viere von sich und lebte gemächlich vor sich hin. Sein Vermögen reichte locker für Jahre.
Apropos Vermögen … Zum unzähligsten Male schielte er hinüber zu Nagers kleinem Geschäftslokal in der Hyrtlgasse. *Lucky-Asia-Fonds mit Kapitalgarantie. Jetzt einsteigen!,* stand auf dem knallroten Plakat, das in einem der Schaufenster hing. Kapitalgarantie bedeutete, dass

man zumindest das zurückbekam, was man eingezahlt hatte. Selbst wenn die Kurse, was freilich nie passieren würde, ins Bodenlose rasselten. Das hatte ihm Nager so erklärt und der kannte sich aus.
Drei Minuten vor zwei. In Kürze sollte sein Vermögensberater den Laden aufsperren. Lange konnte es also nicht mehr dauern, bis Doppler sein Geld wieder in Händen hielt. Er hatte im *Gelben Geschoß* auf der gegenüberliegenden Straßenseite Stellung bezogen und blätterte in der *Kronen Zeitung*, um sich die Zeit zu vertreiben.
Jungfrau Maria rettete mein Leben!, lautete die Schlagzeile, die sich in riesigen Lettern über die erste Seite erstreckte. Das Donaukrokodil sorgte wieder für Gesprächsstoff und verdrängte sogar den Mordfall Borstinger vom Titelblatt. Pfarrer Diembauer aus Kagran schilderte die unheimliche Begegnung der schuppigen Art, die ihm beinahe das Leben gekostet hätte. Das Wunder trug sich nach der sonntäglichen Vormittagsmesse im FKK-Gelände der Lobau zu. Der Priester stand gerade im kniehohen Wasser, als direkt vor ihm der riesige Schädel des gut vier Meter langen gepanzerten Monsters aus den Wellen schoss. In seiner Not vertraute der Geistliche auf seinen Glauben und rief die Mutter Gottes um Hilfe an. Sein Bitten fand Erhörung. Nach wenigen Sekunden, in denen er sich an der Schwelle zum Himmelreich wähnte, verschwand die grässliche Ausgeburt der Hölle ebenso plötzlich, wie sie aufgetaucht war. Der Herr sei sein Zeuge, beteuerte Pfarrer Diembauer, er habe Auge in Auge mit dem Satan gestanden. Auch einer seiner Ministranten,

die ihn zum Baden begleitet hatten, bestätigte die beunruhigende Sichtung.

Schon zehn nach zwei und von Nager keine Spur. Dopplers Finger trommelten nervös aufs Lenkrad. Nicht einmal *er* machte so lange Mittagspausen und das sollte etwas bedeuten. Verdammt, er hatte Wichtigeres zu tun, als hier bis ans Ende seiner Tage zu warten! Er sollte diesem Gric zu Leibe rücken, wie ihm von Simone aufgetragen worden war, und verdächtige Elemente in die Zange zu nehmen, zählte zu den rar gewordenen Highlights, die ihm sein Beruf noch zu bieten hatte. Die wollte er sich nicht entgehen lassen.
Er legte die *Krone* beiseite, wuchtete sich aus dem Wagen und überquerte im Laufschritt die Straße. Irgendwie sah das Büro verlassen aus, stellte er fest. Verlassen nicht im Sinne von unbesetzt, sondern verlassen im Sinne von … *leer*. Damals, als er den Vertrag unterzeichnet hatte, war der Raum voll mit Zimmerpflanzen gewesen, erinnerte er sich. Es hatte eine eigene Besucherecke mit Couchtisch und Kunstledersofa gegeben und einige hübsche Bilder an den Wänden. Solche mit spärlich bekleideten Amazonen, die mit gezückten Schwertern gegen Drachen vorrückten. Soviel Doppler durch das Schaufenster erkannte, war von der Einrichtung kaum etwas übrig geblieben. Ein leer geräumter Aktenschrank, ein Holzsessel und der Schreibtisch, auf dem ein einsames Telefon ausharrte. Das war's. Kein Computer, kein Drucker, kein Faxgerät, kein Garnichts. Ob eingebrochen worden war? Dopplers geschul-

tes Auge sagte Nein. Die Eingangstür wies keine Spuren auf, die darauf hindeuteten.
Ein Gefühl der Unruhe wuchs in seinem Bauch heran. Wieder dieses leichte Ziehen irgendwo zwischen Magen, Leber und Pankreas. Irgendetwas stimmte hier nicht. Wo zum Teufel steckte der Finanzheini? Und was weitaus wichtiger war: Wo zum Teufel steckte sein Geld? Doppler fischte sein Mobiltelefon aus der Hosentasche und suchte im Speicher nach Nagers Nummer. Er stellte die Verbindung her und wartete. Drinnen im Büro begann es zu läuten. Witzig! Offenbar war er nicht der Einzige, der den Vermögensberater sprechen wollte, aber wer immer da gerade anrief, hatte wohl Pech.
Ungeduldig wippte er auf den Zehenspitzen auf und ab. Nach dem zehnten Läuten legte er auf. Keine Panik, beruhigte er sich. Kein Grund zur Sorge. Wahrscheinlich gab es eine ganz simple Erklärung. Es gab immer ganz simple Erklärungen. Möglicherweise hatte Nager einen Termin. Vielleicht stattete er sogar einer dieser chinesischen Textilfabriken einen Besuch ab, um sich nach dem Befinden von Dopplers Geld zu erkundigen.
Guter Gedanke, lobte sich der Bezirksinspektor. Die Theorie gefiel ihm, wenngleich sie ihn auch nicht restlos überzeugte. Er machte kehrt und eilte zurück zu seinem Wagen. Im Moment konnte er hier ohnehin nicht viel ausrichten. Wenn er aber morgen wiederkäme, würde sich bestimmt alles in Wohlgefallen auflösen.

★

Richard Gric tat, was getan werden musste. Zielstrebig schlurfte er hinüber in die Küche, um einen Doppelliter Blaufränkischen seiner Bestimmung zuzuführen. Den zweiten an diesem Tag. In rekordverdächtigen eins Komma sechs Sekunden beförderte er den Korken mit dem Stil eines Kochlöffels ins Flascheninnere. Viel brachte er nicht auf die Reihe, aber was das Öffnen von Flaschen anbelangte, war er die ungeschlagene Nummer eins. Der Weltmeister aller Klassen. Fünf verschiedene Arten beherrschte er – wenn es sein musste sogar blind –, ohne die üblichen Gerätschaften zu Hilfe zu nehmen. Wie einen Korkenzieher etwa. Der hatte aufgrund extremer Materialermüdung sowieso schon längst das Zeitliche gesegnet. Not macht erfinderisch und die wertvolle Erfahrung im Umgang mit Alkoholika sowieso.
Im Gegensatz zu Michael Borstinger hatte es Gric vorgezogen, der Arbeit fernzubleiben. Nach einer schlaflosen Nacht fühlte er sich wie ausgekotzt, mut- und antriebslos. Er war nicht einmal in der Lage gewesen, in den Supermarkt zu gehen. Zwei Eier lagen im Kühlschrank und eine grünlich schillernde Extrawurst von voriger Woche, auf deren Verzehr er besser verzichtete. Aber nicht nur seine Vorräte neigten sich ihrem Ende zu. Auch seine Lebensgeister kamen ihm langsam aber sicher abhanden. Jetzt, wo der Poldl nicht mehr da war, um ihn über Wasser zu halten, sah er sich hilflos ertrinken.
Sein bester Freund hatte immer ein Auge auf ihn gehabt. Damals nach der Scheidung, als er auf der Straße gestanden war, oder später, als er sein Maklerbüro in den Ruin

gewirtschaftet hatte. Auf den Poldl war Verlass gewesen. Selbst in der Versicherung hatte er ihm als Einziger die Stange gehalten. Grics Geschäfte gingen schlecht, seine Produktion lag weit unter dem Soll. Jeder andere Chef hätte ihn ohne mit der Wimper zu zucken gefeuert und ein anderer Chef stand ihm schon demnächst ins Haus.
Als Gric ächzend aufs Sofa fiel, erhob sich eine Staubwolke und tanzte gespenstisch durch das Sonnenlicht, das von der Jalousie in unzählige Streifen zerhackt wurde. Wie automatisiert griff er zur Fernbedienung. Fernsehen war das Einzige, das ihn ein wenig abzulenken vermochte. Wenn nichts anderes lief, dann sogar die Barbara-Karlich-Show. „Mein Mann ist ein Versager“, lautete das heutige Thema der Diskussionsrunde, zu der sich wie gewöhnlich ein Haufen fetter, frustrierter Weiber zusammengefunden hatte. Gric stieß ein hämisches Knurren aus. Das war gut, dachte er. Das passte perfekt.

Ob Borstinger außer ihm noch andere Freunde gehabt habe, hatte die Kommissarin wissen wollen. Und er: „Der Poldl ist immer offen auf die Menschen zugegangen.“ Ha! Von wegen *offen zugegangen*. Vereinnahmt hatte er sie, zumindest diejenigen, die bereit gewesen waren, sich unterzuordnen. Alle anderen waren rasch auf seiner Abschussliste gestanden. Denen hatte er das Leben regelrecht zu Hölle gemacht. Skrupellos war er schon gewesen, der Poldl, bereit, über Leichen zu gehen. Und er, Gric, der treue Geselle, immer mit von der Partie. An vorderster Front. Das rächte sich. Irgendwann kam alles zurück. Eins zu eins. Wenn die Polizei erst die Leichen in Borstingers Keller entdeckte, stieß sie unweigerlich auch auf seine. Da brauchte er sich keine Hoffnungen zu machen. Verflucht, er hatte von Anfang an gewusst, dass die Angelegenheit nicht ausgestanden war!

„Blödsinn!", hatte der Poldl gesagt. „Die Sache ist gegessen. Vergiss die Geschichte. Du wirst nie wieder von ihm hören."

Solange sein Freund bemüht gewesen war, ihm wenigstens für den Moment das schlechte Gewissen auszureden, hatte sich Gric einigermaßen sicher gefühlt. Nun gab es niemanden mehr, der die therapeutische Arbeit erledigte, der ihn aufrichtete, nachdem er seine Klagelieder abgespult hatte, wieder und wieder, wie ein Endlosband. Das einzige Lebewesen, das ihm Gesellschaft leistete, war der Schimmelpilz an der Wand im Badezimmer. Der bewies als Zuhörer durchaus Qualitäten, zeigte sich als Seelsorger jedoch nicht besonders hilfreich.

Schnaufend kämpfte sich Gric aus dem Oberteil seines Trainingsanzugs, den er seit dem Vortag nicht abgelegt hatte.

Ihm war heiß geworden. Das fleckige T-Shirt klebte nass an seinem Rücken. Er stank wie die Pest, stellte er fest, als er probeweise unter seinen Achseln schnüffelte. Mit zitternden Fingern stopfte er die HB, die er bis zum Filter aufgeraucht hatte, in den überquellenden Aschenbecher und wankte hinaus aufs Klo.

„Es ist vorbei", murmelte er unentwegt, während er seine Blase erleichterte. „Aus und vorbei. Alles dahin!"

Die Gegensprechanlage surrte und er zuckte zusammen. Ein Schwall Urin plätscherte unkontrolliert gegen die Fliesen. Rasch schüttelte er die letzten Tropfen ab und betätigte die Spülung.
„Ja?“, meldete er sich mit krächzender Stimme.
„Polizei. Machen Sie auf, Herr Gric!“, rauschte es aus dem Hörer.
Fast wäre ihm das Herz stehen geblieben. Aber eben nur fast. Schade, der Zeitpunkt zu sterben wäre perfekt gewesen.
Mit pfeifendem Atem lehnte er an der Tür und lauschte den schweren Schritten, die in den dritten Stock heraufgestapft kamen.

★

„Frau Borstinger!“
Birgit kam gerade mit einem Einkaufskorb aus dem Wohnhaus ihres Schwagers in der Pilgerimgasse. Als sie ihren Namen hörte, fuhr sie erschrocken herum.
„Einen Moment, bitte!“ Simone winkte aus ihrem Wagen, den sie gerade in eine viel zu enge Parklücke manövrierte. „Gut, dass ich Sie erreiche. Haben Sie ein bisschen Zeit für mich?“
„Tja, eigentlich müsste ich, hm, zum Meiselmarkt. Ein paar Besorgungen machen. Ich bin spät dran. Es wäre mir lieber, wenn …“ Birgit blickte nervös auf ihre Uhr, wartete aber, bis die Kriminalbeamtin zu ihr aufgeschlossen hatte.

„Einkaufen? Kein Problem. Da bin ich dabei." Simone lächelte ihr aufmunternd zu. „Am besten bringen wir das Förmliche gleich hinter uns. Nicht böse sein, wenn ich Sie das frage. Wo waren Sie am Samstagabend, als Ihr Mann …?"

Birgit schien damit gerechnet zu haben. Ihre Antwort kam wie aus der Pistole geschossen. „Zu Hause. Also, ich meine, nicht im Haus in Mauer, sondern hier in Michaels Wohnung."

„Das habe ich mir schon gedacht. Und Ihr Schwager? War der auch da, die ganze Zeit über? Können Sie das bestätigen?"

„Ja, das heißt … Also genau genommen …" Sie druckste langmächtig herum, bevor sie mit der Sprache herausrückte.

Sein Alibi erwies sich letztlich als nicht besonders wasserdicht. Laut eigenen Angaben hatte sich Birgit bereits um 21 Uhr mit starker Migräne und zwei, drei Rohypnol zu Bett begeben. Ohneweiters hätte er, nachdem sie eingeschlafen war, seinem Bruder einen Besuch abstatten können.

„Sie und Michael … Wie ist das eigentlich gelaufen?", erkundigte sich Simone, als sie an der Hütteldorfer Straße standen und darauf warteten, dass die Ampel auf Grün sprang.

Birgit zuckte mit den Schultern. „Solche Sachen passieren eben manchmal ganz ohne Vorwarnung. Plötzlich macht es *Klick*. Er war da, als ich ihn brauchte. Er ist ganz anders als der Leopold, wissen Sie. Er interessiert sich für

mich. Er hört mir zu. Bei ihm hat man nicht ständig das Gefühl, auf dem Abstellgleis zu stehen."
Michael, der verständnisvolle, einfühlsame Partner? Simone unterdrückte einen Heiterkeitsausbruch. Eine von ihnen beiden musste unter Wahrnehmungsstörungen leiden. Und sie war es mit Sicherheit nicht. „Aber was ist passiert? Warum ist Ihre Ehe in die Brüche gegangen?"
Erneut Schweigen. Birgit rang mit sich. Sie wagte nicht, der Kriminalbeamtin in die Augen zu sehen. Immer wieder klappte ihr Mund auf, bereit Auskunft zu geben, doch die Worte verhakten sich in ihrer Kehle.
„Ich habe es nicht bemerkt. Ich war so dumm!", platzte es jäh aus ihr heraus, als sie vor dem Obststand im *Eurospar* standen. Mit zitternden Fingern pflückte sie eine Avocado aus der Kiste und drückte vorsichtig auf ihr herum. „Die sind immer viel zu hart", stellte sie deprimiert fest. „Haben Sie schon jemals eine Avocado gekriegt, die richtig reif war?" Sie nahm die Nächste, unterzog sie einer eingehenden Prüfung und legte sie zurück. „Ich wollte einen Aufstrich machen, mit Sauerrahm und Limetten. Daraus wird wohl nichts."
„*Was*, Frau Borstinger, was haben Sie nicht bemerkt?"
„Der Leopold … und die Bettina … Sehen Sie, meine Tochter …" Sie wusste nicht, wie sie den Satz beginnen sollte. „Sie war damals 14. Plötzlich hat sie sich verändert, hat sich zurückgezogen, in ihr Zimmer gesperrt und niemanden an sich heranlassen. In der Schule war das nicht anders. Auch ihre Lehrer rannten gegen eine Mauer, was nicht ohne Folgen blieb. Ihre Leistungen rasselten

in den Keller, sie musste sogar die Klasse wiederholen. Dabei war sie früher eine ausgezeichnete Schülerin. Na ja, die Pubertät, habe ich mir gedacht. Eine solche Phase macht jedes Kind durch."
„Das war es aber nicht, oder?"
Birgit schüttelte den Kopf. Nachdenklich schlenderte sie weiter zur Wurstabteilung. „Es war meine Schuld. Ich habe Bettinas Verhalten nicht richtig gedeutet oder nicht richtig deuten wollen. Man will es ja nicht wahrhaben, wenn in der Familie etwas schiefläuft."
Simone nahm sie sanft beim Arm. „Erzählen Sie."
Birgit seufzte und startete einen neuen Anlauf. „Der Leopold hat immer schon Augen für junge Mädchen gehabt. Ich meine *sehr* junge Mädchen. Soll er ihnen doch nachschauen, habe ich mir gedacht. Was ist schon dabei? Und wenn er sie angequatscht hat, ganz unverblümt in meinem Beisein, im Urlaub zum Beispiel, am Strand, ob sie Lust hätten, mit uns Frisbee zu spielen oder so, dachte ich, er macht das, weil er gerne Leute um sich schart. Der Leopold hat mit allen gut können, wissen Sie. Auch mit Kindern. Ha!" Birgit stieß ein gequältes Lachen aus, das die Aufmerksamkeit der anderen Kunden auf sie lenkte. Verstört wandte sie sich ab. Ihre Stimme wurde ganz leise. „Ich war blind!"
„Was darf's denn sein, gnä' Frau?", erkundigte sich die Wurstverkäuferin.
„Wäre ich nicht zufällig in Bettinas Zimmer gekommen, ich wüsste wahrscheinlich heute noch nicht …"
„Gnä' Frau? Was hätten Sie gerne?"

Birgit schenkte der Angestellten keine Beachtung. Hölzern steuerte sie auf das Regal mit dem Tierfutter zu. Simone blieb ihr dicht auf den Fersen. „Wann war das?"
„Vor ein paar Monaten. Mein Mann war bei ihr … im Bett. Und da habe ich es gewusst."
Ratlos starrte sie auf das Angebot an Katzenschmausen und Hundeleckerlis. Tränen liefen über ihre Wangen. „Was mache ich hier?", krächzte sie. „Ich habe gar keine Haustiere."
„Und wie ging es weiter?"
„Der Leopold war sich natürlich keiner Schuld bewusst. Im Gegenteil, er hat ein Mordstheater gemacht. Was ich mir einbilde, ihm eine solche Schweinerei zu unterstellen, hat er mich angeschrien. Er und Bettina hätten nur gespielt. *Gespielt!* Können Sie sich das vorstellen? Von da an war er ein anderer Mensch. Kalt und unnahbar. Seine ganze Wut hat er an uns ausgelassen. Bei jeder Gelegenheit. Und Bettina ist immer mehr ins Bodenlose geschlittert. Schließlich kam sie tagelang nicht nach Hause, ohne dass wir wussten, wo sie steckte. Schrecklich! Ich hatte eine Riesenangst und war heilfroh, als ich ihre Freundin, diese Sophie, kennenlernte. Die ist ein nettes Mädchen. Drei Jahre älter und ausgesprochen vernünftig. *Ich* war es, die Bettina ermutigt hat, bei ihr einzuziehen. Da wusste ich wenigstens, wo sie war, und konnte sie von ihrem Vater fernhalten."
„Haben Sie nie daran gedacht, sich helfen zu lassen? Man muss ja nicht gleich zur Polizei rennen. Es gibt genügend Organisationen."

Birgit packte ein Baguette in den Einkaufswagen und sah sich suchend um. „Ich brauche einen Aufstrich", murmelte sie. Ihre Stimme bebte. Eine neue Tränenflut kündigte sich an. „Irgendeinen, egal was. Zum Kochen habe ich echt keine Lust."

„Lassen Sie sich etwas liefern", schlug Simone vor.

„Nein!", heulte Birgit los. „Ich wollte keine Hilfe. Ich hatte Angst, dass die Nachbarn etwas erfahren könnten, wenn das Jugendamt vor der Tür steht oder sonst wer. Ich hätte mich geschämt! Die Leute fangen doch gleich an zu tratschen. *Was ist das für eine Mutter? Die kann nicht einmal auf ihr eigenes Kind aufpassen* und so weiter. Wissen Sie, was ich meine? Über so etwas spricht man nicht. Da versucht man, sich selbst zu helfen, so gut es eben geht."

Über so etwas spricht man nicht ... Wie oft hatte Simone das zu hören bekommen? Als wäre der Missbrauch von Kindern und Jugendlichen ein hässliches Furunkel am Arsch. „Avocadoaufstrich gibt's auch fertig", sagte sie und reichte Birgit eine Schale aus dem Kühlregal. „Wie wär's damit?"

Später saßen sie beim *Trzesniewski* im Untergeschoß und kosteten sich durch die Vielzahl an Brötchen. Der Sekt, den die Kriminalbeamtin spendiert hatte, ließ Birgits Wangen rot glühen.

Nachdem Bettina weg war, sei die Situation eskaliert, erzählte sie weiter. Der Leopold habe sie für die zerrütteten Familienverhältnisse verantwortlich gemacht. Ständig sei es zu wüsten Streitigkeiten gekommen, zu untergriffigen

Vorwürfen, Drohungen und Demütigungen. Der reinste Psychoterror, bis sich zufällig das mit dem Michael ergeben habe. Zu ihrem großen Glück! Da sei sie auf und davon, bevor sie vollends unter die Räder gekommen wäre. Dem Michael könne sie nur dankbar sein.
Es schien, als hätte das Gespräch eine riesige Last von ihr genommen. Zum ersten Mal sah Simone so etwas wie ein schwaches Lächeln in ihrem Gesicht. Früher musste sie eine bildhübsche Frau gewesen sein, vermutete sie. Mit einer hinreißenden Ausstrahlung und leuchtenden Augen.
„Und Ihre Tochter?“, erkundigte sie sich. „Wir konnten sie bisher nicht finden. Wann haben Sie sie zuletzt gesehen?“
„Gesehen?“ Birgit überlegte kurz. „Hm, das ist eine Weile her. Aber telefoniert haben wir vergangene Woche, am Donnerstag, glaube ich. Es geht ihr gut, hat sie gesagt.“
„Falls Sie von ihr hören sollten …“ Simone drückte ihr eine Visitenkarte in die Hand. „Rufen Sie mich an. Ich schreibe Ihnen auch meine Privatnummer auf.“

3

Ein Schwarm fetter Fleischfliegen surrte unermüdlich um die Glühbirne, die schmucklos von der Decke baumelte. In der Wohnung hing ein erbärmlicher Gestank. Eine ekelhafte Komposition aus kaltem Zigarettenrauch, billigem Wein, Schweiß und dem fauligen Mief des Abfalls, der seit Tagen nicht hinuntergetragen worden war. Berge von dreckigem Geschirr türmten sich in der Abwasch. Der Herd und die Wand dahinter waren von altem, verkrustetem Fett überzogen. Wenn man auf dem schartigen Linoleumboden länger als drei Sekunden auf derselben Stelle stand, drohte man festzukleben.
Die Leiche lag zur Hälfte unter dem Küchentisch. Hände und Füße waren mit Klebeband umwickelt, der Kopf steckte in einem Gefrierbeutel, rote Striemen auf dem Rücken. Déjà-vu.
Gric, der Tennisstar, war nackt eine optische Katastrophe, ein Brechmittel. Abstoßend und widerwärtig, mit seinem überdimensionalen Bierbauch und dem pickeligen Fettarsch. Und … er hatte Brüste! Cup B mindestens, schätzte Simone voller Abscheu. Einen wie ihn hätte sie in hundert Jahren nicht an sich herangelassen, selbst wenn er der letzte Mann auf Gottes Erdboden gewesen wäre. Alleine, die Vorstellung mit ihm … Himmel, wieso stellte sie sich das überhaupt vor? Seltsam, dass ihr eine so groteske Idee in den Sinn kam. Andererseits … so seltsam auch wieder nicht. Ihr Sexualleben lag seit Monaten brach und da brauchte es sie nicht zu wundern, wenn ihr

Unterbewusstsein verrückt spielte. Auf Vorrat zu vögeln, funktionierte eben nicht.
Damals, nachdem ihre Ehe in die Brüche gegangen war, hatte sie keine Gelegenheit ausgelassen, ihre Libido großzügig unter die Leute zu bringen. Zur Feier ihrer wiedergewonnenen Freiheit sozusagen. Oder als Frustbewältigung. Das wollte sie nicht ausschließen, angesichts der Tatsache, dass sie wochenlang im Swinger-Club oder SM-Studio die Peitsche hatte tanzen lassen, bis ihre Batterien ausgebrannt waren und sie sich leer und schmutzig gefühlt hatte. Die schäbigen Etablissements, die schmierigen Typen waren nicht ihr Stil, hatte sie mitten in einer hemmungslosen Gewaltorgie bemerkt und sich eine Pause auferlegt. Eine Pause, die still und heimlich zu einer beklemmenden Gewohnheit geworden war.
„Die Wohnung ist schlimmer als ein Saustall", bemerkte Dreier, der den Tatort aus allen Perspektiven fotografierte.
Simone lächelte matt. Ihr musste man das nicht sagen. Sie vermied es peinlichst, irgendwo anzustreifen. „Schade, dass Doppler nicht da ist", verkündete sie spöttisch. „Er würde sich wie zu Hause fühlen."
Dreier deutete auf die Tischplatte, die von einer Million Bröseln übersät war. Sie sah aus wie paniert. „Was halten Sie davon?"
„Gric war eine Drecksau?"
„Ich meine, dort auf dem Zeitungsstapel."
Jetzt sah es auch Simone. „Zigarettenasche."
„Richtig. Den Filter hat er wieder mitgenommen. Er weiß genau, wie er uns das Leben schwer machen kann."

„Allerdings …“ Kleist war an seine Kollegen herangetreten. „Er scheint darauf Wert zu legen, dass seine Opfer rasch gefunden werden. Grics Nachbar, der uns alarmiert hat, gab zu Protokoll, dass die Wohnungstür seit gestern Abend einen Spalt offen stand. Deshalb ging er nachsehen. Sonst wären vielleicht Tage vergangen, ehe man den Toten entdeckt hätte.“
„Bei Gric vermutlich Monate. Den vermisst keiner.“ Simone schlenderte nachdenklich zum Fenster, wobei jeder ihrer Schritte ein schmatzendes Geräusch verursachte. „Dann haben wir es also mit einem Serientäter zu tun, der immer nach demselben Muster vorgeht und der es liebt, seine Taten zu inszenieren. Er will uns eine Show bieten.“
„Hm“, machte Kleist und wiegte seinen Kopf skeptisch hin und her. „Die Opfer von Serienmördern sind sich in gewissen Belangen sehr ähnlich, weil sie nach bestimmten Eigenschaften oder Äußerlichkeiten ausgewählt werden. Gewöhnlich haben sie aber nichts miteinander zu tun. Da Borstinger und Gric befreundet gewesen waren, dürfte den Taten wohl ein anderes Motiv zugrunde liegen, als reine Lust am Töten. Was die Inszenierung anbelangt, gebe ich dir recht. Wir sollten unseren Profiler kontaktieren und hören, was ihm dazu einfällt.“
„Das Täterprofil erstelle ich immer noch selbst“, bemerkte Simone schroff. „Der Mörder ist jemand, der es als seine Berufung sieht, die Menschheit von einem großen Fluch zu erlösen. Das ist die eine, die sympathische Theorie.“ Simone war geneigt, einen Massenmord an Vertretern als

natürliche Selektion einer minderwertigen Spezies anzusehen. Verkäufer waren ihr nicht erst seit ihrem Besuch in der Astral Versicherung ein Gräuel. „Die andere Theorie, die realistische, lautet: Michael Borstinger war's."
Kleist ließ sich nicht überzeugen. „Ich denke, du liegst falsch. Besser, wir ziehen einen Fachmann zurate, dem die abstruse Gedankenwelt von Verbrechern vertraut ist."
„Dann brauchst du nur Doppler zu fragen", erwiderte sie giftig. Sie packte ihn beim Arm und schob ihn hinüber ins Wohnzimmer. „Und noch etwas, Thomas", sage sie leise.
„Ja?"
„Nicht in Gegenwart anderer."
„Was?" Ihr Kollege schaute sie fragend an. „Was meinst du?"
„Anregungen und Kritik sind mir jederzeit willkommen, aber nur unter vier Augen. Ist das klar?"
„Aber …"
„Kein Aber!"
„Habe ich etwas versäumt?" Doppler kam gemächlich zur Tür hereinspaziert. Der Autoschlüssel rotierte klimpernd um seinen Zeigefinger. „Es ist Gric, oder?"
„Gut erkannt, Watson", spottete die Kriminalbeamtin. „Du warst doch gestern bei ihm. Was hat er dir erzählt?"
„Ähm, nichts."
„Was soll das heißen?" Ihre Stimme wurde augenblicklich schärfer. „Komm mir nicht mit *nichts*."
„Er war nicht da", erklärte der Bezirksinspektor, was zu drei Vierteln der Wahrheit entsprach. Richtigerweise hätte es nur *ich* statt *er* heißen müssen. Die vermissten Fonds

hatten ihn letztlich mehr beschäftigt als seine beruflichen Pflichten. Vor allem, da die Zahlungsfrist für die offenen Leasingraten bereits gestern abgelaufen war. Die Romanze mit dem *Gelben Geschoß* hing an einem seidenen Faden. Ihm drohte der Rückschritt in ein graues Zeitalter. Ins Präcabriozoikum, wenn man so wollte. In eine Epoche, in der ihm Bewunderung und Anerkennung verwehrt geblieben waren, als der Nachbar noch nicht seinen Hut vor ihm gezogen hatte. *Guten Morgen, Herr Bezirksinspektor! Respekt, schicker Schlitten. Und erst die Farbe. Nein, also wirklich ...* Das *Gelbe Geschoß* zauberte stets ein Lächeln in sein Gesicht.
Bis zum Abend hatte Doppler an die zehnmal versucht, seinen Vermögensberater am Handy zu erreichen. Seine immer flehender werdenden Bitten um dringenden Rückruf waren ohne Reaktion geblieben.
„Warum hast du nicht auf ihn gewartet?“, wollte Simone wissen.
Doppler blinzelte sie verwirrt an. „Auf Nager?“
„Hör mir mit diesem Nager auf!“, keifte sie. „Ich spreche von Gric!“
„Hm, ich habe mir gedacht, ich schaue heute nochmals vorbei.“
„Tja, jetzt ist es zu spät.“ Seine Vorgesetzte nahm ihn scharf ins Visier. „Wann warst du gestern hier?“
Der Bezirksinspektor rang verzweifelt mit den Armen. „Am späten Nachmittag würde ich sagen. Um fünf oder so. Genau weiß ich das nicht mehr.“
„Stand die Tür offen?“

„Ähm, nein. Wieso?“
Simone strafte ihn mit Verachtung.
„Und wie sieht es mit Hinweisen aus?“, wechselte er das Thema. „Habt ihr etwas gefunden?“
„Nichts, das uns weiterhelfen könnte“, klärte ihn Kleist auf.
„Vielleicht doch …“ Dreier kam aus der Küche und winkte mit etwas, das aussah wie ein Stofftaschentuch. „Raten Sie, was mir gerade in die Hände gefallen ist.“
„Ein Stofftaschentuch?“, versuchte es Simone.
„Korrekt. Es steckte in Grics Mund. Wie bei Borstinger. Und jetzt sehen Sie sich das Monogramm an.“
„LB!“, rief Doppler aufgeregt. „Es gehört Leopold Borstinger! Dann hat er es also getan!“
Simone klopfte ihm anerkennend auf die Schulter. „Und der Nobelpreis für außergewöhnliche Kombinationsgabe geht an …“

★

„Wie kommt Borstingers Taschentuch in Grics Mund?“, wollte Feuersturm eine Stunde später in der Bundespolizeidirektion wissen.
Er lehnte am Türstock und ließ seinen Blick über die versammelte Mannschaft schweifen. Unter seinen Achseln hatten sich Schweißflecken in der Form von Afrika und Südamerika gebildet. Nicht mehr lange und die Kontinente würden bei der Hitze wieder zusammenwachsen.

Der Mörder hat ihn damit geknebelt, war Simone nahe daran zu erwidern. Blöde Frage, blöde Antwort. Seit seine Sekretärin angerufen und ihr mitgeteilt hatte, dass er auf dem Weg zu ihnen sei, befand sie sich in Abwehrhaltung. Mit verschränkten Armen saß sie hinter ihrem Schreibtisch und musterte ihn feindselig.
„Vermutlich ließ es der Täter bei Borstinger mitgehen", brach Kleist das Schweigen. „Wir wissen es noch nicht."
„Dann sollten Sie das möglichst rasch in Erfahrung bringen, meine Herrschaften. Die Presse sitzt mir im Nacken. Zwei Gewaltverbrechen innerhalb von 48 Stunden und beide nach dem gleichen Schema. Darauf haben es die Geier abgesehen. Man spricht bereits von einem geisteskranken Massenmörder, der ganz Wien in Atem hält. Der Herr Innenminister ist außer sich."
„Der Herr Innenminister soll seinen Urlaub auf Bali genießen und Ruhe geben", fiel ihm Simone ins Wort. Den Innenminister konnte sie noch weniger leiden als Feuersturm und die unzähligen anderen Kollegen in der Kriminaldirektion, mit denen sie auf Kriegsfuß stand. „Seit wann kümmern ihn solche Dinge?"
„Die öffentliche Sicherheit ist ihm ein besonderes Anliegen, Frau Doktor", wies sie ihr Vorgesetzter mit erhobenem Zeigefinger zurecht. „Das sollte Ihnen bekannt sein."
Dem alten Idioten war vieles ein Anliegen, dachte sie. Vorrangig seinen Freunden hoch dotierte Posten im Ministerium und in der Privatwirtschaft zuzuschanzen und auf Staatskosten um die Welt zu gondeln. Was aber die

Missstände bei der Exekutive anbelangte – den Personalmangel, die Überstunden und die unzumutbaren Arbeitsplätze beispielsweise – zeigte er sich nur mäßig interessiert.
„Heiß ist es hier herinnen", bemerkte Feuersturm. Ächzend lockerte er seine Krawatte. „Sie sollten ein bisschen lüften, meinen Sie nicht?"
„Das geht nicht", entgegnete Simone schnippisch. „Wegen Dopplers Krankheit."
„Doppler ist krank?"
Simone warf dem Bezirksinspektor einen warnenden Blick zu, der ihn davon abhielt, Einspruch zu erheben. „Diese Gehirnsache", erklärte sie. „Zugluft kann da fatale Folgen haben. Ein größeres Büro würde die Heilungschancen aber wesentlich erhöhen."
Feuersturm fletschte die Zähne. „Halten Sie mich nicht zum Narren, Frau Doktor!", knurrte er. „Kümmern Sie sich lieber um die Aufklärung der Mordfälle. Wie ich vorhin erfahren habe, wurde der Rucksack von Borstingers Tochter auf der Donauinsel gefunden. In einem Gebüsch nahe der Nordbahnbrücke. Außer einem T-Shirt und ihrem Schülerausweis war aber nichts drinnen." Er setzte eine dramaturgische Pause, bevor er fortfuhr. „Wenn ich eins und eins zusammenzähle, haben wir mit ihr eine Hauptverdächtige. Der Missbrauch durch ihren Vater stellt ein ausreichendes Motiv dar. Dazu kommt die Lebensversicherung, die er zu ihren Gunsten abgeschlossen hat. Also, wo steckt sie, diese Bettina? Es kann doch nicht sein, dass ein Mensch spurlos verschwindet!"

Die Kriminalbeamtin zuckte mit den Schultern. „Wir sind an ihr dran. Als Hauptverdächtige würde ich sie allerdings nicht bezeichnen. Was den Mord an ihrem Vater anbelangt, vielleicht. Aber bei Gric?“
„Sie müssen das so sehen, Frau Kollegin: Gric war Borstingers bester Freund und beste Freunde teilen gerne. Weshalb nicht auch die eigene Tochter? Könnte gut sein, dass …“
„Ich habe schon verstanden“, bremste sie ihn ein. Der Sauerstoffmangel schien sich auf sein Denkvermögen zu schlagen. Einen solchen Unsinn bekam man sonst nur von Doppler zu hören. „Ich werde die Fahndung nach ihr intensivieren“, versprach sie, bevor eine längere und vor allem nutzlose Diskussion entstand.
„Ich bitte darum.“ Feuersturm wischte sich mit einem Taschentuch den Schweiß von der Stirn. „Unerträglich, die Temperatur hier herinnen“, murmelte er und verließ kopfschüttelnd das Büro.
„Okay, Thomas“, wandte sich Simone an Kleist, „du kannst das Fenster wieder aufmachen.“

★

Der Raum ist voller Menschen. In Panik drängen sie sich aneinander. Schulter stößt an Schulter, Haut klebt an Haut. Er kann sie riechen, die Angst, die aus Millionen Poren strömt. Einige schreien und schlagen um sich. Manche sinken zu Boden, verlieren an Gestalt und zerfallen zu Staub. Er beneidet sie.

Auf der anderen Seite, unerreichbar, wächst eine Öffnung in der Mauer. So groß wie ein Nadelöhr. Die Ersten verformen sich und gleiten hindurch. Die Nächsten drängen nach, aggressiv wie Hyänen an einem Kadaver. Er will ihnen folgen. Er zerrt an seinen Fesseln, immer wilder, immer hoffnungsloser.
Dunkelheit umgibt ihn. Er hört das Knarren und weiß, was da passiert. Die Wände bewegen sich, rücken auf ihn zu. Von links, von rechts, von vorne und hinten. Sie zerquetschen ihn. Seine Rippen brechen. Eine nach der anderen. Bis er erstickt.
Sein eigener Schrei holt ihn aus dem Schlaf. Seine Augen klappen auf. Er erkennt die Schemen des Fensters und der Kommode. Der Vorhang bauscht sich. Über ihm klirrt der Luster.
Nur ein Traum! Erschöpft sinkt er zurück. Die Katze liegt neben ihm. Sie hebt den Kopf und sieht ihn an, mit ihren leuchtenden, durchdringenden Augen. Er greift nach ihr, gräbt seine Finger in ihr Fell und spürt, wie sein Puls verflacht. Es ist halb zwei Uhr nachts. Die Schmerzen sind wieder da. Dieses Stechen im Oberbauch, die Übelkeit. Hepatitis, haben sie gesagt.

Erst spät am Vormittag wacht er auf. Er fühlt sich besser. Ausgeruht. Er nimmt die Taschenuhr der alten Frau und steckt sie ein. Er wird sie verkaufen. Er braucht das Geld. Die paar hundert Euro aus der Zuckerdose sind aufgebraucht, und der Onkel will ihm nichts geben.

Gestern war er bei ihm. Der Onkel hat ihn nicht erkannt. Wie Borstinger und die alte Frau. Sie alle haben ihn verdrängt, ihn aus ihren Köpfen verbannt, als hätte er nie existiert.
„Du bist zurück?", zeigt sich der Onkel erstaunt. „Das ist gut. Das freut mich. Nur leider ... Im Moment ist es nicht so günstig. Du siehst es ja selbst. Bei diesem herrlichen Wetter ist eine Menge los. Aber wir setzen uns ein andermal zusammen", verspricht er hastig. „Dann erzählst du mir alles."
Was soll er dem Onkel erzählen? Gar nichts wird er ihm erzählen. Seine Geschichte hebt er sich für andere auf, wenn die gefesselt vor ihm knien und zutiefst bereuen, was sie angerichtet haben.
„Geld?", fragt der Onkel dann. Sein Blick wird unruhig. „Tja, tut mir leid. Die Kathi ist mit den Einnahmen gerade zur Bank. Ich fürchte, da lässt sich nichts machen."
Als er sich vom Onkel verabschiedet, ist es zehn nach vier. Eine Dreiviertelstunde später läutet er bei Gric. Gric ist betrunken. Nur mit Mühe hält er sich auf den Beinen. Und doch weiß er gleich, wer vor ihm steht. Als Einziger.
Der Rest ist fast schon Routine. Es geht so einfach. Einen Menschen zu töten, ist keine große Sache.

★

Während Kleist auf der Suche nach Borstingers Töchterchen einmal mehr durch halb Wien hetzte, weilte Simone in der Gerichtsmedizin, um dort höchstpersönlich die

Autopsie an Gric voranzutreiben. Bis zu ihrer Rückkehr war Doppler verdammt, in der Bundespolizeidirektion alleine die Stellung zu halten. Genau genommen hielt er in der linken Hand eine Leberkässemmel und in der rechten die Maus, mit der er sich durch diverse Kontaktseiten im Internet klickte. Schon seit Längerem spielte er mit dem Gedanken, auf diese Weise eine Frau an Land zu ziehen. Warum auch nicht? Einen Versuch war es wert. Heutzutage taten das alle. Und wer nicht wagt, der nicht gewinnt, sagte schon ein altes Sprichwort.

Ein erster Entwurf seines Inserats schwebte ihm bereits vor. Ein Best-of, das er ohne den Hauch eines schlechten Gewissens aus anderen Annoncen zusammengestohlen hatte.

Seriöser Mann, vermögend, von imposanter Erscheinung, mit emotionalem Tiefgang, überdurchschnittlicher Intelligenz und speedgelbem Porsche sucht junge, zierliche, vor allem aber willige und unterwürfige Frau. Oder so ähnlich. Für den Anfang nicht schlecht, lobte er sich. Ein bisschen würde er an dem Text aber noch feilen müssen, ehe er ihn postete, wie das neudeutsch so schön hieß. Doch dafür fehlte ihm im Moment die Muße.

In der Mittagspause war er wieder in der Hyrtlgasse gewesen und vor Nagers Büro unruhig auf- und abgetigert, bis ihm die Sinnlosigkeit seines Unterfangens bewusst geworden war. Der Kerl hatte den Laden aufgegeben. Daran bestand kein Zweifel mehr. Diese Ansicht vertrat auch der Mann vom Videoverleih nebenan, ein kommunikativer Geselle, der eine Menge Ansichten vertrat. Zur

Höhe von Politikergehältern, zum Thema Mitbestimmung in der EU und selbstverständlich zur Asylantenfrage, die ihm besonders am Herzen lag. Nachmittags war wenig los und da freute man sich über jeden aufmerksamen Zuhörer.
Quasi als Wiedergutmachung für die leeren Kilometer und das ermüdende Geschwätz hatte sich Doppler zwei Pornos ausgeliehen und war zurück ins Büro gefahren. Die einzige Möglichkeit, die ihm jetzt noch blieb, war Nagers Wohnadresse herauszusuchen, um ihn dort bei nächster Gelegenheit zu überrumpeln. Privatsphäre hin oder her. Seine Geduld hatte Grenzen und die waren längst erreicht.

„Finde ich hier Frau Dr. Reichenbach?" Ohne dass er es bemerkt hatte, war die Tür aufgegangen und ein strahlendes Lächeln erhellte das Büro.
„Nicht da", brummte Doppler mürrisch. „Versuchen Sie es morgen wieder."
Der Mann ließ sich nicht abwimmeln und kam forschen Schritts auf ihn zu, was bei der Distanz von knapp eineinhalb Meter ein Kunststück war. „Mein Name ist Michael Borstinger", sagte er und schüttelte dem Bezirksinspektor kräftig die Hand. „Wir hatten bisher noch nicht das Vergnügen. Sie müssen der Chef von dem Laden sein. Hab ich recht?"
„Na ja …" Doppler grinste verlegen.
„Etwa der Polizeipräsident persönlich?"
„Nein, eigentlich …"

„Aber sicher! Erzählen Sie mir nichts. Das erkenne ich auf den ersten Blick. Bei *der* Ausstrahlung, bei *dem* Auftreten … Kleider machen Leute, sag ich immer. Darf ich?“ Ohne eine Antwort abzuwarten, nahm Borstinger Platz. „Eigentlich wollte ich Ihre Sekretärin, diese Frau Dr. Reichenbach sprechen, aber wenn mir der Chef persönlich zur Verfügung steht …“
„Tja, was bleibt mir anderes übrig?“ Doppler seufzte übertrieben. „Auf das Personal ist heutzutage kein Verlass mehr.“ Die Floskel gefiel ihm, auch wenn es gewöhnlich Simone war, die sie des Öfteren im Zusammenhang mit ihm verwendete. „Ich nehme an, es geht um den Mord an Ihrem Bruder. Nun, die bisherigen Ermittlungen …“
„Das eilt doch nicht“, unterbrach ihn Borstinger. „Sprechen wir von Ihnen. Als Person in leitender Funktion haben Sie sich bestimmt schon überlegt, für den Fall des Falles eine adäquate Vorsorge zu treffen. Da möchte man sich verständlicherweise nicht mit dem Pöbel auf eine Stufe stellen. Finden Sie nicht?“
„Äh.“
„Hab ich es mir doch gedacht! Sie sind ein Mann mit Weitblick, planen Ihre Zukunft, achten auf Ihre Gesundheit. Dass Sie ein sportlicher Mensch sind, ein Athlet, erkennt man auf den ersten Blick. Durchtrainiert, topfit …“
„Absolut“, bestätigte Doppler mit stolzgeschwellter Brust. Dieser Borstinger war ihm sympathisch. Ein ehrlicher Mensch, der offen aussprach, was Doppler dachte.
„Sehr vernünftig. An Ihnen könnte sich so mancher ein Beispiel nehmen. Und trotzdem … Der Teufel schläft

nicht, sag ich immer. Das Unfallrisiko, meine ich. Vor allem, wenn man Ihren gefährlichen Job bedenkt. Nerven aus Stahl sind leider kein Garant für körperliche Sicherheit. Verstehen Sie, was ich meine? Genau deshalb hat die Astral Versicherung ein Produkt entwickelt, das auf dem heimischen Markt einzigartig ist und das Sie nach einem Unfall finanziell absichert."

„Tatsächlich?" So ganz im Detail war Doppler zwar nicht klar, worauf Borstinger hinauswollte, zweifellos handelte es sich aber um eine Sache von enormer Wichtigkeit. Immerhin ging es um ihn.

„Betrachten Sie unseren umfassenden *Heil und Froh*-Unfallschutz als Ihren Airbag, der Sie sanft abfedert, sollte Ihnen etwas zustoßen. Der Sie sozusagen unverwundbar macht, im übertragenen Sinne."

Doppler spitzte die Ohren. Unverwundbar? Das klang gut. Wie Superman.

„Wir sprechen von einer Versicherungssumme von sage und schreibe 200.000 Euro, die Ihnen ab einer fünfzigprozentigen Invalidität uneingeschränkt zur Verfügung steht. Und – Gott bewahre – sollte der schlimmste Fall eintreten und Sie durch einen Unfall ums Leben kommen, erhöht sich der Betrag auf 500.000. Eine halbe Million! Lassen Sie sich das einmal durch den Kopf gehen, Herr Präsident!"

„Moment!" Doppler stieg auf die Bremse. Das Angebot klang zu verlockend. Da konnte etwas nicht stimmen. „Wenn ich sterbe, kriege ich eine halbe Million Euro?"

„Ähm, wenn Sie es so ausdrücken wollen."

Dem Bezirksinspektor verschlug es die Sprache. Eine halbe Million! Davon ließe es sich wahrlich in Saus und Braus leben.

„Sehen Sie“, setzte Borstinger nach. „Ich habe zufällig eine Informationsbroschüre bei mir.“ Er holte die Unterlagen aus seiner Tasche und beförderte auch gleich seinen Laptop zutage. „Lassen Sie uns das einmal durchrechnen. Völlig unverbindlich selbstverständlich.“

Das Ergebnis war dann doch ein wenig ernüchternd. „3.000 Euro Prämie? Jährlich?“ Doppler ging auf Abstand. „Nicht, dass ich es mir nicht leisten könnte, aber man hat schließlich auch andere Verpflichtungen und ich glaube nicht, dass … Nein, also ehrlich gesagt …“

„Aber Herr Präsident, Sie dürfen die Zusatzleistungen nicht außer Acht lassen! Ein fixes Schmerzensgeld bei einem Krankenhausaufenthalt von 2.000 Euro, zusätzlich ein fürstliches Taggeld für die gesamte Dauer der Arbeitsunfähigkeit. Selbst wenn Ihnen nur ein Fingernagel abgebrochen ist.“

„Deswegen muss man nicht ins Spital“, entgegnete der Bezirksinspektor trotzig.

Borstinger setzte einen zerknirschten Gesichtsausdruck auf. „Alles klar. Sie sind ein harter Verhandler, Herr Doppler. Tja, das hätte ich wissen müssen. Von nichts kommt nichts, sag ich immer. Ein Mann in Ihrer Position, der hat schon was auf dem Kasten. Hören Sie …“ Seine Stimme wurde zu einem verschwörerischen Flüstern. „Eigentlich darf ich das nicht, aber bei Ihnen mache ich gerne eine Ausnahme. Ich meine, bei einer so herausragenden Per-

sönlichkeit des öffentlichen Lebens, da könnte ich durchaus einen Sonderrabatt einräumen."
Doppler lehnte sich entspannt zurück. Sein Grinsen reichte von einem Ohr bis zum anderen. Mit seiner gewieften Taktik hatte er Borstinger weichgekocht. Der Mann war Butter in seinen Händen. „Und wie hoch wäre der?", wollte er wissen.
„Moment, Moment! Sie werden verstehen, dass wir den Versicherungsschutz ein bisschen modifizieren müssen. Keine Sorge, das wird Sie nicht tangieren. Wir schließen einfach folgende Risiken von der Leistung aus: Verletzung und Tod aufgrund von Tsunamis, Blitzschlägen und Schiffskatastrophen nach Eisbergkollisionen. Ich meine, wie groß ist schon die Gefahr, auf der Titanic vor Phuket in ein Gewitter zu geraten? Ha, ha! Spaß beiseite. Dann kämen wir alles in allem auf …" Borstinger tippte hektisch ein paar Zahlen in seinen Laptop. „Da haben wir es: 1.443,47 Euro halbjährlich, sagt der Computer."
Doppler blieb die Spucke weg. Tausendvierhundert … Das war weniger als die Hälfte von vorhin! „Okay, das klingt schon besser", bestätigte er und kämpfte tapfer gegen seine aufkeimende Euphorie an.
„Und weil Sie es sind, Herr Präsident", erklärte Borstinger feierlich, „machen wir runde 1.440 daraus und Schwamm drüber, sag ich immer. Erzählen Sie das aber nicht meinem Vorgesetzten, sonst kriege ich Schwierigkeiten. Also, was meinen Sie?"
„Hm, hm", machte Doppler und kratzte sich am Kinn. Bei dem Deal konnte er einfach nicht Nein sagen, jetzt,

nachdem er so glänzende Konditionen herausgeschlagen hatte. Ein bisschen tat ihm Borstinger sogar leid. Er hatte den armen Kerl ordentlich über den Tisch gezogen.
„Das ist mein allerletztes Angebot“, fügte der Versicherungsvertreter mit leidender Miene hinzu, während der tragbare Drucker bereits den Antrag ausspuckte. „Weiter kann ich mit dem Preis unmöglich runtergehen. Ich verdiene jetzt schon keinen Cent an dem Geschäft, glauben Sie mir!“

★

Der Alligator dachte: *Mmh ... Essen!*
Streng wissenschaftlich betrachtet ist das einer von zwei grundlegenden Gedanken, mit denen das Gehirn von Panzerechsen von Geburt an fix ausgestattet ist. Der andere lautet: *Aah ... Faulenzen!* In ihrem natürlichen Lebensraum gesellt sich zu diesen originären Denkvorgängen mit der Geschlechtsreife ein weiterer hinzu, ein ordinärer, der dem Alligator in der Neuen Donau mangels andersgeschlechtlicher Artgenossen jedoch völlig unbekannt war.
Nahezu regungslos schwebte er nahe der Floridsdorfer Brücke im Entlastungsgerinne. Nur seine Nasenlöcher und Augen lugten aus dem Wasser. Als gefährlicher Räuber war er ein Meister der Tarnung, der alles sah, ohne selbst gesehen zu werden. Gespannt beäugte er die riesige Herde an Zweibeinern, die sich in Ufernähe zusammengerottet hatte. Immer wieder verließen einige Exemplare den Schutz der Gruppe und suchten im Wasser nach Ab-

kühlung. Ein verlockender Anblick, zumal die Zweibeiner miserable Schwimmer waren, was sie zu einer leichten Beute machte.
Doch an diesem Tag hatten sie nichts zu befürchten. Der Alligator war nicht hungrig. Erst vor zwei Tagen hatte er ausgiebig gespeist und das sollte bis auf Weiteres reichen. Sein Stoffwechsel stellte keine hohen Ansprüche.
Es war das erste Mal gewesen, dass er einen Zweibeiner probiert hatte und er musste sagen: nicht schlecht! Wirklich nicht schlecht! Einmal etwas anderes. Davor hatte er sich sowieso nur mit dem Kleinkram zufriedengeben müssen, der ihm vorgeworfen worden war. Mit Hühnern und Enten und so. Ganz okay, aber nicht das Gelbe vom Ei. Außerdem nervte es, wenn einem ständig die Federn zwischen den Zähnen stecken blieben. Nein, nein, es hatte schon etwas, wenn man sich seine Mahlzeit selbst organisierte.
Die Jagd bereicherte die Nahrungsaufnahme um eine wesentliche Komponente. Den Funfaktor. Erlebnisgastronomie lautete das Zauberwort. Sie erfreute sich im Tierreich seit jeher größter Beliebtheit. Vor allem unter den Fleischfressern.
Binnen kürzester Zeit hatte der Alligator die Vorzüge seines neuen Territoriums zu schätzen gelernt. Den Freiraum, die Abwechslung, die Action. Früher, in diesem dunklen Loch, hatte er sich gerade einmal umdrehen können. Da war er den ganzen Tag auf der faulen Haut gelegen, hatte vor sich hingedöst oder gelangweilt die Wände angestarrt. Jetzt hingegen lag er meistens auf der faulen Haut,

döste vor sich hin oder erfreute sich an dem kurzweiligen Treiben in seiner Umgebung.
Wasser spritzte auf, der Geruch von Sonnenöl stieg ihm in die Nase. Kaum zwei Meter entfernt paddelte ein Zweibeinerkalb auf einer Luftmatratze an ihm vorüber. Ein Weibchen, vielleicht halb so groß wie er. Ein mundgerechter Happen.
Mmh ... Essen!, dachte der Alligator automatisch. Sein Gehirn checkte routinemäßig die Lage im Magen und traf eine andere Entscheidung. *Aah ... Faulenzen!*

★

Das Foto war vor zirka einem Jahr aufgenommen worden. Im Urlaub auf Rhodos. Es zeigte Bettina in einer Taverne, mit einem Cola in der Hand und dem Meer im Rücken. Sie war ein junges hübsches Ding mit kurzem, braunem Haar und runden Backen. Ihr schulterfreies Top ließ eine kleine Tätowierung erkennen, die sie sich wohl zum Missfallen ihrer Eltern hatte stechen lassen. Eine Hexe in Schwarz auf einem Besen. Genau unter dem linken Schlüsselbein. Aua, dachte Kleist, dort musste es besonders wehtun!
Es hatte lange gedauert, bis er draufgekommen war, was an dem Schnappschuss nicht stimmte. Es war ihr Lächeln. Es hörte oberhalb der Lippen auf. Ihre Augen spielten nicht mit. Sie starrten ausdruckslos ins Leere.
Kleist ließ das Foto im Handschuhfach verschwinden und stieg aus dem Wagen. Einen kleinen Teilerfolg hatte er

auf der Suche nach der Vermissten verbuchen können. Es war nicht mehr als ein Anfang, eine schwache Fährte. Ein junger Punk aus ihrem Bekanntenkreis wollte sie in der Nacht von Samstag auf Sonntag vor einem Lokal am Donaukanal gesehen haben. Wann genau, konnte er nicht sagen. Zu viel Alk, wie er freimütig zugab. Sie sei mit ein paar anderen Typen unterwegs gewesen, auch nicht mehr ganz nüchtern. Wohin? No idea. Aber der Ferdl wüsste vielleicht etwas. Der habe mit ihr gequatscht. Und wo man den Ferdl antreffen könne?, hatte Kleist nachgefragt. Schwierig, der sei immer unterwegs, die lapidare Antwort. Am ehesten am Samstag auf der Mariahilfer Straße. Dort hänge er gerne ab, um Geld aufzustellen.
Das war's. Eigentlich eine magere Ausbeute dafür, dass er den halben Tag unterwegs gewesen war. Wenn nicht noch ein Wunder geschah und das junge Fräulein von selbst auftauchte, hieß es wohl oder übel, bis zum Wochenende warten zu müssen.

Bereits unten, bei den Briefkästen, hörte er Natacha Atlas aus seiner Wohnung im vierten Stock. Natürlich nicht sie persönlich, sondern eine ihrer CDs, die Rabih mitgebracht hatte, als er eingezogen war. Der Gute ließ die Stereoanlage wieder einmal auf voller Lautstärke laufen und er, Kleist, durfte dann, wie so oft, den Unmut der Nachbarn ausbaden. Jener Nachbarn, die ihn ohnehin schief ansahen und hinter vorgehaltener Hand tuschelten, wie es denn dazu käme, dass zwei junge Männer gemeinsam in einer Wohnung … und so weiter. Komisch, dachte er,

bei Frauen war das völlig normal. Wenn zwei Mädels zusammenlebten, vermutete kein Mensch, dass sie lesbisch wären. Es sei denn, sie sahen so aus. Wie Kampfemanzen mit Igelfrisuren, Feinrippshirts und Militaryhosen.
Sein Freund bemerkte ihn nicht. Er hatte die Wohnzimmermöbel an die Wand geschoben und probte für seinen großen Auftritt. Der Bursche besaß ein phänomenales Rhythmusgefühl, musste Kleist, dem jedes tänzerische Talent versagt geblieben war, neidlos anerkennen. Ließ man das nuttige Glitzerkostüm außer Acht, war Rabih ein hinreißender Anblick. Die zu Fleisch gewordene Sinnlichkeit. Die pure Anmut. So wie er mit den Hüften kreiste und seinen süßen Apfelpopo hin und her schwang, machte er einem Lust auf mehr.
Als er Kleist in der Tür stehen sah, wuchs ein spitzbübisches Schmunzeln in seinem Gesicht. „Ich bin gleich fertig, Thomas-Schatz“, rief er über den Lärm der Musik hinweg. „Genieße meinen Anblick!“
Daphne hatte es sich auf dem Sofa gemütlich gemacht und interessierte sich mehr für ein getrocknetes Schweineohr als für die künstlerischen Darbietungen seines Herrchens. Dem Hund sah man sein Desinteresse gerne nach. Kleist hätte sich einen solchen Fauxpas allerdings nicht erlauben dürfen.
„Na, wie war ich?“, wollte Rabih nach den Proben immer wissen.
„Fantastisch!“, musste Kleist dann sagen. „Du bist die beste Bauchtänzerin der Welt.“ Jede andere Antwort war unzulässig.

„Na, wie war ich?“, fragte Rabih ein bisschen außer Atem, nachdem er die Musik abgestellt hatte.
„Fantastisch! Du bist die beste Bauchtänzerin der Welt.“
Trotz des Lobs zog er einen Schmollmund. „Lügner! Ich kenne dich. Das sagst du nur so dahin. In Wirklichkeit findest du mich grässlich. Gib es zu!“
„Nein, nein“, beteuerte Kleist eifrig. „Du warst hinreißend! Und … wunderschön.“
Rabih kam auf ihn zu und drückte ihm einen feuchten Kuss auf die Lippen. „Danke, Liebster“, hauchte er. „Du bist doch morgen dabei, oder? Bitte, ich will dich unbedingt dabeihaben, sonst drehe ich durch und schmeiße den Auftritt. Das würde ich dir nie verzeihen, Thomas! Dann brauchst du mir gar nicht mehr nach Hause zu kommen! Ist das klar?“ Seine Stimme war immer lauter und energischer geworden.
Kleist nahm ihn beruhigend in den Arm. Abgesehen davon, dass es *seine* Wohnung war, auch wenn sie Dank Rabihs innenarchitektonischer Eskapaden aussah wie ein orientalisches Puff, hätte er es ohnehin nie gewagt, die Show zu schwänzen. „Selbstverständlich werde ich da sein“, versprach er. „Pünktlich auf die Minute. Du kannst dich auf mich verlassen.“
Rabih löste sich zufrieden aus der Umarmung. „Ach, und noch etwas“, sagte er quasi im Vorübergehen und so leise, dass Kleist Mühe hatte, ihn zu verstehen. „Du wirst dich in nächster Zeit ein bisschen um Daphne kümmern müssen.“
„Wie bitte?“

„Du hast mich schon verstanden, mein Schatz. Küsschen!“, flötete er und verschwand im Schlafzimmer, um den Bauchtanzfummel abzulegen.
Kleist lief ihm entgeistert hinterher. „Moment, was soll das heißen, mich um Daphne kümmern?“
„Na, die Kleine kann unmöglich den ganzen Tag unbeaufsichtigt zu Hause bleiben. Sie braucht Zuwendung, Aufmerksamkeit, du weißt schon, und ihren Auslauf selbstverständlich. Und damit meine ich nicht die zwei Minuten, die du in der Früh mit ihr hinuntergehst.“
„Pardon, aber wie stellst du dir das vor? Ich habe zu arbeiten!“
„Thomas-Schatz, reg dich bitte nicht auf! Auch ich habe zu tun.“
Kleist stieß ein empörtes Schnauben aus. Was hieß, er solle sich nicht aufregen? *Er* war es mit Sicherheit nicht, der mit einer Regelmäßigkeit, die ihresgleichen suchte, die Nerven wegschmiss und aus jeder Mücke einen Elefanten machte. „Erklär mir doch bitte, was du so Wichtiges zu erledigen hast? Das würde mich wirklich interessieren.“
„Ich habe einen Job“, verkündete Rabih fanfarengleich und strahlte überglücklich. Das Billroth-Spital habe ihn mit offenen Armen aufgenommen, berichtete er voller Stolz. Dort hätten nicht kleinkarierte Spießbürger das Sagen, wie in anderen Krankenhäusern. Dort wüssten sie seine Vorzüge zu schätzen. Vor allem von seinen Arabischkenntnissen seien sie begeistert, worüber man sich nicht zu wundern brauche, angesichts der ganzen Scheichs, die in der noblen Privatklinik ein- und ausgingen. Und ihrer

zukünftigen Frauen, die sich gerne vor der Hochzeit noch rasch einer Hymen-Rekonstruktion unterzogen, wie bösartige Zungen behaupteten. „Da staunst du, was? Morgen ist mein erster Tag."
Kleist staunte tatsächlich. „Aber ich kann Daphne unmöglich in die Bundespolizeidirektion mitnehmen. Das geht nicht. Versteh das bitte. Hast du dir das nicht überlegt, bevor du die Stelle angenommen hast?"
„Doch." Rabih grinste immer noch, wenngleich auch nicht mehr so glücklich. „Und du siehst, ich habe eine Lösung gefunden. Sei ehrlich, im Vergleich zu diesem Doppler, von dem du dauernd erzählst, ist Daphne eine ausgesprochen niveauvolle und scharfsinnige Partnerin. Sie wird eure Fälle in null Komma nichts lösen."
„Nein, Rabih, das kommt nicht in Frage!", erklärte Kleist dezidiert. Ein Fehler, schoss es ihm im selben Moment durch den Kopf. Ein schwerer Fehler!
Innerhalb eines Sekundenbruchteils vollzog sich die Verwandlung. Rabih schaltete in den Aisha-Modus. „Das machst du mit Absicht!", heulte er los. „Du hasst mich! Du kannst es nicht ertragen, dass ich mein eigenes Geld verdiene. Aus dir spricht der Neid!"
„Aber nein, ganz im Gegenteil. Ich habe dir immer gesagt, dass du …"
„Schweig still! Du lügst!" Tränen schossen ihm in die Augen, seine Hände ballten sich zu Fäusten. „Du hältst mich wie einen Sklaven, legst mich in Ketten, fällst über mich her, wann immer es dir passt! Ich fühle mich missbraucht!"

„Ich bitte dich, du weißt, dass das ein Blödsinn ist! Von wegen Sklave! Wer macht denn hier die ganze Arbeit? Wer …“
Rabih lief knallrot an. „Du nennst mich einen blöden Bauerntrampel?“, zeterte er.
„Was? Mit keinem Wort. Ich habe nur …“
„All die Jahre, die ich dir geopfert habe, und nun das! Meine Mutter würde sich im Grabe umdrehen, wüsste sie, wie du mich behandelst! Meine arme Mutter!“
„Deine Mutter erfreut sich bester Gesundheit. Hör zu …“ Kleist zwang sich zu einem versöhnlichen Lächeln. Sachte griff er nach Rabihs Händen.
Dieser wich augenblicklich zurück. „Lass mich! Geh weg! Rühr mich nicht an!“, kreischte er wie am Spieß. „Wenn du nicht bereit bist, mich zu unterstützen, dann frage ich mich, weshalb wir überhaupt noch zusammen sind! Dann kannst du gleich deine Sachen packen! Verschwinde! Ich verfluche dich! Ich verfluche dich! Ich verfluche dich!“
Dreimal hielt besser.
„Aber … Ich … Also … Du …“ Kleist raufte sich die Haare. Das hysterische Geplärr raubte ihm den letzten Nerv. „Okay, ich werde es machen!“, schrie er. „In Ordnung? Ich werde auf den Hund aufpassen.“
„Echt? Super!“ Rabih schniefte und wischte sich die Tränen aus den Augen. „Danke dir, Thomas-Schatz. Und jetzt sag ehrlich, war es wirklich notwendig, dass du dich so aufregst?“

★

Auf der Rückfahrt von der Gerichtsmedizin übermannte Simone in der Straßenbahn ein derartiger Heißhunger, dass sie befürchtete, einen Schwächeanfall zu erleiden und umzukippen. Dem vorbeugend boxte sie die Frau mit Kind, die Schwangere, den alten Mann mit Stock und sogar den Blinden mit der Krücke beiseite, um an den Sitzplatz für Behinderte zu kommen. Oder den Sitzplatz für Menschen mit besonderen Bedürfnissen, wie das neuerdings korrekt hieß.
Obwohl, besondere Bedürfnisse … hatte die nicht jeder?
Na eben!
Kurzerhand beschloss sie, beim Würstelstand in der Schottengasse einen Zwischenstopp einzulegen.
Normalerweise hielt sie sich an gesundes Essen, vorzugsweise an überteuerte Bioprodukte, doch in diesem Moment trieb sie ihr knurrender Magen dazu, alle guten Vorsätze über Bord zu werfen.
Gierig verschlang sie eine Currywurst mit Brot, süßem Senf und einer Salzgurke. Eine Packung Manner Schnitten und ein Cola light nahm sie sich mit ins Büro, um ihren Blutzuckerspiegel für den Rest des Tages bei Laune zu halten.
Sie hatte noch einiges zu erledigen.
Bereits als sie aus dem Lift stieg, sah sie Michael Borstinger am Gang auf- und abspazieren. Der Typ hatte ihr gerade noch gefehlt.
„Sie wollen zu mir?“, fragte sie ihn verdrossen.
„So ist es, Frau Doktor. Ihr Kollege hat gemeint, ich könne hier warten.“

„Doppler? Ist er schon gegangen?“ Die Frage hätte sie sich sparen können. Es war kurz nach halb fünf. „Konnte er Ihnen nicht helfen?“
„Er musste zu einem Pressetermin. Abgesehen davon wende ich mich lieber an den Schmied und nicht an den Schmiedl“, säuselte er. „Noch dazu, wenn es sich um eine Angelegenheit von höchster Priorität handelt.“
Geschenkt!, dachte Simone. Deine Schmeicheleien ziehen bei mir nicht! Sie schloss auf und ließ ihren Besucher ein. „Sie sind hoffentlich nicht gekommen, um mir eine Krankenversicherung aufzuschwatzen.“
„Nein, nein“, wehrte Borstinger eifrig ab.
Unaufgefordert nahm er neben ihrem Schreibtisch Platz. „Keineswegs. Obwohl, wenn es Sie interessiert, ich hätte da …“
„Das tut es nicht! Worum geht es?“
Ehe er antwortete, holte er tief Luft. „Ich habe erfahren, dass man Richard Gric ermordet hat. Stimmt das?“
Sofort nahm sie ihn scharf ins Visier. „So? Und wo, wenn ich fragen darf? Die Medien haben noch nicht darüber berichtet.“
„Ja, hm, die Versicherung wurde informiert und dort spricht sich so ein Vorfall natürlich schnell herum.“
„Nun, Sie haben richtig gehört. Wollen Sie zu dem Fall eine Aussage machen?“
Borstinger begutachtete einige Sekunden seine makellos gepflegten Hände. Sie zitterten ein wenig, fiel ihr auf. „Ich weiß, man sollte keine voreiligen Schlüsse ziehen“, murmelte er. „Man will ja niemanden anschwärzen. Nichts

liegt mir ferner. Aber andererseits … Sicher ist sicher, sag ich immer.“
Simone stand kurz davor, die Geduld zu verlieren. „Kommen Sie zur Sache. Wovon reden Sie?“
„Ich glaube, ich weiß, wer der Mörder ist“, platzte es aus ihm heraus.
„Sie glauben zu wissen? Da bin ich aber gespannt.“
„Ein gewisser Hugo Sobek“, fuhr er fort. „Es kann nur er gewesen sein.“
„Warten Sie!“ Simone startete ihren PC. Es dauerte geschlagene drei Minuten, ehe er hochgefahren war und sie alles mitschreiben konnte. „Und dieser Hugo Sobek ist wer?“
„Ein Arbeitskollege … Ein *ehemaliger* Arbeitskollege genau genommen.“ Borstinger machte eine Pause, um sicherzugehen, dass sie alles mitbekam.
Sobek habe bis zum Frühsommer letzten Jahres in der Astral Versicherung gearbeitet, gab er zu Protokoll, und, na ja, er sei nicht der beliebteste Kollege gewesen, um es vorsichtig auszudrücken. Ein Eigenbrötler, ein komischer Kauz, der sich partout nicht in die Gemeinschaft integrieren wollte.
„Sie meinen einer, der nach Dienstschluss nicht mit den anderen ins Schweizerhaus saufen gegangen ist“, hakte sie zynisch nach.
Borstinger überhörte ihren Spott. „Sobek ist ein Spinner. Er lebt in einer anderen Welt, fernab der Realität. So ein Esoteriker, wenn Sie wissen, was ich meine.“
„Und das befähigt ihn, einen Mord zu begehen?“

„Zwei Morde. Wenn er Gric getötet hat, dann auch meinen Bruder.“ Kurz sah er sie an, dann inspizierte er wieder seine Hände.
„Es sind damals Sachen passiert, die vielleicht etwas unschön waren.“
„Unschön? Wie darf ich das verstehen?“
„Nun, er als Außenseiter hat es bei uns nicht leicht gehabt. Er ist oft auf der Schaufel gestanden.“
„Wenn Sie *uns* sagen, meinen Sie sich, Ihren Bruder und Gric, vermute ich.“
Borstinger nickte. „Wir haben uns den einen oder anderen Spaß mit ihm erlaubt.“
Von wegen Spaß. Mobbing wäre das zutreffende Wort gewesen, stellte die Kriminalbeamtin fest. Man hatte Sobek bei Mitarbeitern und Kunden verunglimpft, ihm wichtige Memos vorenthalten, ihn quer durch die Stadt zu erfundenen Terminen gehetzt und in schöner Regelmäßigkeit die Festplatte seines Laptops formatiert.
„Er hatte es also nicht gerade leicht mit Ihnen“, fasste sie zusammen. „Gratuliere! Kollegen wie Sie kann man sich nur wünschen.“
„Ich weiß, dass das nicht in Ordnung war. Aber …“ In seinem Aktenkoffer begann es sich zu regen. *We are the Champions*, behauptete sein Handy einmal mehr. Sofort aktivierte er das Headset. „Ja, bitte? … Begrüße Sie, Herr Nemetz … Verzeihen Sie, Kundschaft“, flüsterte er Simone zu.
„Lassen Sie das!“, fauchte sie ihn an. „Sie reden jetzt mit mir!“

„Moment, Herr Nemetz. Ich bin gleich wieder bei Ihnen … Nur eine Sekunde, Frau Doktor. Es dauert nicht lange."

„Wenn Sie telefonieren wollen, dann tun Sie das draußen. Das ist mein Büro und nicht Ihres. Verstanden?"

„Alles klar, keine Frage … Herr Nemetz? Ja, da bin ich wieder. Was kann ich für Sie tun?"

Simone fackelte nicht lange. Sie schnellte in die Höhe und riss ihm das Gerät vom Ohr. „Beschlagnahmt", erklärte sie und ließ es in der Schreibtischlade verschwinden, wo sich Herr Nemetz mit einigen Kugelschreibern, einer Nagelfeile und drei Tampons unterhalten konnte.

Borstinger starrte sie verdutzt an. „Was fällt Ihnen ein?", protestierte er. „Sie können doch nicht …" Ihr stechender Blick brachte ihn umgehend zum Schweigen.

„Ich kann. Glauben Sie mir, ich kann." Zufrieden nahm sie wieder Platz. „Zurück zu Sobek. Denken Sie allen Ernstes, der Mann würde sich auf einem Rachefeldzug befinden? Ich bitte Sie! Was Sie mit ihm angestellt haben, war zwar alles andere als galant, aber deswegen gleich anzunehmen, dass er einen auf Charles Bronson macht, halte ich für weit hergeholt. Da würde wohl jeder Fünfte an seinem Arbeitsplatz aufräumen."

Borstinger räusperte sich. „Ich fürchte, das war nicht alles."

Letztes Jahr im Juni, teilte er ihr mit, habe es einen Betriebsausflug gegeben. Übers Wochenende nach Barcelona. Rückflug Montagmorgen. Von Sobek habe man sich ohnehin die meiste Zeit ferngehalten, um sich die Laune nicht vermiesen zu lassen. Aber am letzten Abend, beim gemeinschaftlichen Essen …

„Ja?“ Simone blickte ihn gereizt an. Der Kotzbrocken machte es furchtbar spannend.

„Es gab Paella, in so einem Touristenschuppen. Und Sangria. Jede Menge Sangria. Es ist spät geworden, wie Sie sich vorstellen können, und einige von uns haben beschlossen, die Nacht durchzumachen, bis zur Abfahrt zum Flughafen.“

„Einige? Sie, Ihr Bruder, Gric und wer noch?“

„Eine Kollegin, eine Sekretärin des Landesdirektors. Wir waren alle nicht mehr ganz nüchtern. Und Sobek war auch noch da. Er ist alleine an einem anderen Tisch gesessen. Vielmehr gelegen. Betrunken, völlig weggetreten.“

„Und dann?“, drängte Simone.

„Als wir gegangen sind, haben wir ihn mitgenommen.“

„Vermutlich nicht, um ihn wohlbehalten ins Hotel zu bringen.“

„Ehrlich gesagt, nein. Der Leopold hatte eine Idee. Er wollte ihm eine Lehre erteilen, zur Strafe, weil er sich immer abgesondert hat und so. Gesagt, getan. Auf den Ramblas haben wir ihn ausgezogen und hübsch geschminkt. Sie wissen schon, mit dem Make-up der Sekretärin, reichlich Lippenstift, Rouge und Lidschatten. Dann haben wir ihn vor dem Fischmarkt auf eine Bank gesetzt und sind davon.“

„Ich verstehe. Spaß muss sein. Und das Ende der Geschichte? Der arme Teufel wurde wegen Erregung öffentlichen Ärgernisses festgenommen?“

Borstinger rang sich ein verzagtes Lächeln ab. „Das nicht, aber den Rückflug hat er leider verpasst."
„Und splitternackt und grell geschminkt auf einer belebten Einkaufsstraße aufzuwachen, fand er vermutlich nicht ganz so lustig wie Sie, oder?" Simone musterte ihr Gegenüber voller Verachtung. Niemals wäre ihr eingefallen, einem ihrer Mitarbeiter etwas Derartiges anzutun. Nicht einmal Doppler, obwohl der hin und wieder eine anständige Abreibung verdiente. „Was ist aus Sobek geworden?", wollte sie wissen.
Borstinger zuckte mit den Schultern. „Kurz darauf hat er gekündigt. Seither habe ich nichts mehr von ihm gehört."
„Und jetzt befürchten Sie, der Nächste auf seiner Liste zu sein. Sie und diese feine Maskenbildnerin, die Sekretärin."
„Frau Fux hat nichts zu befürchten", hüstelte Borstinger. „Sie ist im Winter mit ihrem Auto tödlich verunglückt. Ich bin der Einzige, der noch übrig ist."
Simone brach eine Manner Schnitte aus dem Päckchen und schob sie sich nachdenklich in den Mund. Ihr gesundes Misstrauen war auf den Plan gerufen worden. Der Kerl sah zwar ziemlich betroffen aus der Wäsche, aber irgendwie wurde sie das Gefühl nicht los, dass er ihr etwas vorgaukelte. Es schien, als heckte er einen Plan aus, ein Ablenkungsmanöver. „Was mich interessiert, ist: Wie kam es, dass Ihr Verhältnis zu Ihrem Bruder dermaßen abkühlte. Offenbar waren Sie vor einem Jahr noch unzertrennlich. Was Ihre schlechten Scherze anbelangte zumindest."

„Birgit", erklärte er. „Als ich erfahren habe, was beim Leopold daheim vorgefallen ist, bin ich auf Distanz zu ihm gegangen. Für solche Schweinereien habe ich kein Verständnis."
Simone nahm ihm kein Wort ab. Ausgerechnet dieser aalglatte Scheißkerl wollte ihr mit Anstand und Moral kommen?
„Hören Sie", platzte es plötzlich aus ihm heraus. „Der bringt mich um! Da bin ich mir hundertprozentig sicher. Sie müssen mir helfen!"
„Ihnen helfen? Wie stellen Sie sich das vor, Herr Borstinger?"
„Ich verlange Polizeischutz!"
„Sie *verlangen*?" Amüsiert lehnte sie sich zurück. „Da muss ich Sie enttäuschen. Bei den Einsparungen im Sicherheitsapparat stehen mir nicht genügend Leute zur Verfügung. Überhaupt in der Urlaubszeit. Sie werden schon selbst auf sich aufpassen müssen."
„Aber irgendetwas wird man doch unternehmen können", jammerte er. „Ich bitte Sie!"
Die Kriminalbeamtin blieb unbeeindruckt. „Eines nach dem anderen. Was diesen Sobek anbelangt, werde ich mich einmal umhören. Dann sehen wir weiter."

4

Himmel, Daniel! Kurz vor vier Uhr morgens saß Simone kerzengerade im Bett. Beinahe hätte sie seinen Geburtstag vergessen! Und es war nicht irgendeiner. Es war ein runder, sein Vierzigster, der naturgemäß erhöhte Aufmerksamkeit erforderte und selbstverständlich auch ein besonders exquisites Geschenk, wie zum Beispiel …

Zwei Stunden später, als sie im Morgenmantel unruhig durch das Haus wandelte, war sie gedanklich nicht viel weiter. Irgendetwas Großes, furchtbar Beeindruckendes musste her, das ihm ihre schwesterliche Liebe auf ewig vor Augen hielt. Aber was? Ihr Bruder war ein bescheidener Mensch, der mit materiellem Kram wenig anzufangen wusste. Als feinfühliger Schriftsteller ergötzte er sich mehr an intellektuellen Werten. Welche genau das waren, hatte Simone nie in Erfahrung bringen können. Um das herauszufinden, hätte sie eine Reise in die unheimlichen Tiefen seiner Seele antreten müssen, und einer solchen Belastungsprobe wollte sie sich ehrlich gesagt nicht stellen.

Vielleicht sollte sie Albert, seinen Mitbewohner, zurate ziehen, überlegte sie. Doch kaum hatte sie diese Möglichkeit in Betracht gezogen, verwarf sie den Gedanken auch schon wieder. Angesichts seines Geisteszustands würde er keine große Hilfe sein. Nicht umsonst hatte er viele Jahre seines Lebens in der Psychiatrie verbracht. Als kongenialer Partner für ein Brainstorming schied er somit aus.

Der Mann besaß andere Talente. Verstand man es, seine mentalen Defizite richtig einzusetzen, offenbarte er sich

als Geschenk des Himmels. Sein Tourette-Syndrom führte in der Öffentlichkeit zwar gehäuft zu unangenehmen Begebenheiten, sein zwanghafter Putzwahn hingegen, den er trotz einer Vielzahl an Therapien nie losgeworden war, bot sich geradezu an, schamlos ausgenützt zu werden. Zweimal wöchentlich kam er zu ihr ins Haus, um es von oben bis unten einer gründlichen Reinigung zu unterziehen. Das war so vereinbart worden, als Gegenleistung dafür, dass er sich in ihrer Stadtwohnung eingenistet hatte. Ein Geschäft, von dem vorrangig Simone profitierte. Spiegelglanz, Blütenduft und Zitronenfrische waren Alberts zweiter bis vierter Vorname. Wenn er Staub wischte, Böden schrubbte, Fenster putzte und sich mit Hingabe um ihre Wäsche kümmerte, war er in seinem Element.
Nur was die Gartenarbeit anbelangte, zeigte er sich nach wie vor störrisch. Die gehöre nicht zu seiner Job Description, behauptete er standhaft. Die Fuck-Natur reinige sich von selbst, Alter, die brauche seine Unterstützung nicht. Er sei ja kein verfluchter Putzerfisch oder so, he!
Und deshalb hatte sie ihn nie dazu bewegen können, sich ausnahmsweise einmal um den Rasen zu kümmern, der längst zu einer wild wuchernden, kniehohen Wiese geworden war.

Weil an Schlaf ohnehin nicht mehr zu denken war, fuhr Simone früher als gewöhnlich los. Sie wollte die gewonnene Zeit nutzen, um diesem Hugo Sobek auf den Zahn zu fühlen. Wie sie in Erfahrung gebracht hatte, war er trotz seines fortgeschrittenen Alters von 37 Jahren noch

immer an der Wohnadresse seiner Eltern, in der Ottakringer Straße, gemeldet.
„Kriminalpolizei?“ Seine Mutter musterte sie argwöhnisch und machte vorerst keine Anstalten, die Tür weiter als zehn Zentimeter zu öffnen. „Mein Bub hat noch nie mit der Polizei zu tun gehabt. Es muss sich um ein Missverständnis handeln.“
„Ich kann Sie beruhigen. Es geht lediglich um eine Zeugenaussage. Ich darf doch?“ Simone zwängte sich mit sanftem Nachdruck in die Wohnung.
Das Hirschgeweih an der Speisezimmerwand neben dem Herrgottswinkel war der Blickfang schlechthin. Ein imposanter Sechzehnender, wie man ihn nicht oft in Gemeindebauten antraf. Darunter, auf der Bauerneckbank, saßen Eltern der Kategorie *alles, was wir getan haben, haben wir immer nur für unser Kind getan und nun das!* Die Mutter eine Glucke mit herrischen Ansätzen, die nichts über ihren Buben kommen lassen wollte, es sei denn, sie selbst hatte etwas an ihm zu bekritteln, der Vater, ein großer Schweiger, der ihr missmutig Gesellschaft leistete, mehr, weil er sich dazu verpflichtet fühlte, als dass er interessiert gewesen wäre, an dem Gespräch aktiv teilzunehmen. Das Reden überließ er seiner Frau. Außer einem gelegentlichen, durch die Zähne gepressten Knurren bekam man von ihm nichts zu hören.
Nein, der Bub lebe schon lange nicht mehr bei ihnen, seufzte Frau Sobek. Ja, er sei hier noch gemeldet, weil er, wann immer er wolle, zurückkehren könne. Bei seiner Mutter habe er es doch wesentlich besser als ganz allein

in dem Haus. Und eine Frau, die sich um ihn kümmern würde, finde er sowieso nicht. Für Frauen sei er nicht geschaffen. Zu verwöhnt, der Bub, zu kompliziert. Die Arbeit wolle sich keine antun. Die jungen Dinger von heute seien doch nur an ihrer Karriere interessiert.
„Allein in *welchem* Haus?", hakte Simone nach.
Der Vater knurrte und machte eine abfällige Handbewegung.
„Na, das an der Alten Donau", erklärte Frau Sobek barsch, als müsste jeder wissen, wovon sie sprach. „Das hat er vom Großvater geerbt. Das Haus und die Jagdhütte in der Prein. Beim Hugo hat er sich immer großzügig gezeigt, mein Herr Papa."
Ah, *Jagdhütte*! Die Frage nach der Herkunft des Sechzehnenders konnte Simone abhaken.
„Ich verstehe nicht, was ihn in dieser Schrebergartensiedlung hält. So schön ist es dort auch wieder nicht. Stellen Sie sich die Gelsenplage im Sommer vor. Und die Alte Donau ist nichts weiter als eine Dreckslacke. Nur Türken dort, die reinpischen. Alle möglichen Krankheiten kann man sich da holen." Frau Sobek schüttelte verständnislos den Kopf. Auf einmal standen Tränen in ihren Augen. „Nichts lässt er von sich hören! Außer wenn er Geld braucht, dann sind wir gut genug für ihn. Aber sonst … Undank ist der Welten Lohn. Wer weiß, wie lange es uns noch gibt. Wir sind ja auch nicht mehr die Jüngsten. Simmt's, Rudi?"
Verbittertes Knurren, Zähnefletschen, verächtliches Augenrollen.

„Ich schreibe Ihnen seine Adresse auf." Frau Sobek kramte umständlich einen Notizblock aus der Tischlade. „Wenn Sie ihn sehen, sagen Sie ihm, er kann jederzeit wiederkommen. Ich habe erst gestern sein Bett frisch überzogen."
„Das werde ich ihm gerne ausrichten. Vielen Dank, das war's auch schon wieder." Simone erhob sich. Nur weg, dachte sie.
„Warten Sie!" Frau Sobek kam ihr nachgelaufen. „Könnten Sie dem Buben etwas mitnehmen?" Sie zweigte in die Küche ab, wo sie geräuschvoll herumhantierte. „Ich habe ihm ein Stück Marillenkuchen eingepackt", erklärte sie mit einer gehörigen Portion Hausfrauenstolz und überreichte der Kriminalbeamtin ein riesiges Paket aus Alufolie. „Geben Sie ihm den! Den hat er immer gemocht. Vielleicht denkt er ja dann ausnahmsweise einmal an seine Eltern."
Simones Auto war die ganze Zeit über in der prallen Sonne gestanden und hatte sich trotz der frühen Stunde in einen Backofen verwandelt. Ihr morgendlicher Elan verpuffte so rasch, wie er sie aus dem Schlaf gerissen hatte. Die stickige, aufgeheizte Luft war der perfekte Nährboden für ihre Müdigkeit, mit der sie schon seit Wochen immer häufiger zu kämpfen hatte. Der ständige Stress zehrte an ihren Reserven. Ein paar freie Tage hätten ihr sicher gutgetan. Ihr letzter Urlaub war eine Ewigkeit her. Aber solange sie den Mörder nicht erwischt hatte, brauchte sie an eine Verschnaufpause gar nicht zu denken.

★

Für eine Schrebergartenhütte war Sobeks einstöckiges Haus beeindruckend groß. So groß, dass es beinahe das gesamte Grundstück einnahm und nur durch die Uferpromenade von der Alten Donau getrennt wurde. Die Massivbauweise verriet, dass es viel mehr war, als ein bescheidenes Sommerdomizil. Hier ließ es sich das ganze Jahr über ausgezeichnet leben.
Allem Anschein nach stand es seit Längerem leer. Trotz stürmischen Läutens hatte niemand geöffnet. Die Fensterläden waren verriegelt, die Haustür versperrt. Der Garten erinnerte Simone ein bisschen an ihren eigenen. Wildwuchs pur.
„Schön, dass du dich auch schon blicken lässt“, fauchte sie Doppler an, der auf der Promenade gemächlich dahergeschlurft kam.
„Ja, ja“, knurrte er unwillig und verzog seinen Mund. Er hatte es nicht besonders eilig.
Wäre es nach ihm gegangen, hätte er auf den Ausflug gänzlich verzichtet und sich um weitaus dringendere Angelegenheiten gekümmert. Um sein Vermögen nämlich. Er war gerade auf dem Weg zu Nagers Wohnung gewesen, als ihn Simones Anruf erreicht hatte. „Da wohnt also unser Verdächtiger?“, fragte er in einem Tonfall, der klar machen sollte, dass er seine Anwesenheit als maßlose Verschwendung menschlicher Ressourcen betrachtete. Schrebergärtner waren im Allgemeinen nicht gerade das, was man als brandgefährlich bezeichnete. Eher zählten sie zur Gattung der realitätsfremden Fantasten, vor allem in einer Siedlung, die Klein-Brasilien hieß. Mit der Copa-

cabana hatte die schmale Uferböschung wirklich nichts gemein.

„Sobek scheint sich verdrückt zu haben“, klärte sie ihn auf.

„Und was soll ich dann hier?“, motzte er. „Ich habe Besseres zu tun, als …“

„Sind Sie von der Polizei?“, ertönte eine quiekende Stimme hinter seiner Vorgesetzten.

Eine ältere Frau in bunter Arbeitsschürze war unbemerkt an sie herangetreten. Ihre Hände steckten in orangefarbenen Gummihandschuhen und klammerten sich an eine Gartenkralle.

„Sehen wir so aus?“, schnauzte sie der Bezirksinspektor an.

„Aber sicher!“ Die Frau nickte eifrig. Diesbezüglich machte ihr niemand etwas vor. Die unzähligen Krimiserien im Fernsehen, die sie nie versäumte, hatten ihren Spürsinn geschärft. Punkto Polizeieinsätze war sie Expertin. „Wenn Sie Sobek suchen, haben Sie Pech. Der ist ausgeflogen. Seit zirka zwei Wochen schon.“

„Und Sie haben in Ihrer Umgebung vermutlich alles unter Kontrolle“, stellte Simone anerkennend fest.

„Das muss man ja, bei solchen Nachbarn. Ich wohne nebenan. Zerbal ist mein Name. Wurde auch langsam Zeit, dass Sie hier einmal aufkreuzen. Zustände sind das, wie bei den Negern, sage ich Ihnen.“

„Wie darf ich das verstehen?“

„Na, sehen Sie sich um, wie es da ausschaut. Um nichts hat er sich gekümmert. Das ganze Unkraut wuchert bis zu mir hinüber. Sauerei! Was bildet der sich ein, wo er ist? Und überhaupt, sein ganzes Verhalten …" Frau Zerbal blickte sich prüfend um, als wollte sie sicherstellen, dass niemand Unbefugter zuhörte. „Ein verdächtiger Kerl, dieser Sobek! Ein Sonderling, ein *Individualist*. Sie verstehen. Immer nur für sich, war nie bei den Vereinssitzungen, hat kaum gegrüßt, wenn man ihm begegnet ist, und sich von allen ferngehalten. Da stimmt doch etwas nicht! Der hat was zu verbergen, glauben Sie mir! In diesem Haus gehen seltsame Dinge vor."

Simone nickte zustimmend. Zeugen wie Frau Zerbal waren Gold wert. Man brauchte nicht lange nachzufragen, um eine umfassende Auskunft zu erhalten. Man ließ sie einfach reden, subtrahierte vom Gehörten die frei erfundenen 50 bis 70 Prozent und hatte ein umfassendes Bild.

„Sie kommen wegen der Tiere, oder?", wollte die Nachbarin wissen.

„Tiere?" Die Kriminalbeamtin blinzelte sie verwirrt an.

„Ja wissen Sie das denn nicht? Es hat schon unzählige Anzeigen gegeben. Seit drei Wochen ist der kleine Waldi abgängig. Der Dackel vom Freiburger, zwei Häuser weiter. Den hat er einfach aus dem Garten verschleppt, der Sobek. Der arme Waldi! So ein gutmütiger Wauwau. Insgesamt das neunte Haustier in den letzten Jahren, das bei uns in der Siedlung auf mysteriöse Weise verschwunden ist. Katzen, Hunde … Sogar ein Meerschweinchen. Da steckt mit Sicherheit Sobek dahinter! Wer sonst? Der hat sie bei Nacht und Nebel entführt. Weiß Gott, was der mit denen anstellt. Ein Tierquäler ist das. Wahrscheinlich

zieht er ihnen das Fell über die Ohren. Ist Ihnen der Geruch nicht aufgefallen?"
„Geruch?"
„Wenn man an der Haustür riecht, wird einem speiübel. Dort drinnen müssen unzählige Kadaver liegen."
„Sie schnüffeln an anderer Leute Haustüren?", wunderte sich Simone.
„Na, hören Sie? Man will doch wissen, was in der Nachbarschaft vor sich geht. Geheimnistuereien können wir bei uns nicht brauchen. Und so einen Irren wie Sobek schon gar nicht. Der ist eine Gefahr für uns alle!"
Frau Zerbal stemmte entrüstet ihre Hände in die Hüften.
„Und was hat die Polizei bisher getan? Nichts!"
„Gibt es Beweise, dass er die Tiere entführt hat?"
„Beweise? Wozu brauche ich bei dem Beweise? Er ist ein Zwergenloser. Das sagt alles!"
„Ich verstehe. Und *zwergenlos* bedeutet?"
„Na, machen Sie die Augen auf! Sehen Sie bei dem auch nur einen einzigen Gartenzwerg? Nein! Kein Reh, keine Schildkröte. Er grenzt sich aus. Er provoziert uns. Er gibt uns auf diese Weise zu verstehen, dass er mit uns nichts zu tun haben will. Da brauche ich keine Beweise, Frau Kommissarin. Für mich ist er der Kidnapper."
Jetzt kapierte Simone, worauf die Zerbal hinauswollte. Ein Zwergenloser, das war so etwas wie ein Outlaw, ein subversives Element, das eine immense Bedrohung für die Gesellschaft darstellte, und im Gegenzug von ihr wie ein Aussätziger behandelt wurde. Ein Zwergenloser war

… *anders*. Und anders war man schnell in den Augen der anderen.
„Worauf warten Sie?“, drängte Frau Zerbal. „Nehmen Sie den Laden auseinander, machen Sie dem Spuk ein Ende!“
Simone setzte ihre strenge Beamtenmiene auf. „Wie stellen Sie sich das vor? Ohne richterlichen Beschluss kann ich unmöglich in ein Haus einbrechen, nur weil Sie …“
Ein lautes Scheppern ließ sie zusammenzucken. „Sag, spinnst du jetzt völlig?“, brüllte sie Doppler an, der die Reste der eingetretenen Tür beiseite räumte.
„Gefahr im Verzug“, grinste er breit. „Nicht gerade einbruchssicher, das Schloss. Eine Schande, bei der hohen Kriminalitätsrate. Man sollte eine Aufklärungskampagne in der Gegend starten.“
„In erster Linie sollte man dir das Handwerk legen, du, du, du …“ Simone rang wild gestikulierend nach Worten. „Was fällt dir eigentlich ein?“ Ihm fiel gar nichts ein, korrigierte sie sich. Es war der verfluchte Porsche, der ihn lenkte, der ihm das letzte bisschen Verstand raubte. Seit er im Bann des Autos stand, entzog er sich mehr und mehr ihrer Kontrolle. Doppler entglitt ihr. Und da gab es nichts, was sie dagegen hätte unternehmen können.
„Na los, gehen wir rein!“, drängte Frau Zerbal.
„Wir? *Sie* tun gar nichts!“, entschied die Kriminalbeamtin. „Sie rühren sich hier nicht von der Stelle!“
Bei geöffneter Tür machte sich der Gestank bereits im Vorgarten bemerkbar. Verwesungsgeruch war das aber keiner, stellte sie erleichtert fest. Es roch eher nach …

Zoo. Vielleicht hatte die Nachbarin ja recht, was die verschwundenen Haustiere anbelangte.
Innen war das Haus bedeutend kleiner, als es von außen wirkte. Im Erdgeschoß gab es eine enge Kochnische, einen Abstellraum und ein etwa 20 Quadratmeter großes Wohnzimmer, von dem aus eine Treppenleiter steil nach oben führte.
„Du nimmst dir den ersten Stock vor“, wies sie Doppler an, der megacool an einem Küchenschrank lehnte und den Dreck unter seinen Fingernägeln hervorkratzte. „Ich schaue mich hier unten um.“
„Und wonach soll ich suchen?“
So ganz genau wusste sie es selbst nicht. „Vielleicht finden wir etwas, das auf Sobeks Aufenthaltsort hindeutet. Oder darauf, dass er Borstinger und Gric auf dem Gewissen hat.“
Soviel man auf den ersten Blick sagen konnte, war das Inventar vollständig. Möbel, Gebrauchsgegenstände, alles komplett vorhanden. Wenn Sobek geflohen oder untergetaucht war, dann ohne sich die Mühe zu machen, mehr als das Notwendigste mitzunehmen. Lediglich der Kühlschrank war leer geräumt und ausgesteckt worden. Auf ein Massaker an Hunden und Katzen deutete ebenso wenig hin, wie auf andere illegale Machenschaften. Im Grunde sah es recht ordentlich aus. Wenn da nicht dieser seltsame Mief gewesen wäre.
Und der kam eindeutig aus dem Keller, fiel ihr auf, je weiter sie die Treppe hinabstieg. Mit jeder Stufe wurde er intensiver, beißender. Simone holte noch einmal tief

Luft, bevor sie die schwere, grau gestrichene Eisentür aufdrückte.

★

Sie war falsch hier! Komplett falsch. Sie hatte sich etwas vorgemacht, hatte sich von ihrer Hoffnungslosigkeit leiten lassen und jetzt stand sie an genau der gleichen Stelle wieder, von der aus sie aufgebrochen war, um ihr Glück zu suchen. Im emotionalen Niemandsland.

Birgit Borstinger war ihr Fehler schmerzlich bewusst geworden. Der letzte einer ganzen Reihe von Fehlern, die sie in ihrem Leben begangen hatte. Und wie alle anderen wäre dieser zu vermeiden gewesen, hätte sie nur aufmerksam in sich hineingehört. Immerhin kannte sie Michael fast so lange wie Leopold. Also musste es einen guten Grund gegeben haben, weshalb es zwischen ihnen erst so spät gefunkt hatte. Über all die Jahre wäre er greifbar gewesen, der stets aufmerksame und zuvorkommende Schwager. Dennoch waren sie auf Distanz geblieben. Vielleicht weil sie instinktiv gespürt hatte, dass sein Strahlen, die schönen Worte, die netten Gesten nichts weiter als ein Anstrich waren. Aber der Leopold hatte ihr viel genommen.

Auch ihren Instinkt.

Michael hatte sich verändert. Seit gestern Abend war er ein anderer. Der Versuch, seine Anspannung zu verbergen, scheiterte gleich zu Beginn. Seine unruhigen Hände verrieten ihn.

„Schlimme Sache“, sagte er, nachdem er ihr das von Gric erzählt hatte. „Was die beiden wohl ausgefressen haben, dass jemand hergeht und es ihnen auf diese Weise heimzahlt …“
Sie sah ihn fassungslos an. „Ausgefressen? Wie meinst du das?“
Und er: „Na, beim Leopold braucht man sich über nichts zu wundern. Aber mach dir keine Sorgen. Uns betrifft das nicht.“
Sie wusste sofort, dass das nicht stimmte. „*Was* betrifft uns nicht?“
„Egal“, wehrte er sie ab. „Zerbrich dir nicht deinen hübschen Kopf!“
Doch Birgit ließ nicht locker. „Was ist los Michael?“
Keine Reaktion. Er griff sich irgendwelche Arbeitsunterlagen, die er vor einem wichtigen Kundenbesuch noch unbedingt durchsehen wollte.
„Michael, rede mit mir! Ich will wissen, was in dir vorgeht!“
Sie rückte näher an ihn heran und nahm seine Hand. Da stieß er sie weg.
„Nichts!“, fauchte er und all die Wärme war verschwunden. In seinem Blick lag etwas Unbekanntes, Furcht einflößendes. „Was soll schon vorgehen in mir? Ich habe zu arbeiten. Das ist alles. Ich kann mich nicht ständig um deine Befindlichkeiten kümmern. Verstehst du das nicht?“
Er sprang auf und lief unruhig im Zimmer umher. „Mach dir keine Gedanken“, fuhr er mit gedämpfter Stimme fort, weil er merkte, wie sehr er sie erschreckt hatte. „Das mit

dem Leopold und dem Gric hat nichts mit uns zu tun. Vergiss die Sache!“

Die Sache vergessen? Zwei Menschen waren ermordet worden und sie sollte einfach zur Tagesordnung übergehen, als wäre nichts geschehen? Michael konnte unmöglich so kaltschnäuzig sein. Da steckte mehr dahinter. Er verheimlichte ihr etwas. Er spielte das gleiche Spiel wie Leopold. Lügen und Betrügen. Sie war vom Regen in die Traufe geraten.

Beim Frühstück hatte er sich dann entschuldigt. Es tue ihm leid, dass er so schroff gewesen sei, aber er stehe im Moment unter enormem Druck, da er den größten Teil des Kundenstocks seines Bruders übernehmen müsse.

Das mit dem *Müssen* nahm sie ihm ebenso wenig ab wie seine Beschwichtigungen. Sein Job genoss oberste Priorität. Er liebte seine Arbeit. Er konnte ohne sie nicht sein. Sogar an den Wochenenden nahm er geschäftliche Termine wahr.

„Vielleicht wäre es besser, wenn wir …“, hatte sie zaghaft begonnen, ohne zu wissen, wie sie den Satz vollenden sollte.

„Lass es gut sein! Es wird alles in Ordnung kommen. Vertrau mir. Im Moment ist es schwierig, aber ich kriege das in den Griff und dann …“

Und wieder hatte sie zurückgesteckt. „Hör zu Michael, wenn du Zeit für dich brauchst … Ich meine, wir müssen heute Abend nicht ausgehen. Wir können es uns auch zu Hause gemütlich machen.“

„Nein. Ich habe es dir versprochen und dabei bleibt es. Die Abwechslung wird uns guttun.“ Sein Lächeln war fast so überzeugend gewesen wie früher.
„Wenn du meinst.“
Jawohl. Er meinte und sie ordnete sich unter. Wie gehabt. Das war etwas, das sie sehr gut konnte. Ihr Leben lang schon. Unterordnen und wegschauen. Gott, wie sehr sie sich dafür hasste! Sie war eine Marionette, die man nach Belieben tanzen ließ. Aber damit war nun Schluss! Sie wollte endlich Klarheit haben. Sie musste herausfinden, was Michael quälte.
Als er zur Arbeit gefahren war, lief sie hinunter in die Trafik und besorgte sich einen Stapel Zeitungen. Sie waren voll mit Berichten über die mysteriösen Mordfälle. Birgit ging sie Wort für Wort durch. Sie hoffte auf einen Anhaltspunkt, auf irgendeinen versteckten Hinweis, der endlich Licht in die Angelegenheit brachte. Aber was sie zu lesen bekam, verwirrte sie nur umso mehr. Da konnte etwas nicht stimmen, dachte sie. Es musste sich um einen Irrtum handeln.
Was diese Journalistin in ihrem Artikel behauptete, war schlichtweg falsch.

★

„Oben im Schlafzimmer sieht es nicht danach aus, als ob Sobek verreist wäre“, hörte Simone Doppler sagen, der hinter ihr die Stufen heruntergetrampelt kam. „Der Kleiderschrank ist randvoll. In einer Schublade habe ich sei-

nen Reisepass …" Abrupt hielt er inne. „Was ist das?", fragte er erstaunt, als er neben ihr stand.
Der Kellerraum war etwa so groß wie das Wohnzimmer darüber. Die Hälfte nahm ein betoniertes Becken ein, das in den Fußboden eingelassen worden war und in dem eine kleine Wasserpfütze stand.
„Schau dir das an!" Simone deutete auf die Heizlampen an der Decke.
„Sag bloß, er hat Marihuana angebaut."
„Riecht es hier nach Marihuana? Wenn ja, möchte ich das Zeug nicht rauchen. Mach die Augen auf, Doppler! Siehst du nicht die Fotos dort an der Wand? Das Ungeheuer hat einen Namen."
„Welches Ungeheuer?"
Simone rammte ihm ihren Ellbogen in die Rippen. „Stell dich nicht dümmer, als du bist! Ich spreche von dem Krokodil, das Sobek hier gehalten hat und das sich jetzt in der Donau herumtreibt. Er muss es freigelassen haben, bevor er untergetaucht ist."
„*Das* Donaukrokodil? Du glaubst, es ist seines?" Doppler zweifelte an ihrer Theorie. „Die Treppe ist ziemlich steil. So ein Vieh kommt da nicht hinauf und getragen kann er es kaum haben. Das Ding soll ziemlich groß sein. Wie hat er es also aus dem Haus gekriegt?"
„Vielleicht durch die Tür dort drüben?", fauchte sie gereizt.
Einmal mehr fürchtete sie, an seiner Einfalt zu verzweifeln. „Sie führt in die Garage und von der gelangt man direkt in den Garten."

„Ja, aber …“ Doppler spitzte irritiert die Ohren. „Da piepst etwas.“
„Das höre ich selbst.“ Simone durchwühlte ihre Tasche und holte ihr Handy heraus.
„Reichenbach“, meldete sie sich.
„Moment, warten Sie … Ich habe gerade einen furchtbar schlechten Empfang.“ Sie machte kehrt und lief die Stufen hinauf.
Der Bezirksinspektor nützte die Gelegenheit, um sich die Fotos an der Wand näher anzusehen. Ungefähr 20 Polaroids, größtenteils hier im Keller geknipst, waren mit Reißnägeln an die Holzvertäfelung gepinnt worden. Bis auf eines zeigten sie alle ein Krokodil von grob geschätzt drei Metern Länge.
Monja zu Weihnachten, war in einer kindlichen Handschrift auf eines der Bilder gekritzelt worden. Man sah das Ungeheuer, wie es faul im Becken lag. Im Hintergrund funkelte ein kleiner Plastikchristbaum mit elektrischen Kerzen, daneben wartete ein riesiges, mit einer hübschen Schleife geschmücktes Paket darauf, geöffnet zu werden. Auf den anderen Fotos standen Sachen wie *Monja schläft, Monja isst ein Huhn, Monja spielt Ball, Monja schläft, Monja hat Geburtstag* (da trug sie einen spitzen Partyhut), *Monja verspeist Dackel Waldi* und *Monja schläft.* Nur das letzte Foto war im Freien aufgenommen worden. Das Blitzlicht leuchtete die Uferböschung aus, im Wasser kräuselten sich ein paar Wellen. Sonst war nichts zu erkennen. *Monja startet in ihr neues Leben,* lautete der Untertitel.

„Aber wenn er das Krokodil hier ausgesetzt hat, wieso wurde es dann auf der Donauinsel gesichtet?“, fragte er verwirrt, als Simone zurückkehrte. „Wie kommt es dorthin?“

„Was weiß ich?“ Missmutig steckte sie ihr Mobiltelefon weg. „Mit einem Taxi? Ist mir doch egal!“

Ihr Tonfall sagte ihm, dass ihr eine gewaltige Laus über die Leber gelaufen war. „Alles in Ordnung?“, erkundigte er sich und bekam – weshalb auch immer – ein schlechtes Gewissen.

„Das war Frau Borstinger“, klärte sie ihn auf. „Sie behauptet, ihr verstorbener Mann hätte nie Stofftaschentücher besessen. Mit den Initialen LB müsse jemand anderer gemeint sein.“

„So?“ Doppler trat unruhig von einem Fuß auf den anderen.

„Kannst du dir vorstellen, woher sie von der Sache weiß? Wir haben doch vereinbart, nichts davon an die Presse weiterzuleiten.“

„Hm.“ Der Bezirksinspektor starrte betreten auf seine Hände. „Keine Ahnung. Ich …“

Simone packte ihn grob am Oberarm. Ihre Nägel bohrten sich tief in sein Fleisch.

„Und dennoch steht die Geschichte heute im *Kurier*. Wieso wohl, Doppler? Könnte es sein, dass eine junge, rehäugige Journalistin einen gewissen Kollegen betört und ihm diese Information entlockt hat?“

Doppler machte eine wegwerfende Handbewegung. So jung war sie auch wieder nicht. Eigentlich zu alt für sei-

nen Geschmack, aber in der Not fraß der Teufel Fliegen. Vorausgesetzt er erwischte welche.
„Reg dich nicht auf!“, verteidigte er sich. „Ich habe mir gedacht, was ist schon dabei. Und sie hat meinen Porsche toll gefunden und vorgeschlagen, wir könnten einmal eine Spritztour ins Grüne unternehmen und essen gehen und so weiter und dann …“
„… hast du nichts Besseres zu tun gehabt, als streng geheime Interna auszuplaudern.“ Simone funkelte ihn so böse an, wie sie nur konnte. Doch ihr Unmut hielt sich offen gestanden in Grenzen. Eigentlich musste sie ihm für seine Indiskretion sogar dankbar sein. Wäre er der Reporterin nicht so tollpatschig auf den Leim gegangen, wer weiß, wann sie von diesem brisanten Detail erfahren hätte. „Was geht nur vor in deinem kranken Gehirn?“, herrschte sie ihn an, damit er ja nicht auf die Idee kam, einmal, wenn auch unbewusst, das Richtige getan zu haben.

★

„Ausgezeichnet, der Marillenkuchen!“, mampfte Kleist anerkennend, und Brösel sprühten in hohem Bogen über seinen Schreibtisch. „Selbst gemacht?“
Simone umschiffte elegant die Wahrheit. „Tja, was tut man nicht alles, um seinen Lieblingsmitarbeiter bei Laune zu halten …“
Sie und Kleist verspeisten bereits ein zweites Stück, während Doppler leer ausgegangen war. Eine Belohnung

stand ihm nicht zu, hatte sie entschieden. Bei seiner Arbeitseinstellung konnte er froh sein, wenn sie ihn nicht mit Pauken und Trompeten vor die Tür setzte.

„Frau Borstingers Aussage rückt die Morde in ein völlig neues Licht“, grübelte Kleist. „Auf wen könnten die Initialen LB hindeuten?“

„Schauen wir im Telefonbuch nach“, schlug Doppler griesgrämig vor. Dass er bei der Verköstigung leer ausgegangen war, ärgerte ihn über alle Maßen. Und noch etwas ging ihm gehörig gegen den Strich. Dieser Hund, den Kleist angeschleppt hatte. Daphne, oder wie der Köter hieß. So wie ihn der Mops in einem fort anstarrte, konnte man meinen, er heckte etwas Arglistiges aus.

Dopplers Verhältnis zu Hunden war ein angespanntes. Zu unberechenbar, die Viecher, wie er fand. Seit einem traumatischen Kindheitserlebnis mit einem heftig erregten und an sexueller Orientierungslosigkeit leidenden Rottweiler machte er um die Vierbeiner – wann immer es ging – einen großen Bogen.

„Ich hoffe, Daphne stört nicht“, sagte Kleist, dem der ängstliche Blick des Bezirksinspektors nicht entgangen war. „Er gehört einem, hm, Bekannten. Ich muss ein paar Tage auf ihn aufpassen.“

„Kein Problem, Thomas“, erklärte Simone großzügig und kam übergangslos auf das eigentliche Thema zurück. „Ich kann mir nicht helfen, aber für mich ist und bleibt Michael Borstinger die zentrale Figur in unseren Mordfällen. Vor allem aus dem Tod seines Bruders zieht er zu viele Nutzen, als dass wir ihn außer Acht lassen dürften.“

„Was Borstinger anbelangt, konnte ich etwas in Erfahrung bringen“, begann Kleist, wurde aber prompt unterbrochen.
„Glaube ich nicht“, knurrte Doppler, der das dringende Bedürfnis verspürte, Simone zu widersprechen. „Auf mich macht er einen anständigen und sympathischen Eindruck. So einer begeht nie und nimmer einen Mord. Ich tippe auf Sobek. Dass er sich an seinen Arbeitskollegen rächen will, liegt nahe. Wenn sich Borstinger durch ihn bedroht fühlt, kaufe ich ihm das ab.“
„Und das sagst du nicht nur, weil er Jean-Claude Van Damme verdammt ähnlich sieht?“ Simone warf ihm ein spöttisches Grinsen zu. Seine Begeisterung für schlagkräftige Filmhelden war ihr bestens bekannt. „Der zählt doch zu deinen großen Vorbildern.“
„Blödsinn!“ Doppler schüttelte energisch den Kopf. „So toll ist der auch wieder nicht. Ich meine, als Schauspieler ist er super, aber seine Filme sind, hm, zu kompliziert.“
„Als *Schauspieler*?“ Die Kriminalbeamtin lachte laut auf.
„Das Einzige, das an ihm super ist, ist sein Arsch!“
Kleist musste sich am Riemen reißen, um ihr nicht spontan zuzustimmen. Seine Vorgesetzte hatte recht. Van Dammes Hintern war zweifellos Extraklasse. Trotzdem behielt er seine Meinung lieber für sich. Die Kollegenschaft brauchte von seinen Neigungen nichts zu erfahren. Schon gar nicht Doppler, von dem bekannt war, dass er Homosexuellen das gleiche Misstrauen entgegenbrachte wie Hunden.

„Ich bleibe dabei", stellte sich der Bezirksinspektor stur. „Borstinger ist ein grundehrlicher und aufrichtiger Mensch. Als ich bei ihm diese Versicherung abgeschlossen habe …"

„Was?" Simone schlug vor Freude quietschend auf den Tisch. „Du hast dir von ihm eine Versicherung andrehen lassen? Na, das sieht dir ähnlich! Für einen Vertreter bist du ein gefundenes Fressen."

„Ganz im Gegenteil." Doppler verschränkte erbost die Arme. „So einen Tarif kriegt nicht jeder, hat er gesagt. Einen Unfallschutz für Führungspersönlichkeiten. Außerdem habe ich den Preis ganz schön runtergehandelt … Würden Sie das Tier bitte an die Leine nehmen!", rief er aufgeregt in Richtung Kleist. Daphne hatte sich ihm genähert und schnüffelte neugierig an seinen Schuhen.

„Daphne, hierher!", befahl Kleist. „Komm her! Bei Fuß! … Daphne! Hörst du nicht?" Seufzend stand er auf und zerrte den Hund am Halsband zurück. „Was ich vorhin sagen wollte …", startete er einen neuerlichen Versuch, das Ergebnis seiner Recherchen unter die Leute zu bringen.

„Ich denke, dass Sobek unser Mann ist", fuhr Doppler unbeirrt fort, als der Sicherheitsabstand zu Daphne wieder hergestellt war. „Erstens hat er ein Motiv und zweitens … Ich meine, einer, der ein Krokodil bei sich zu Hause hält, kann doch nicht normal sein."

„Genug jetzt, Doppler!", brachte ihn Simone zum Schweigen. „Um Sobek werden wir uns noch kümmern. Frau Zerbal gibt uns Bescheid, sobald er in der Siedlung

auftaucht. Das hat sie mir versprochen. Und jetzt du, Thomas. Was hast du herausgefunden?"
„Michael Borstinger ist kein unbeschriebenes Blatt. Zugegeben, es handelt sich um eine Jugendsünde, aber vielleicht interessiert es dich trotzdem. Die Sache ist 28 Jahre her. Damals wurde er wegen Drogenhandels verurteilt."
„Tatsächlich? So alte Daten liegen bei uns auf?"
„Nicht offiziell, selbstverständlich."
„Ich verstehe. Bitte weiter!"
„Scheinbar hat er bereits in der Schule sein Verkaufstalent unter Beweis gestellt und gemeinsam mit zwei Freunden einen kleinen Drogenring aufgezogen. Der eine, Harald Perchtl, ist der Branche treu geblieben und verbüßt als Resultat eine vierzigjährige Haftstrafe in Thailand, der andere, Boris Lieb, hat, wie wir wissen, einen ehrbaren Weg eingeschlagen."
„Nein! Sag bloß …" Simone tat auf entrüstet. „*Der* Boris Lieb?"
„Genau der."
„Ich bin schockiert! Wer hätte es für möglich gehalten, dass ein grundsolider Schlagerstar jemals in Kontakt mit Drogen kommen könnte? Meine Ideale geraten ins Wanken! Und da singt er uns immerzu von der heilen Welt vor."
„Na und?" Doppler fand das halb so wild. Er mochte den Sänger, besonders seinen neuesten Hit *Tränen unter Palmen*, der gerade die volkstümlichen Charts stürmte. „Wenn ihr wollt, unterhalte ich mich mit ihm", schlug er vor, weil er sich die Gelegenheit nicht entgehen lassen wollte, den Künstler persönlich kennenzulernen.

„Ja, das hilft uns bestimmt weiter!“ Simone merkte, wie ihre Geduld langsam aber sicher zu Ende ging. „Wozu soll das gut sein? Die Sache ist eine Ewigkeit her. Gric hättest du dir vorknöpfen sollen, aber da hast du wieder einmal kläglich versagt. Apropos …“ Sie blätterte in ihren Unterlagen. „Du warst gegen fünf bei ihm. Ist das richtig?“
„Ja, in etwa.“ Doppler hatte gehofft, dass dieses Thema längst vom Tisch wäre.
„Nun, wenn das so ist …“ Simones Stimme wurde zu einem eisigen Flüstern. „Laut Gerichtsmedizin wurde er zwischen 16 Uhr 30 und 18 Uhr in seiner Wohnung ermordet. Aber als du ihn besucht hast, war er angeblich nicht daheim. Wie ist das möglich?“
Doppler bekam einen hochroten Kopf. „Vielleicht bin ich schon früher dort gewesen. Ich kann mich nicht so genau erinnern.“
„Du kannst dich nicht erinnern?“, schnauzte sie ihn an. „Hör zu, Doppler, wegen deiner fragwürdigen Auffassung von Arbeitsmoral stehen wir immer noch ganz am Anfang! Entweder nimmst du deinen Job endlich ernst, oder du bist ihn ein für alle Mal los und kannst dich in Zukunft ausschließlich um deinen Scheiß-Porsche kümmern!“
Der Bezirksinspektor schnappte nach Luft. Als wären ihre Gehässigkeiten, ihr arrogantes Gehabe und das alles nicht genug, wagte sie es jetzt auch noch, auf sein Cabrio loszugehen. „Blödsinn!“, stieß er hervor, heiser vor Wut. „Lass gefälligst das Auto aus dem Spiel! Das hat dir nichts getan. Und mir kannst du sowieso nichts anhaben! Ich bin pragmatisiert.“

„Ich hör wohl nicht recht!“, schrie sie. „Pass auf, was du sagst! Was denkst du, wer du bist?“
Und da passierte es. „Jedenfalls keine unbefriedigte alte Schachtel“, entfuhr es ihm.
Stille. Einige Sekunden nervenaufreibendes Schweigen. Nicht einmal Kleist wagte sich zu bewegen.
„Thomas, würdest du uns bitte alleine lassen?“, zischte Simone, ohne ihren Blick von Doppler abzuwenden. Um ihre Lippen zuckte ein aufgesetztes Lächeln. Ihre Augen erzählten eine Geschichte von Mord und Totschlag.
Von Kleist blieb nur ein Schemen übrig, der durch den Raum huschte. Atemlos zwängte er sich durch die Tür, gerade als hinter ihm der Orkan losbrach. Ein Orkan, den man ohnehin auch mühelos auf dem Gang mitkriegte. Das Gebrüll seiner Vorgesetzten gellte durch das halbe Stockwerk und zog nach und nach ein Dutzend neugieriger Kollegen an, die nichts von dem Donnerwetter verpassen wollten.
Was er sich einbilde, in diesem Ton mit ihr zu sprechen, bekamen sie zu hören. Eine solche Impertinenz sei ihr noch nie untergekommen. Sie erwarte sich Disziplin und Gehorsam. Für faule Schweine sei in der Bundespolizeidirektion kein Platz. Solange *sie* das Sagen habe, hätte er widerspruchslos zu gehorchen. Und jetzt werde er sich augenblicklich in Bewegung setzen und Borstinger beschatten. Sie wünsche einen lückenlosen Bericht über jeden seiner Schritte. Rund um die Uhr. Ob das klar sei?
„Ist das klar?“, wiederholte sie, wobei ihre Stimme – was niemand für möglich gehalten hätte – noch lauter wurde.

„Das will ich hoffen. Andernfalls werde ich dir den Arsch bis zum Genick aufreißen und deine Innereien dem Hund vorwerfen!“
Kleist zuckte erschrocken zusammen. Daphne! Er hatte völlig vergessen, ihn in Sicherheit zu bringen! Rabihs kleiner Liebling war mitten im Kampfgetümmel zurückgeblieben. Genau zwischen den Fronten.
„Das glaubst du nicht?“, hörte er Simone toben. „Na warte! Daphne, fass!“
Prompt ertönte wütendes Gebell, ein spitzer Schmerzensschrei und dann kam Doppler mit knallrotem Gesicht herausgestürmt.
Wie auf ein Kommando wandten sich zwölf Polizeibeamte ab, betrachteten prüfend ihre Fingernägel oder lasen aufmerksam die Gewerkschaftsinformation auf dem Schwarzen Brett.
„Alles in Ordnung?“, fragte Kleist.

★

Als Bezirksinspektor Doppler im Gastgarten auf der Schmelz mit diesem Marilyn-Monroe-Double stürmisch zugange war, schien ein katastrophaler Tag wider Erwarten versöhnlich zu enden.
Drei Stunden hatte er gegenüber von Michael Borstingers Haus in der Pilgerimgasse ausgeharrt und schon befürchtet, im *Gelben Geschoß* Wurzeln zu schlagen. Drei endlose Stunden, in denen ihm nichts anderes durch den Kopf gegangen war, als die unbeschreibliche Szene, die

ihm Simone gemacht hatte. Wie eine Furie war sie über ihn hergefallen, wie ein Schwarm blutrünstiger Piranhas. Woher zum Teufel nahm sie das Recht, ihn anzuschnauzen, als wäre er ein Lehrbub, und ihm dann, quasi zum Drüberstreuen, diesen miesen, kleinen Köter auf den Hals zu hetzen? Die halbe Kriminaldirektion hatte das entwürdigende Schauspiel mitgekriegt und sich schiefgelacht. Und die andere Hälfte war ohne Zweifel umgehend von der ersten informiert worden.
Doppler hatte genug. Diesmal war Simone zu weit gegangen! Sobald er sich sein Geld zurückgeholt hatte, würde er ein geharnischtes Kündigungsschreiben aufsetzen und dann Tschüss! Sollten sie doch sehen, wo sie ohne ihn blieben, die feinen Kollegen.

Er hatte nicht mehr damit gerechnet, Borstinger an diesem Abend noch zu Gesicht zu bekommen. Punkt 19 Uhr 30 regte sich dann doch etwas. Ein Geräusch riss ihn aus seinen düsteren Gedanken. Flink rutschte er tiefer in den Fahrersitz und beobachtete im Rückspiegel, wie das Zielobjekt samt Schwägerin aus dem Haus trat. Ohne ihn zu bemerken, spazierten sie vor zur Johnstraße und bogen um die Ecke. Doppler sprang aus dem Wagen und eilte hinterher. Immer mit einigen Metern Sicherheitsabstand folgte er ihnen hinunter zur Schmelz, vorbei an der Schrebergartensiedlung, bis zum Schutzhaus *Zukunft*, wo die beiden im Veranstaltungssaal verschwanden.
Varieté HÜHNERSTALL las er im Vorübergehen auf einem Plakat im Gastgarten. *Parodie, Tanz und Kabarett.*

Es versprach gute Unterhaltung und einen vergnüglichen Abend. Also genau das, was Doppler bitter nötig hatte.
Die Dame, die von ihm zwölf Euro Eintritt kassieren wollte, wimmelte er einfach mit seiner Dienstmarke ab. „Kriminalpolizei", säuselte er ihr zu. „Geheimauftrag! Verhalten Sie sich unauffällig, dann wird Ihnen nichts passieren." Das wirkte immer. Wenn man die Leute verunsicherte, öffneten sie einem Tür und Tor.
Doppler postierte sich hinten neben der Schank, von wo aus er den Saal bestens im Auge behalten konnte. Ungefähr 70 bis 80 Menschen waren da, schätzte er. Vermutlich Leute aus der näheren Umgebung, von denen keine Gefahr drohte. Guter Dinge orderte er ein Cola und – weil er seit dem Morgen nichts gegessen hatte – einen Teller Pommes frites und wandte seine Aufmerksamkeit der Show zu.
Das Programm war nicht schlecht, stellte er bald fest. Wenn man es genau nahm, sogar ausgezeichnet. Varieté auf hohem Niveau, wie man es abseits überteuerter Nachtklubs nicht erwarten durfte. Das Ensemble bestand hauptsächlich aus jungen Imitatorinnen, die mit viel Geschick berühmten Vorbildern nacheiferten. Eine Liza Minnelli gab es da, eine Marilyn Monroe, eine Cher und eine Tina Turner. Bis auf die groß gewachsene Madonna alle nicht gerade zeitgemäß, aber optisch durchwegs reizvoller als die alternden Originale.
Und dann kam sie … Aisha, die hinreißende Bauchtänzerin aus dem Morgenlande. Eine rassige Schönheit mit wehendem, schwarzem Haar, deren Grazie und Eleganz das

mittlerweile in bester Stimmung befindliche Publikum zu ausgelassenen Beifallskundgebungen animierten. Die Schrebergärtner waren ein lustiges Volk. Einfach, unkompliziert, dem Alkohol nicht abgeneigt und dementsprechend begeisterungsfähig. Vor allem, wenn sie eine Menge nackter Haut zu sehen bekamen. Selbige war es, die auch Dopplers Fantasie anregte. Mit seiner Polizeimarke wäre es ihm ein Leichtes, in den Backstage-Bereich vorzudringen, mutmaßte er. Und wenn er seinen Porsche ins Spiel brachte und eine Flasche Schampus, wer weiß, vielleicht sogar in die Tänzerin selbst.
Es war nur eine schillernde Seifenblase, die kurz vor seinen Augen aufstieg und gleich darauf zerplatzte. Mit Ernüchterung musste er mit ansehen, wie Aisha nach ihrer Zugabe unter donnerndem Applaus und vehementen „Ausziehen!“-Rufen auf einen der Gäste in der ersten Reihe zustürmte und ihn leidenschaftlich an ihre Brust drückte.
Was wollte sie ausgerechnet von dem?, fragte sich der Bezirksinspektor teils belustigt, teils neidisch. Der Kerl war nicht einmal ansatzweise attraktiv. Ein langes, dürres Elend mit kreisrunder Brille und struppiger Frisur. Irgendwie sah er sogar aus wie … Doppler verschluckte sich fast an seinem Cola. *Kleist!* Scheiße, das war tatsächlich Kleist, der sich so schamlos an Aishas Busen schmiegte!
„Hübsches Ding, das Mädel, hm?“, säuselte jemand in sein Ohr.
Diesmal verschluckte er sich wirklich. „Was?“, hustete er und fuhr herum.

Marilyn lehnte neben ihm. Marilyn, wie jedermann sie kannte, in ihrem weißen Kleid, mit platinblondem Haar und dem aufgemalten Schönheitspunkt. „Sie gefällt dir wohl, hm?“, fragte sie und zwinkerte ihm verschwörerisch zu.

„Ja … Das heißt … Ich meine … Es ist nur so, dass …“

„Tja, da hast du leider Pech. Die Gute ist schwer verliebt.“

„Etwa in den Typen da?“

Marilyn nickte. „Mhm. Du wirst wohl mit mir vorliebnehmen müssen, schöner fremder Mann, wenn der Abend unvergesslich werden soll.“

Ein Lächeln, ein Augenaufschlag und Doppler stand da wie hypnotisiert. Als sich ein spitzer Zeigefinger über seine Brust und seinen Bauch abwärts bewegte, ging ein Beben durch seinen Körper.

„Ich habe einen Porsche“, schnarrte er monoton wie eine Sprechpuppe.

„In der Tat?“

„Carrera“, präzisierte er hastig. Es galt jeden Trumpf auszuspielen.

„Wie aufregend.“

„Cabrio.“

„Sieh einer an.“

„Speedgelb.“

„Schick.“

„Mit Sportlenkra…“

Seine Ausführungen erstickten in einem langen, feuchten Kuss. Marilyns Brüste waren groß und hart, bemerkte

er, als sie sich eng an ihn schmiegte. Und nicht nur ihre Brüste, aber er war viel zu aufgewühlt, um die Zeichen zu verstehen.
Barbara Streisand hatte die Bühne betreten und schmetterte inbrünstig *Memory*, während sich Marilyn im Takt der Musik unaufhörlich an ihm rieb. Er spürte ihren Atem an seiner Wange, ihre Zunge an seinem Hals.
Touch me, it is so easy to leave me all alone with the memory of my days in the sun ...
Wie zufällig strich ihre Hand über seinen Schritt. Es war nur der Hauch einer Berührung, doch sein Quietschen war so laut, dass sich die ringsum sitzenden Gäste neugierig umwandten.
„Na, na", tadelte ihn Marilyn mit einem frivolen Augenbrauenwippen. „Besser wir gehen hinaus, oder? Wir wollen doch kein Aufsehen erregen."
Wenn schon kein Aufsehen, dann wenigstens ihn. Doppler brachte keinen Ton hervor. Er nickte nur und stolperte hölzern hinter ihr her. Es war wie verhext, schoss es ihm durch den Kopf. Es passierte immer dann, wenn man am wenigsten damit rechnete. Solange man es erhoffte, ersehnte oder danach suchte, ging man zwangsläufig leer aus. Er wäre ein Narr gewesen, hätte er die spärlichen Gelegenheiten nicht beim Schopf gepackt. Wenn sich das Tor zum Himmel auftat, fragte man nicht lange nach dem Warum und Wieso. Dann trat man einfach ein.
Der Gastgarten war menschenleer. Es hatte geregnet und ein kühler Wind blies durch die Kastanien. Marilyn zerrte ihn zielstrebig über den knirschenden Kies in die dunkle

Ecke neben dem Kinderspielplatz. Lüstern packte sie ihn beim Kragen und stieß ihn gegen einen Baum. Ihr Kuss war so heiß und berauschend, dass er fürchtete, die Besinnung zu verlieren. Zitternd schob er ihren Rock in die Höhe und fühlte die seidenglatte Haut ihrer Schenkel.

„Du bist mir ja ein stürmischer junger Mann“, zwitscherte sie, während ihre Finger fahrig an seinem Reißverschluss zupften. „Das schätze ich!“

Und Doppler schätzte es, wenn sein Objekt der Begierde ohne langes Gequatsche zur Sache kam. Das ersparte ihm nervenaufreibende Balzrituale, die ihn oft an die Grenzen seiner Geduld führten.

Als ihre Hand in seine Hose glitt, stöhnte er vor Erregung auf. Er hatte schon vergessen gehabt, wie wundervoll es war, von einer Frau berührt zu werden. Es war zu lange her.

„Was haben wir denn da?“, keuchte sie und ging vor ihm in die Knie.

Seine Nägel krallten sich in die Rinde des Baumstamms. Ein Prickeln strömte durch seine Glieder, als ihre weichen, warmen Lippen das eine umschlossen. Doppler kam binnen Minutenfrist. Alle Muskeln seines Körpers verkrampften sich gleichzeitig. „Aaaargh!“, röhrte er.

Marilyn zuckte zurück. „Pscht!“, spuckte sie aufgeregt. „Sei leise! Da kommt jemand.“

Doppler hielt die Luft an. Er wagte nicht, sich zu bewegen. Ganz dünn machte er sich im Schatten der Kastanie.

„Fantastisch!“, ertönte eine vertraute Stimme. „Du bist die beste Bauchtänzerin der Welt.“

Es waren Kleist und seine Freundin, die aus dem Saal traten und Händchen haltend auf den Ausgang zusteuerten. Vorsichtig spähte Doppler ihnen nach. Aisha hatte sich verändert, fiel ihm auf. Im matten Schein der Laternen hätte er sie beinahe nicht erkannt. Statt des Bauchtanzkostüms trug sie Jeans und ein enges weißes T-Shirt. Ihre lange Mähne war einem lockigen Kurzhaarschnitt gewichen und ihre Brüste … Wo, zum Teufel, waren ihre Brüste?
„Lügner! Ich kenne dich“, schmollte sie und boxte Kleist in den Oberarm. Ihre Stimme war um einen Hauch zu tief. „Das sagst du nur so dahin. In Wirklichkeit findest du mich grässlich. Gib es zu!“
Doppler löste sich nur langsam aus seiner Starre. „Diese, ähm, Bauchtänzerin …“, hauchte er bestürzt, als die beiden verschwunden waren. „Sie ist … ein *Mann*?“
„Sind wir das nicht alle?“, fragte Marilyn, während er aus seinem Höschen schlüpfte und das Kleid hochschob. „Auf geht’s, mein Hübscher. Du bist dran!“

5

„Fuck, Simone, Alter! Hast du mich erschreckt, he! Du bist noch da?“

Donnerstag war Putztag im Haus in Dornbach und Albert kam mit einer Tasche voller hochwirksamer Spezialreiniger angerückt, über deren Inhaltsstoffe man als umweltbewusster Mensch besser nicht Bescheid wusste.

Simone hatte ihn bereits im Vorzimmer erwartet. „Ja, guten Morgen. Ähm, hör zu, ich muss mit dir reden.“

Albert zeigte sich ob ihrer Anwesenheit leicht ernüchtert. Wie immer hatte er sich gleich zu Beginn über ihr Wäschefach hermachen und all die kuriosen, mit Nieten beschlagenen Kleidungsstücke aus Leder und Latex neu einschlichten wollen. Er mochte das Zeug. Genauer gesagt fand er es witzig und probierte das eine oder andere Stück selbst gerne an, um sich dann vor dem Spiegel zu bewundern. Die private Modeschau würde nun warten müssen. Und Warten war eine Sache, die ihm überhaupt nicht lag.

Wer Albert kannte, der kannte auch seine drei Gemütszustände, die sich in der Ausrichtung seiner Baseballkappe widerspiegelten. Folgende Regeln galt es zu beachten. Schirm hinten: Albert befand sich – was selten genug vorkam – in einer Ruhephase und sammelte Kraft für neue Großeinsätze mit Wischtuch und Besen. Schirm seitlich: Der Tatendrang packte ihn, er geriet zusehends in Unruhe, war aber noch ansprechbar. Schirm vorne: Das Kraftwerk lief auf Hochtouren. Alberts Wahrnehmung fixierte sich ausschließlich auf die anstehenden Arbeiten. „Ticktickticktick", machte er dann immer, wenn er seine Umgebung auf Schmutzpartikelchen scannte. Erwartete man in dieser Situation seine Aufmerksamkeit, fand man die gleiche Beachtung wie eine Ameise, die sich einem heranstürmenden Rhinozeros entgegenstellte.

„Es geht um Daniel", erklärte Simone, die mit Erleichterung zur Kenntnis nahm, dass Albert erst in den zweiten Gang geschaltet hatte. „Um seinen Geburtstag, genauer gesagt."

„Dan, shit! Richtig, sein Geburtstag. Er hat Geburtstag?"

„Lass mich bitte ausreden. Ich habe mir etwas Besonderes überlegt", verkündete sie, was der Übertreibung des Jahrhunderts entsprach. „Was hältst du davon, wenn wir zu seinem Vierziger eine Riesenparty veranstalten. Am Sonntag, hier bei mir. Wenn das Wetter schön ist, könnten wir im Garten grillen und so." Das *und so* war es, das nun Albert ins Spiel brachte. „Vielleicht kannst du mir bei den Vorbereitungen ein bisschen zur Hand gehen. Beim Kochen, meine ich." Das Funkeln in seinen Augen verriet ihr, dass höchste Vorsicht geboten war. Wenn man Albert einen Spezialauftrag in Aussicht stellte, konnte es leicht passieren, dass der Schirm seiner Kappe prompt nach vorne rutschte, und er völlig außer Kontrolle geriet, bevor man die Ziele klar definiert hatte. „Nichts übertrieben Aufwendiges", schränkte sie daher gleich ein. „Und wenn du dich zudem um die Dekoration kümmern würdest, wäre ich dir sehr dankbar. Gartenfackeln und Lampions

müssten im Keller sein. Aber kein Feuerwerk und keine Böller et cetera!"
Albert war hingerissen. „Klar, Alter, das machen wir, shit! Am besten, ich fang gleich an."
„Nein, warte!" Simone hielt ihn am Arm zurück. „Es reicht voll und ganz, wenn du Sonntagmittag zur Stelle bist. Ich kaufe das Notwendige ein." Die Besorgungen wollte sie lieber nicht delegieren. Albert neigte zu Maßlosigkeit und kredenzte, ehe man sich versah, ein Buffet für eine ganze Kompanie auf.
„Alles roger, fuck. Ich werde da sein. Mit meinem Akkordeon. Wer wird denn aller kommen, he?"
Simone war klar, dass Albert, den sie für den unmusikalischsten Menschen hielt, der ihr jemals begegnet war, eine herbe Enttäuschung bevorstand. „Also erstens: *kein* Akkordeon!", mahnte sie. „Und was die Gäste anbelangt: Tja, ich habe da an dich gedacht, an mich und, hm, an Daniel natürlich." Der Mangel an Freunden machte sich zu solchen Anlässen besonders drastisch bemerkbar, fiel ihr auf.
Albert sah sie ungläubig an. „Das ist ein Witz, oder? Was soll denn das für ein Fest sein, fuck?", fragte er gekränkt. „Nur drei Leute? Shit, Dan wird sauer sein."
Nein, dachte sie, *Dan* würde keineswegs sauer sein. Ihr Bruder hasste nur eines mehr, als große Menschenansammlungen. Und zwar große Menschenansammlungen, in deren Mittelpunkt er stand. „Ich glaube, die familiäre Atmosphäre wird ihm gefallen", versuchte sie Albert zu beruhigen. „Das wird ein gemütlicher Abend. Du wirst sehen."

„Bullshit, bitch!“, protestierte er. „Ich kenn da ein paar Typen, die müssen unbedingt dabei sein! Wenn du willst, sag ich ihnen Bescheid.“
„Keine Obdachlosen!“, entschied Simone kategorisch.
„Okay, shit! Wie wäre es dann mit …“
„Und keine Patienten aus der psychiatrischen Klinik“, weitete sie die Liste an unerwünschten Personen aus.
Albert ließ betrübt die Schultern hängen. „Wenn das so ist“, seufzte er resignierend. „Fuck!“

★

Nie zuvor war Doppler so schnell gerannt. Völlig aufgelöst war er aus dem Gastgarten zurück zu seinem Porsche gespurtet und mit quietschenden Reifen davongerast. Dabei hatte er eine wichtige Erfahrung gemacht: Parke nie dein Cabrio mit offenem Verdeck unter einem Baum, der als Rekonvaleszentenheim für Vögel mit einer schweren Durchfallerkrankung dient.
Doppler hatte die Bescherung erst bemerkt, als er schon mitten in der Scheiße gesessen war. Ein Ärgernis ersten Ranges, das ihn grundsätzlich zur Weißglut getrieben hätte, in diesem Moment aber nur von geringer Bedeutung gewesen war. Immer wieder hatte er besorgt in den Rückspiegel geblickt, um sicherzustellen, dass ihm dieser abartige Marilyn nicht folgte.
Ein furchtbarer Albtraum! Das war alles nie passiert, redete er sich nach einer ruhelosen Nacht ein, in der Hoffnung, den Vorfall auf ewig aus seinem Gedächtnis zu

verbannen. Dabei konnte er noch von Glück reden, dass ihn niemand beobachtet hatte, als er von diesem arglistigen Täuscher so schamlos missbraucht worden war. Und selbst der hatte nicht die leiseste Ahnung, an wem er sich da vergangen hatte.
Doppler war klug genug gewesen, keinen Namen zu nennen. Das hoffte er wenigstens. Oder hatte er etwa doch? Nein, bestimmt nicht! Er brauchte sich keine Sorgen zu machen. Diesen Drecksack von Marilyn würde er nie wieder sehen.
Im Gegensatz zu Kleist. Der Bezirksinspektor wurde von einem kalten Schauer gebeutelt. Die Vorstellung, mit dem Homo fortan ein Büro teilen zu müssen, lag ihm schwer im Magen. Ein Grund mehr, seine Kündigung hurtig voranzutreiben. Aber bis es soweit war, würde er höllisch auf der Hut sein müssen, ständig bedacht darauf, eine gewisse Distanz zwischen sich und seinem Kollegen zu wahren. Immerhin wusste er nun aus eigener Erfahrung, welche Gefahr von diesen warmen Brüdern ausging. Jeden Augenblick musste man mit einem Angriff aus dem Hinterhalt rechnen. Nur ein unachtsamer Moment und der perverse Magister fiele ihm in den Rücken. Oder noch schlimmer: etwas tiefer in den verlängerten Rücken.

Nur nicht daran denken, nur nicht daran denken, murmelte er in einem fort, als er die Stufen in den vierten Stock zu Nagers Wohnung hinaufhetzte. Was er jetzt brauchte, war ein klarer Kopf, eine Menge Verhandlungsgeschick, wollte er nicht wieder mit leeren Händen abziehen.

Doppler läutete und hämmerte gut zwei Minuten gegen die Wohnungstür, ehe das Getöse endlich Wirkung zeigte. Es war aber nicht Nager, der öffnete, sondern ein erboster Nachbar, der von dem Wirbel auf den Plan gerufen nach dem Rechten sah.

„Was soll der Krawall?", herrschte er den Störenfried an. „Wenn Sie nicht sofort aufhören, Radau zu schlagen, rufe ich die Polizei!"

„Die ist schon da", knurrte Doppler und hielt ihm seine Dienstmarke unter die Nase.

Der Nachbar beäugte sie skeptisch, dann den Bezirksinspektor, dann wieder die Marke. „Geht es ihm jetzt also an den Kragen?", fragte er grimmig.

„An den Kragen? Wem? Wie meinen Sie das?"

„Na, Nager! Wegen seiner linken Geschäfte. Sie wissen schon. Mir wollte er ja auch das Geld abknöpfen, aber da hat er sich geschnitten. Ich bin nicht so blöd wie die anderen. Mir kann er nichts vormachen. Ich erkenne es auf den ersten Blick, wenn ich es mit einem Betrüger zu tun habe."

Doppler hatte das Gefühl, ins Bodenlose zu gleiten. „Linke Geschäfte? Betrüger? Nager?", stammelte er atemlos.

„Aber sicher! Was glauben Sie, was in den letzten Tagen hier los war? Ein aufgebrachter Anleger nach dem anderen ist dagestanden und hat seinem Vermögen nachgeweint." Der Nachbar schnitt eine abfällige Grimasse. „Tja, Pech gehabt. Mit diesen Schwachköpfen habe ich kein Mitleid. Jeder muss selbst sehen, wo er bleibt."

„Und Sie, ähm, wissen nicht zufällig, wo er sich aufhält?“
Der Bezirksinspektor war weiß wie eine Wand geworden. Er befürchtete, sich jeden Moment übergeben zu müssen.
„Ich? Nein. Der ist schon vor Wochen ausgeflogen. Glauben Sie mir, der Kerl ist kein Idiot. Der lässt sich hier nicht mehr blicken. So wie ich ihn einschätze, ist er längst über alle Berge. In der Karibik oder so. Vielleicht verkriecht er sich auch bei seiner nuttigen Freundin.“
„Freundin?“, hakte Doppler sofort nach. „Welche Freundin?“
„Sie sind wohl noch nicht sehr weit gekommen mit Ihren Ermittlungen.“ Der Mann konnte sich ein Grinsen nicht verkneifen. „Ich spreche von dieser aufgetakelten Schlampe, die ihn immer besucht hat. Hochnäsiges Weib, gekleidet wie ein Filmstar, hat einen immer von oben herab angesehen, als wäre man der letzte Dreck. Und ihr angeberisches Cabrio hat sie einfach in der Einfahrt stehen lassen, als wäre die ihr Privatparkplatz. Typisch Porschefahrer! Arrogantes Gesindel. Glauben, etwas Besseres zu sein. Was denken Sie, wie oft ich das zuständige Kommissariat verständigt habe? … Na? … Schätzen Sie!“
Nach Rätselraten war Doppler nicht zumute. Und was sollten die gehässigen Bemerkungen über Porschefahrer?
„Reden Sie schon!“, presste er mit gefletschten Zähnen hervor.
„27 Mal! Aber haben die Herrschaften auch nur ein einziges Mal reagiert? Mitnichten! Da fragt man sich, wofür man seine Steuern zahlt.“
„Den Namen der Dame kennen sie nicht zufällig?“

„I wo. Die feine Lady hat sich nie vorgestellt. Die war sich viel zu gut dafür. Hat einen immer nur von oben herab angesehen."
Ja, ja, das hatten wir schon, dachte der Bezirksinspektor gereizt. „Ihr Auto", bohrte er weiter. „Welches Modell? Baujahr? Farbe?"
„So silbermetallic. Mit weiteren Informationen kann ich Ihnen beim besten Willen nicht dienen. Denken Sie, ich habe ihr nachspioniert? Was geht mich dieses Weib an?"
„Silbermetallic …" Doppler zeigte sich beeindruckt. Metallic hätte er auch gerne gehabt, aber dafür musste man einen unverschämten Aufpreis berappen. Die Dame war zweifelsohne gut situiert, wenn sie sich einen solchen Luxus leisten konnte. Trotzdem würde es nicht einfach werden, sie aufzustöbern.
„Das Kennzeichen habe ich mir natürlich notiert", erklärte der Nachbar selbstgefällig. „Falls es Sie interessiert."
Zwei Minuten später hechelte der Bezirksinspektor frohlockend die Stufen hinunter. Dem aufmerksamen Hausbewohner war es zu verdanken, dass er seinen Vermögensberater nun doch noch kriegen würde.

★

Dr. Scherz, der Polizeipräsident, hatte die aktuellen Geschehnisse zum Anlass genommen, um seinen Familienurlaub am Wörthersee abzubrechen und ein Meeting in der Bundespolizeidirektion einzuberufen. Braun gebrannt saß er mit seinen Kollegen im Besprechungszimmer und erteilte wie üblich zuerst sich selbst das Wort. „So sind wir, der Tradition entsprechend, erneut zusammengetroffen, um eine möglichst adäquate und unkomplizierte Lösung für die herrschenden Unerfreulichkeiten unterschiedlichen Ursprungs zu finden und in bewährter Manier den gegenwärtigen Bedrohungen zu Leibe zu rücken, auf dass endlich wieder überschaubare Zustände in unserem Lande Einkehr halten und sich die Bevölkerung dank einer gut formierten Exekutive wie gewohnt in Sicherheit wiegen darf."

„Ähm, ja, vielen Dank, Herr Präsident!" Feuersturm schenkte sich einen Schluck Mineralwasser ein. Er wünschte, es wäre Gin gewesen. Der hätte ihn das Geschwafel seines Vorgesetzten leichter ertragen lassen. „Den aktuellen Stand der Dinge, bitte", erteilte er Simone das Wort.

„Meine Mitarbeiter sind dabei, sämtliche Kurzwaren-, Handarbeits- und Wäschegeschäfte zu durchforsten", berichtete sie. „Möglicherweise haben wir Glück und es gelingt uns, die Herkunft dieser ominösen Taschentücher festzustellen. Die Tatsache, dass sich das Monogramm LB wider Erwarten nicht auf Leopold Borstinger bezieht, hat uns neue Wege eröffnet." Nicht unbedingt welche, die sie zwangsläufig auch ans Ziel führten, dachte sie mit Bedauern.

Feuersturm schien ihre Meinung ausnahmsweise zu teilen. „Gut, gut", nickte er. „Dann können wir nur hoffen, dass uns der Täter tatsächlich eine Visitenkarte hinterlassen hat und uns nicht absichtlich auf eine falsche Fährte lockt. Was wissen wir über Hugo Sobek?"

„Sein früherer Chef, der Direktor bei der Astral Versicherung, hält ihn für einen schwierigen, uneinsichtigen Menschen, der sich nur schwer in eine Gemeinschaft integrieren lässt. Allerdings ist er weder durch Gewaltbereitschaft aufgefallen, noch hat er jemals Drohungen ausgesprochen."
„Ich konnte heute mit seiner Beraterin beim Arbeitsamt reden", ergänzte Kleist. „Scheinbar ist sie die einzige Person, zu der er in den vergangenen Monaten Kontakt gehalten hat. Er fühle sich verfolgt, meint sie. Von allem und jedem. Sie nennt ihn einen …" Er blätterte in seinen Aufzeichnungen. „… durch und durch wunderlichen Vogel. Schwer einschätzbar, oft abwesend und verschlossen. Nur bei seinem letzten Besuch habe er berichtet, er wolle einen Schlussstrich unter seine Vergangenheit ziehen und mithilfe irgendwelcher Stimmen, die zu ihm sprechen würden, eine neue Existenz beginnen. Er sei auf so einem Selbstfindungstrip, behauptet sie. Back to the roots."
„Das klingt mir nicht unbedingt nach dem Profil eines Mörders", schaltete sich Simone wieder ein. „Meiner Ansicht nach sollten wir vorrangig an Michael Borstinger dranbleiben. Seine Alibis entpuppen sich als auffallend löchrig. Zum Zeitpunkt von Grics Tod war er angeblich bei einem Kunden. Dieser konnte von uns aber noch nicht befragt werden, da er zwischenzeitlich im Ausland weilt."
„Was meinen Sie, Doppler?", forschte Feuersturm.
„Ich?"
„Heißt hier sonst noch jemand so?"

Der Bezirksinspektor hüstelte. Er hatte nicht richtig aufgepasst. Ständig schielte er zu Kleist, der direkt neben ihm saß. Er fühlte sich nicht wohl in seiner Nähe.
„Also, haben Sie einen Verdacht?“, drängte Feuersturm.
„Ähm, ja. Sobek war's. Für mich ist er der Hauptverdächtige. Wenn jemand spurlos untertaucht, tut er das nicht ohne Grund. Und Motive hatte er, wie wir wissen, ohne Ende.“
„Ich muss Doppler recht geben“, seufzte der Leiter der Kriminaldirektion schweren Herzens, denn er tat es wirklich nicht gerne. „Wir sollten danach trachten, Sobek so rasch wie möglich aufzugreifen. Wie ich Ihrem Bericht entnehme, Frau Doktor, besitzt er eine Jagdhütte in Niederösterreich. Vielleicht hält er sich dort versteckt.“
„In der Prein“, präzisierte Simone.
Doppler ließ wieder einmal geografische Schwächen erkennen. „In der Prein? Wo soll das sein?“, zeigte er sich ahnungslos.
„An der Rax“, klärte sie ihn auf. „Und frag jetzt bitte nicht, wo die Rax ist!“
Scherz, der sich bis zu diesem Zeitpunkt auffallend zurückgehalten hatte, horchte auf. Die Situation erforderte einen komödiantischen Beitrag, fand er. „Ein Arzt, der in Prein an der Rax is', verdient nicht viel, rein an der Praxis“, gab er einen Schüttelreim zum Besten. Ohne nennenswerten Lacherfolg.
„Da Sobek ein hohes Risiko darstellt, täten wir gut daran, die Kollegen vom Einsatzkommando COBRA hinzuschicken“, schlug Feuersturm vor. „Außerdem brauche ich

Sie alle hier in Wien." Er überlegte kurz, dann änderte er seine Meinung. „Doppler soll mitfahren. Als Verbindungsmann quasi. Er hat ja schon im Jänner so vortrefflich mit Major Rikkendorff zusammengearbeitet."

„Dann wäre alles besprochen." Simone packte ihre Unterlagen zusammen und erhob sich.

„Moment!", pfiff sie ihr Vorgesetzter zurück. „Wenn ich Sie noch einen Augenblick um Geduld ersuchen dürfte. Da gibt es eine andere Sache, die wir kurz erörtern wollen. Herr Präsident, bitte."

Scherz richtete sich räuspernd auf. „Wie von Experten anhand der in Sobeks Keller vorgefundenen Fotos eindeutig festgestellt werden konnte, verehrte Kollegen, verehrte Frau Kollegin, haben wir es im Gegensatz zu unserer ersten Annahme und den Berichten, mit denen uns die Presse seit Tagen beglückt, nicht mit einem Krokodil afrikanischen Ursprungs zu tun, das nunmehr die Neue Donau zu seiner Heimat gemacht hat, sondern – und das schmälert den Ernst der Lage in keiner Weise – mit einem nordamerikanischen Alligator, in Fachkreisen auch Alligator mississippiensis genannt. Nach Meinung eines namhaften Zoologen können wir von außerordentlichem Glück reden, dass es bislang zu keinen folgenschweren Begegnungen mit arglosen Badegästen gekommen ist, zählt der Alligator doch an sich zu jenen Vertretern aus dem Reich der Karnivoren, die dem Nahrungsmittel Mensch prinzipiell aufgeschlossen gegenüberstehen, was ein rasches Eingreifen im Interesse der Wassersport treibenden Bevölkerung notwendig macht."

Und wen interessiert das?, fragte sich Simone und unterdrückte ein herzhaftes Gähnen. Sie hatte keinen blassen Schimmer, was das Vieh sie und ihre Mitarbeiter anging.
„Um auch in Zukunft sichere Wiener Strände und unbeschwertes Badevergnügen garantieren zu können", fuhr Scherz fort, „wurde ich vom Innenminister höchstpersönlich beauftragt, ein schlagkräftiges Sonderkommando ins Leben zu rufen, dessen Aufgabe es sein wird, dem Untier nachzustellen, es aufzuspüren und in weiterer Folge unschädlich zu machen, bevor es sich bemüßigt fühlt, als Menschenfresser Berühmtheit zu erlangen, wobei mit Rücksichtnahme auf die allseits bekannten Tierschutzorganisationen und jene Mitbürger, denen unser schuppiger Freund aufgrund reger Medienberichterstattung bereits ans Herz gewachsen ist, nach Möglichkeit einer gewaltlosen Vorgehensweise der Vorzug gegeben werden sollte. Dieses Sonderkommando …"
„EGAL", warf Feuersturm erklärend ein.
Der Polizeipräsident sah ihn verblüfft an. „Lieber Freund, angesichts des über unseren Köpfen schwebenden Damoklesschwerts halte ich es für absolut fehl am Platze, dieser bedeutsamen Aufgabe dermaßen gleichgültig gegenüberzustehen und ersuche höflichst …"
Feuersturm schüttelte den Kopf. „Nein, nein, ich meine, das Team, das sich um den Alligator kümmern wird, trägt den Namen EGAL. Einsatzgruppe Alligator." Und um das leidige Thema abzukürzen, beschloss er, die Neuigkeiten selbst zu verkünden. „Der Grund, weshalb wir Ihnen das mitteilen, ist folgender. Da in der Urlaubszeit – wie wir

wissen – ein akuter Mangel an Mitarbeitern, vor allem an Führungskräften herrscht, wurde ich ersucht, einen Kollegen aus der KD 1 auszuwählen, der ab sofort die Leitung der Einsatzgruppe übernehmen wird."

„Das ist doch nicht Ihr Ernst", fuhr Simone erzürnt dazwischen. „Wir stecken bis zum Hals in Arbeit. Ich brauche jeden Mann. Dieses Vieh geht uns nicht das Geringste an!"

„Grundsätzlich würde ich Ihnen recht geben, im gegenständlichen Fall aber nicht", erwiderte ihr Vorgesetzter ruhig. „In Notsituationen muss der Sicherheitsapparat zusammenhalten. Da können auch Sie sich nicht ausschließen, Frau Kollegin. Deshalb habe ich entschieden, Herrn Mag. Kleist mit dieser Aufgabe zu betrauen."

„Wie bitte? Was?" Kleist schaute erschrocken auf.

„Ganz genau. Sie werden ab sofort die Leitung der angesprochenen Einheit, die sich aus Kräften der Polizei und Feuerwehr zusammensetzt, übernehmen."

„Und was heißt das für mich im Konkreten?" Kleist sah sich bereits mit einem Schmetterlingsnetz unter der Reichsbrücke stehen und Vorpass halten.

Wie er feststellte, lag er mit seiner Annahme nicht ganz falsch. „Sie werden die Einsätze koordinieren und persönlich eines der Suchteams anführen. Betrachten Sie Ihr neues Betätigungsfeld als hervorragende Möglichkeit, sich zu profilieren. Außerdem sieht man Sie neuerdings ohnedies ständig in Begleitung eines Spürhunds, der Ihnen sicherlich eine große Unterstützung sein wird. Ha, ha!"

„Das kommt überhaupt nicht in Frage!", schnaubte Simone. „Ich kann Kleist unmöglich entbehren. Ich brauche ihn in meiner Abteilung. Sie können nicht einfach hergehen und mir meinen besten Mitarbeiter abspenstig machen. Das lasse ich nicht zu."
Feuersturm ließ sie kalt abblitzen. „Es ist müßig, über eine längst beschlossene Sache zu diskutieren, Frau Doktor. Ich kann Sie aber dahin gehend beruhigen, dass Kleist, soweit es seine Zeit erlaubt, auch weiterhin stundenweise für Sie tätig sein wird. Wir müssen jetzt alle flexibel sein."
„*Wir?*", stieß sie empört hervor. Flexibilität wurde immer nur von ihr erwartet. Ihre Vorgesetzten nahmen es damit nicht so genau.
„Wie flexibel sind denn *Sie*, wenn es um die Beschaffung eines neuen, größeren Büros für mich und meine Mitarbeiter geht?", hakte sie umgehend nach. Vielleicht war es gar keine schlechte Idee, das Thema einmal im Beisein des Polizeipräsidenten anzusprechen. „Seit Monaten warte ich …"
„Danke, meine Herrschaften", unterbrach sie Feuersturm lächelnd. „Die Sitzung ist beendet. Gehen Sie an Ihre Arbeit. Es gibt viel zu tun."

★

Viel Holz hier, erklärte die erste Stimme. *Wo man hinsieht nur Holz.* Sie klang unnatürlich tief und verzerrt, als würde ein Tonband zu langsam abgespielt werden.

Sehr viel Holz. Mhm, mhm, bestätigte eine zweite Stimme, die sich blechern und leicht aufgekratzt anhörte.
Die Einrichtung beschränkte sich auf das Allernotwendigste. Ein Ofen, ein Tisch, ein Stuhl und eine Anrichte, auf der eine abgeschlagene Keramikwaschschüssel die Anwesenheit einer sanitären Anlage vortäuschte. Das war's im Großen und Ganzen. Fließend Wasser gab es draußen, 20 Meter weiter im Bach.
Hugo Sobek lag auf dem grob gehobelten Bretterboden der schummrigen Jagdhütte, eingehüllt in seinen grünen Militärschlafsack, und kämpfte einerseits gegen eine ganze Armee von Ameisen an, deren Straße er blockierte, andererseits gegen die Müdigkeit, die ihn immer wieder in einen quälenden Schlaf fallen ließ. Ein dumpfer Schmerz kroch von seinem linken Fuß aufwärts bis zur Hüfte, die einen guten Ausgangspunkt für die Eroberung des restlichen Körpers darstellte. Er fühlte sich schwach und ausgelaugt, ausgebrannt vom Fieber. Und dennoch dachte er keine Sekunde ans Aufgeben. Er war so. Beharrlich, stur, uneinsichtig. Was er begann, führte er zu Ende, egal welchen Schaden er sich selbst damit zufügte. Das verlangte sein Stolz. Sein Stolz und die Stimmen in seinem Kopf.
Steh auf!, sagte die eine. *Unternimm etwas! Arbeite an dir!*
Genau, meinte die andere. *Du sollst etwas unternehmen. Hast du nicht gehört? Geh meditieren oder so!*
Nein, widersprach die erste, die eindeutig das Sagen hatte. *Sieh ihn dir an! Er muss etwas essen, um zu Kräften zu kommen. Es gibt noch viel zu tun, ehe er bereit ist, uns zu folgen.*

Vor knapp einem Monat hatte Sobek sie das erste Mal vernommen. Die Stimmen … Boten einer höheren Macht, die ihn aus den Weiten des Universums anriefen. Mitten in der Nacht hatten sie ihn aus dem Schlaf gerissen, um ihm den Weg zu weisen. Den einzig möglichen, um der kalten, feindlichen Welt heil zu entkommen. Hinaus aus dem Strudel, der ihn ins Bodenlose zog, hinein in sein Innerstes, auf der Suche nach seinen Ursprüngen. Das Ziel: Mit der Vergangenheit abzuschließen, sein wahres Ich, seine Berufung, zu entdecken und in eine höhere, transzendentale Ebene aufzusteigen.
Denn wer ganz oben stand, dem konnte niemand auf den Kopf scheißen.
Sobeks Blick klebte starr an der Wand zwischen dem rußgeschwärzten Ofen und der Eingangstür. Dort, unterhalb des Giebels, wo sich die Holzwürmer knirschend durchs Gebälk fraßen, hatte er das Foto angebracht, das ihn ständig daran erinnern sollte, warum er das tat, was er tat. Das Bild zeigte Gric und die Borstinger-Brüder, wie sie in einem Straßencafé saßen und sich köstlich amüsierten. Er hatte es in Barcelona geschossen. Heimlich, ohne ihr Wissen. Jetzt, nach über einem Jahr, konnte er sie immer noch lachen hören. Sie lachten über ihn.
Der Abschied aus der Zivilisation war ihm nicht schwergefallen. Da gab es niemanden, der ihn gehalten hätte. Außer Monja vielleicht. So viele Jahre war sie treu an seiner Seite gestanden. Sie, die Einzige, die ihn akzeptierte, wie er war, die niemals versucht hatte, ihn zu manipulieren. Seine Seelenverwandte.

Aber sonst? Die Menschen konnten ihm gestohlen bleiben. In ihren Augen war er ohnehin nichts weiter als ein Fremdkörper, ein Staubkorn, das zufällig ins Getriebe geraten war und das schleunigst aus der Maschinerie entfernt werden musste, ehe es Schaden anrichtete. Mit allen zur Verfügung stehenden Mitteln hatten sie versucht, ihn hinauszudrängen. Mit Spott und Hohn, mit Niedertracht und Ausgrenzung. Schon in der Schule war das so gewesen und später im Beruf sowieso. Typen wie Gric und die Borstingers bildeten nur die Spitze eines enormen Eisbergs, an dem er beinahe zerschellt wäre.

Bis auf ein paar Konservendosen für die ersten Tage, ein Armeemesser und seinen Schlafsack hatte er alles in Wien zurückgelassen. Je weniger er mitnahm, desto schneller kam er auf seiner spirituellen Reise voran. Erleuchtung erfuhr man, indem man sich auf das Wesentliche besann, auf das Essenzielle. Und das alles fand man in der Abgeschiedenheit des Waldes. Hatte er erst die Ruhe des Baums mit der Unantastbarkeit des Steins und der Beweglichkeit des Wassers in sich vereint, war er immun gegen die perfiden Attacken seiner Gegner.
Doch bis es so weit war, galt es harte Prüfungen zu bestehen. Die Natur schenkte einem nichts. Sie war kein „All you can eat"-Buffet, von dem man sich bis zum Umfallen bedienen konnte. Sie forderte ihren Tribut.
Sobek hatte rasch gelernt, dass die Wildnis zwar eine Menge zu bieten hatte, doch nur wenig davon genießbar war. Die paar Beeren, Wurzeln und Pilze, die er aus dem

Naturkundebuch seiner Mutter kannte, machten ihn nicht satt. Und alles andere, das er auf Geheiß der Stimmen probierte, bescherte ihm unerträgliche Bauchkrämpfe und Übelkeit bis hin zu heftigem Durchfall.
Ups, sorry, sagte die erste Stimme, wenn er wieder einmal den Boden seiner Hütte aufwischte, und zuckte mit den Schultern. *Aber egal. Sieh es als die notwendige innere Reinigung für deinen Übertritt in eine höhere Form der Existenz.*
Jawohl, innere Reinigung, bestätigte die zweite.
Und so hatte sich Sobek gereinigt. Gründlich und fortwährend.

Das mit dem Fuß war gestern passiert. Eine blöde Geschichte. Seine Schuld. Er war unachtsam gewesen.
Tai Chi sorgt für Harmonie zwischen Körper, Geist und Seele. Es regt den Energiefluss an und löst Blockaden. Tai Chi erweitert den Horizont. Es kann aber auch zu Unfällen führen, wenn man die Übungen barfuß absolviert und zuvor diese blassgrünen Pilze gegessen hat, die die Wahrnehmung auf so angenehme Art und Weise trüben.
Der spitze Stein war ihm einfach entgangen. Anfangs hatte die Verletzung nicht besonders schlimm ausgesehen. Ein kleiner Schnitt in der Fußsohle, der ein bisschen blutete. Nicht weiter dramatisch. Am Abend hatte die Wunde dann zu nässen begonnen.
Du sollst aufstehen, sagte die erste Stimme wieder. *Du kannst nicht den ganzen Tag herumliegen. Befreie dich aus deiner Lethargie!*

Ja, befreie dich!, bestätigte die zweite. *Lethargie ist nicht gut.*
Ein Fieberschub ließ Sobek erzittern. Benommen schälte er sich aus seinem Schlafsack. Sein linker Fuß war dick angeschwollen und bläulich rot verfärbt. Der Riss an der Sohle hatte sich entzündet und klaffte weit auseinander.
Als er auf einem Bein aus der Hütte hüpfte, blies ein frischer Wind durch das tanzende Laub. Es hatte deutlich abgekühlt. Sobek fröstelte. Im Auto würde er Verbandszeug finden, hoffte er. Und dann, nachdem er die Wunde notdürftig versorgt hatte, blieb ihm nichts anderes übrig, als etwas Essbares aufzutreiben.
Die Boten aus dem All hatten recht. Er durfte sich nicht gehen lassen. Wenn sie ihn demnächst holten, um ihm seinen Platz in der Unendlichkeit zuzuweisen, musste er fit sein.
Mit einem gegabelten Ast, der ihm als Krücke diente, humpelte er los. Der Hunger trieb ihn voran, ließ ihn seine Schmerzen fast vergessen. Vor ein paar Tagen hatte er eine neue Nahrungsquelle ausgemacht, die auf seinem kargen Speiseplan endlich für die lang ersehnte Abwechslung sorgen würde.
Ächzend hinkte er über den holprigen Waldboden seiner Vorfreude hinterher, immer darauf bedacht, den einbandagierten Fuß so wenig wie möglich zu belasten. Alle paar Schritte musste er haltmachen, sich schweißgebadet an einen Baumstamm lehnen und eine kurze Rast einlegen. Ein paar Minuten stand er da, schnappte nach Luft, dann kämpfte er sich weiter.

Die Sonne hing schon tief am Himmel, als er sein Ziel erreichte. Wie eine Offenbarung dehnte sich die kleine Lichtung vor ihm aus. Eine Wiese mit ein paar Obstbäumen. Doch es waren nicht die steinharten, grünen Äpfel, auf die er es abgesehen hatte. Nein, Sobek war kein Idiot. Die Erfahrung hatte ihn gelehrt, bei der Wahl seiner Speisen allergrößte Vorsicht walten zu lassen. Das unreife Obst hätte ihm nur weitere Bauchschmerzen beschert. Da gab es etwas anderes, das ihn anlockte. Etwas viel Besseres.

Hol ihn dir, befahl Stimme Nummer eins. *Worauf wartest du? Lass ihn dir schmecken!*

Stimmt, sagte Stimme Nummer zwei. *Schmecken lassen. Auf geht's!* Sie lachte scheppernd.

Hugo Sobek setzte sich in Bewegung. Unter dem Aufgebot seiner letzten Kräfte schleppte er sich auf den Bienenstock zu.

★

Zur selben Zeit donnerte ein knallroter Autobus auf der A2 in Richtung Wiener Neustadt. Obwohl seine Scheiben mit dunkler Folie überklebt waren, machte er kein Geheimnis daraus, wen er transportierte. *Einsatzkommando COBRA. Unterwegs für Ihre Sicherheit!*, stand für die anderen Verkehrsteilnehmer unübersehbar auf beiden Seiten und eine aufgemalte, riesige Brillenschlange blinzelte sie mit böse funkelnden Augen an. Am Heck prangte ein Werbeslogan des Brauereiunternehmens, das das Fahrzeug gesponsert hatte. *Nach dem Einsatz trinken wir – zwei, drei Fässer Ippstein Bier. Denn ist der Schurke hinter Gitter, bleibt es nicht bei einem Liter.*

Im Inneren des Tourbusses herrschte reger Trubel. Zu Rammstein, die für einen unbeschreiblichen Radau sorgten, heizten sich die Gemüter der Spezialeinheit zusehends auf.

„So funktioniert das!“, brüllte Major Rikkendorff über den Lärm hinweg. „So motiviere ich meine Burschen. Die Musik macht sie heiß auf Action. Die bringt ihr Blut in Wallung. Nichts eignet sich besser, um sie in die richtige Stimmung für waghalsige Einsätze zu bringen.“

Bezirksinspektor Doppler verstand kein Wort. Große weiße Wattebäusche steckten in seinen Ohren und er dachte keinen Moment daran, sie zu entfernen. Der entsetzliche Krawall machte ihn krank. Seit sie in Wien losgefahren waren, ging das nun schon so. Er wünschte, er hätte eine der Peter-Alexander-CDs mitgenommen, die im Handschuhfach seines Porsches lagen.

„Meine Männer lieben die Gefahr“, dröhnte Rikkendorff. „Kriegen viel zu selten die Gelegenheit, ihre Fähigkeiten unter Beweis zu stellen. Die paar Banküberfälle machen das Kraut nicht fett. Nichts los bei uns. Keine Amokläufer, keine Geiselnehmer, keine Terroristen, kein gar nichts! Langweilig! So macht das keinen Spaß. In Bagdad müsste man sein. Dort geht’s rund!“

„Ja, ja.“ Der Bezirksinspektor nickte unwillig. An einer Konversation mit dem aufgeblasenen Wichtigtuer war er nicht interessiert. Er wollte seine Ruhe haben. Wie so oft

in jüngster Vergangenheit beschäftigte ihn ein Problem namens Emmerich Nager. Er konnte immer noch nicht glauben, dass ihn das verfluchte Schwein nahezu um sein gesamtes Vermögen gebracht hatte. Doppler dürstete nach Rache. Der Drecksack würde für seine schändliche Tat schrecklich büßen müssen! Und das sehr bald, denn die Chancen ihn kalt zu erwischen, standen ausgezeichnet.
Mit dem Autokennzeichen seiner Lebensgefährtin war es ein Leichtes gewesen, die Spur aufzunehmen. Corinna Mischnik hieß die Dame. 44 Jahre alt, gut situiert. Eine Lokalbesitzerin, die drei Kaffeehäuser in der Innenstadt und eine Villa aus der Jahrhundertwende in Rekawinkel ihr Eigen nannte. Und genau dort würde die Falle zuschnappen. Doppler war sich hundertprozentig sicher, dass Nager bei ihr untergetaucht war. Das sagte ihm sein kriminalistischer Instinkt. Und der hatte ihn noch nie getäuscht.
Ein kräftiger Hieb beförderte ihn unsanft in die Gegenwart zurück. Irritiert blickte er auf.
„Was ist?“, schnaubte Rikkendorff. „Hören Sie mir nicht zu? Ich habe Sie etwas gefragt! Antworten Sie gefälligst!“
„Wie?“, brüllte Doppler zurück.
Rammstein ließen unverdrossen den Bus erzittern. *Mann gegen Mann*, hämmerten sie.
„Was das für ein Typ ist, dieser Sobek, will ich wissen! Wohl ein extrem gefährlicher Killer, oder? Ein geistesgestörter Schlächter, ein unberechenbarer Psychopath …“
„So in etwa.“

„Ausgezeichnet, ausgezeichnet." Der Major rieb sich zufrieden die Hände. Aus ihm sprach die Hoffnung. Wenn er mit seiner Truppe schon in die tiefste Provinz abkommandiert wurde, wollte er seinem Gefolge wenigstens etwas Außergewöhnliches bieten können. Der Ausflug sollte sich für seine Burschen bezahlt machen.

★

Kleist unterzog sein zukünftiges Einsatzgebiet einer ersten Inspektion. Mit dem plumpen Daphne im Schlepptau wanderte er von der Reichsbrücke kommend die Donauinsel stromabwärts. Allzu viele Leute waren nicht da, stellte er erleichtert fest. Vorrangig Jogger, Radfahrer und Inlineskater. Die Zahl der Badegäste hatte sich im gleichen Ausmaß verringert, wie die Temperaturen. Wenigstens das Wetter stand auf seiner Seite. Im Gegensatz zu den verantwortlichen Herren im Rathaus. Sein Vorschlag, die Strände aus Sicherheitsgründen unverzüglich sperren zu lassen, hatte wenig Begeisterung hervorgerufen. Für morgen war lediglich geplant, alle paar Meter Warntafeln anzubringen und den einzelnen Zweierteams der EGAL ihren Rayon zuzuteilen, in dem sie patrouillieren beziehungsweise in Booten die Neue Donau nach dem Reptil absuchen sollten.
Zuvor hatte er in einem ersten Treffen seine Mitstreiter kennengelernt, nicht mehr als ein Dutzend verwegener Männer, die sich – anders als er – freiwillig gemeldet hatten, um es mit dem Untier aufzunehmen. Konrad war ihm

dabei sofort ins Auge gestochen. Konrad, der Feuerwehrmann und sensationell gebaute Mister Oktober des Fire-Fighter-Kalenders, dessen charmantes Lächeln zu einer immensen Gefahr für Kleists Verstand zu werden drohte. Selbstverständlich hatten sein blendendes Aussehen und seine auffallend schwule Ausstrahlung absolut nichts damit zu tun, dass Kleist gerade ihn als Partner auserkoren hatte. Keineswegs.

Kleist war zu sehr Profi, um sich von derart niedrigen Instinkten leiten zu lassen.

Ihm ging es ausschließlich um einen raschen und effizienten Abschluss der ihm anvertrauten Aufgabe. Und dafür war der schöne Konrad zweifellos der beste Mann an seiner Seite.

Außerdem gab es da ja immer noch Rabih. *Immer noch* ... Kleist stieß ein leises Seufzen aus. Ach, Rabih! Der Gute hatte sich am Vorabend wieder einen Gefühlsausbruch der Extraklasse geleistet.

Unmittelbar nach seinem Auftritt war noch alles in bester Ordnung gewesen. Verdächtig in Ordnung, wie Kleist im Nachhinein klar geworden war. Eigentlich hätte er es besser wissen müssen.

„Primitives Proletengesindel!“, fluchte sein Freund plötzlich und knipste die Nachttischlampe an.

„Was?“ Kleist, der gerade am Einschlafen gewesen war, richtete sich auf.

„Banausen! Unterbelichtete Neandertaler! Unsensible, äh …“

„Ignoranten?“, schlug er vor, weil Rabih ungefähr 80 Prozent der Weltbevölkerung für solche hielt. „Worum geht es, wenn ich fragen darf?“, erkundigte er sich zaghaft, obwohl es ihn zu so später Stunde nur mäßig interessierte.
Aber je weniger er auf Rabihs Kummer einging, desto länger dauerte das Gejammer an, desto lauter wurde es und desto mehr hatte er selbst darunter zu leiden. Wegen nichts. Es ging immer um nichts. Oft waren es nur Belanglosigkeiten, die Rabih verzagen ließen. Echte Probleme kannte er ja nicht. Und wenn, schaffte er es ausgezeichnet, sie zu verdrängen.
„Schrebergärtner-Pack!“, stieß er umgehend hervor.
Das war es also. „Deine Show hat den Leuten gefallen. Hast du nicht mitgekriegt, wie sie dir zugejubelt haben?“
„Ja, was glaubst du weswegen?“
„Weil du gut warst? Ich meine *fantastisch*!“ Kleist zerrte an der Bettdecke, die Rabih beleidigt an sich gerissen hatte.
„Die besoffenen Schweine haben mich als Lustobjekt gesehen! Verstehst du? Das war es!“
„Das glaube ich ehrlich gesagt nicht.“
„Was *du* immer nicht glaubst! Hast du es nicht bemerkt? Sie haben mich angestarrt wie räudige Straßenköter eine läufige Hündin auf dem Bazar von Damaskus. Regelrecht ausgezogen haben sie mich mit ihren Blicken, als wäre ich eine billige orientalische Hure!“
„Was du selbstverständlich nicht bist. Und wieso gerade Damaskus?“

„Den primitiven Affen ist es kein bisschen um meine Kunst gegangen! Die wollten nur meinen Arsch sehen!"
„Der im Übrigen sehr hübsch ist." Kleist biss sich auf die Zunge. Guter Einwand zum denkbar schlechtesten Zeitpunkt. Aber es war auch wirklich nicht einfach, die richtigen Worte zu finden. Es gab sie nicht. Egal, was man sagte, man trat automatisch ins Fettnäpfchen.
„Das sieht dir ähnlich!", heulte Rabih auf. „Du bist um keinen Deut besser! Manchmal habe ich das Gefühl, in unserer Beziehung geht es dir nur um Sex. Da ist nichts, was uns sonst verbindet. Du verstehst mich nicht! Du zeigst kein Interesse an meiner Arbeit. Du bist so gefühlskalt, so gleichgültig …" Und schon hatte sich Rabihs Wut vom Publikum auf Kleist verlagert. Tränen flossen in Strömen. „Ich weiß wirklich nicht, weshalb wir noch zusammen sind."
Das wusste Kleist in diesem Moment auch nicht.
„Kannst du es mir bitte erklären, Thomas? Weshalb sind wir noch zusammen? Was verbindet uns? Was hat uns jemals verbunden?"
Kleist änderte seine Strategie. Jetzt nur nicht antworten, dachte er und schwieg eisern weiter, bis sich Rabih in den Schlaf geweint hatte.

Er hatte es nicht eilig, nach Hause zu kommen. Er wollte ein wenig für sich sein, um nachzudenken. Da gab es so viele offene Fragen, die ihm im Kopf herumschwirrten. Lag es an ihm, dass sich alle auf einmal so seltsam verhielten? Es war ja nicht nur Rabih, der ihn drangsalierte.

Auch andere schossen sich neuerdings auf ihn ein oder zeigten ihm die kalte Schulter. Feuersturm zum Beispiel. Warum hatte der ausgerechnet *ihn* zu den Krokodiljägern abkommandiert? Und dann seine spitze Bemerkung über Daphne. Wenn er nicht wollte, dass er den Hund mit zum Dienst nahm, weshalb sagte er es nicht einfach?
Und was war in Doppler gefahren? Eine tiefe Freundschaft hatte sie ja nie verbunden, aber im Laufe der Zeit war ein durchaus kollegiales Miteinander entstanden. Bis heute. Bei dem Meeting in der Bundespolizeidirektion hatte sich der Bezirksinspektor, der neben ihm gesessen war, so weit in Richtung Feuersturm gelehnt, als wollte er am liebsten auf dessen Schoß springen. Überhaupt war er den ganzen Tag auffallend schweigsam und distanziert geblieben.
Kleist fand keine Erklärung für das merkwürdige Benehmen seiner Kollegen. Hatte er etwas falsch gemacht oder begann er selbst schon am Rabih-Syndrom zu leiden und bildete sich alles nur ein?
Ein herzzerreißendes Jaulen riss ihn aus seinen Gedanken. Daphne war stehen geblieben und streckte seine faltige Nase in die Luft.
„Was hast du?“, fragte Kleist. „Bist du müde? Willst du nach Hause?“ Sie hatten bereits ein schönes Stück zurückgelegt und befanden sich irgendwo zwischen der Praterbrücke und der Stadlauer Ostbahnbrücke. „Dann lassen wir es gut sein, oder? Gehen wir heim“, schlug er vor.
Doch Daphne verfolgte andere Pläne. Aufgeregt kläffend zerrte er an der Leine.

Kleist sah sich irritiert um. „Wo willst du hin? Möchtest du zum Wasser? Hast du Durst? Du willst zum Wasser, ja? Na, dann gehen wir zum Wasser." Er trippelte hinter dem Hund her, der mitten durch ein üppiges Gebüsch hinunter zu einem Nebenarm der Neuen Donau hechelte. „Wenn du nichts dagegen hast, warte ich hier heroben", erklärte er, als wollte er die Privatsphäre des Mops' nicht stören. Er gab ihm ein paar Meter Leine, was den kleinen Kläffer aber keineswegs besänftigte. Im Gegenteil. Das Gebell nahm kein Ende. Irgendetwas stimmte da nicht.
Kleist arbeitete sich mühsam durch das Gestrüpp, um der Unruhe auf den Grund zu gehen. Spitze Zweige zerkratzten seine Arme. Bemüht, am schlammigen Terrain das Gleichgewicht zu halten, schlitterte er den kleinen Abhang hinunter, direkt auf Daphne zu, der am Ufer stand und wie am Spieß quiekte. Ein Fliegenschwarm stieg vom Boden auf und im selben Moment nahm er den beißenden Verwesungsgeruch wahr.
Die Leiche lag zum Teil im Wasser, verhakt zwischen den Wurzeln zweier Bäume. Genauer gesagt war es nur die obere Hälfte einer Leiche. Der Torso war im Bereich des ersten Lendenwirbels durchtrennt worden.

6

Erst in den frühen Morgenstunden traf das Einsatzkommando COBRA auf dem Preiner Gscheid ein. Als die Beamten aus dem Bus stiegen, schlug ihnen ein frischer Wind entgegen. Nebelfetzen hingen über der Passstraße. Es herbstelte.

Sie hatten sich total verfranst, auf der Südautobahn erst die Abfahrt beim Knoten Seebenstein verpasst, es dann von Grimmenstein hintenrum nach Gloggnitz versucht, waren dort aber falsch abgezweigt und prompt am Semmering gelandet, wo es sie bis ins Steirische nach Mürzzuschlag verschlagen hatte. Über Kapellen war es dann weitergegangen, aufgrund eines Getriebeschadens allerdings nur im Schritttempo, bis zu guter Letzt eine Reifenpanne kurz vor Steinpeter sogar die kühnsten Optimisten unter den Einsatzkräften überzeugt hatte, dass eine Festnahme Sobeks im Schutze der Nacht wohl nicht mehr in Frage käme.

Die allgemeine Stimmung war auf einem Tiefpunkt angelangt, den zu unterschreiten unmöglich war. Als sie die letzten paar Kilometer durch den Wald schlichen, wie wandelnde Büsche, mit Blattwerk getarnt, sich Sobeks Jagdhütte näherten, zeigten die Strapazen deutlich Wirkung. Rammstein war gut und schön. Eine gewisse Zeit lang. Und auch nur dann, wenn man ihre Musik grundsätzlich mochte. Da machte sie die Leute aggressiv, putschte sie auf, so, wie es Major Rikkendorff erhofft hatte. Wurde man aber die ganze Nacht lang mit dem Gedröhne konfrontiert, kehrte sich die Wirkung ins Gegenteil. Einigen COBRA-Männern waren die verheerenden psychischen Auswirkungen deutlich anzusehen. Alle paar Minuten musste der Kommandant eine Rast einlegen, um jenen Beamten gut zuzureden, die einen Nervenzusammenbruch erlitten hatten. 50 Prozent der Truppe waren nicht mehr zu gebrauchen, die anderen von Müdigkeit und leichten Depressionen gezeichnet.

Im Gegensatz zu ihnen fühlte sich Doppler halbwegs frisch. Die Wattebäusche hatten sich bezahlt gemacht und nicht nur die Musik, sondern auch Rikkendorffs nervtötendes Gelaber ferngehalten. Als Einzigem war es ihm vergönnt gewesen, ein paar Stunden zu schlafen.

„Dann bleibt mir wohl nichts anderes übrig, als Sie alleine in die Hütte reinzuschicken“, erklärte der COBRA-Kommandant trocken. „Ich habe echt keine Lust, meine Männer zu gefährden.“

Der Bezirksinspektor glotzte ihn erschrocken an. „Was? Ich soll … Glauben Sie, ich bin wahnsinnig?“, stammelte er.

„Eben nicht. Ihre geistige Vitalität kommt uns zugute.“

Aufgebracht tippte sich Doppler an die Stirn. „Hören Sie, ich denke nicht im Traum daran …“

Rikkendorff stieß ein verächtliches Lachen aus. „Von wegen *geistige Vitalität*. Beruhigen Sie sich. War nur Spaß! Mit dem einen Kerl wird auch die Hälfte meiner Männer locker fertig. Und Sie dürfen sich das Spektakel in aller Ruhe aus sicherer Entfernung ansehen.“ Er gab seiner Truppe ein Zeichen haltzumachen und in Deckung zu gehen. „Da vorne ist sie“, zischte er und deutete auf die Jagdhütte, die zwischen den Bäumen aus dem Nebel auftauchte. „Er dürfte da sein. Sein Wagen steht vor der Tür. Sieht alles ziemlich friedlich aus.“

„Vielleicht schläft er noch“, verlieh Doppler seiner Hoffnung Ausdruck. „Dann haben wir ein leichtes Spiel.“

„Mag sein.“ Rikkendorff kratzte sich skeptisch am Kinn. „Ich persönlich traue dieser Ruhe nicht. Wir müssen davon ausgehen, dass er schwer bewaffnet ist und seinen Unterschlupf zu einer Festung ausgebaut hat. Gut möglich, dass er uns bereits erwartet und sofort losballert, sobald wir uns nähern.“

„Woher sollte er wissen, dass wir kommen?“

„Das Gehirn eines Schwerverbrechers arbeitet anders als Ihres. Vor allem: Es arbeitet. Glauben Sie mir. Ich habe meine Erfahrungen. Diese Typen stehen ständig unter Strom. Sie sind wachsam und misstrauisch. Da genügt schon die kleinste Kleinigkeit und der Schalter kippt um.“

Mit einem Mal fühlte sich Doppler ausgesprochen unbehaglich. Er hätte nicht gedacht, dass es so gefährlich werden könnte, noch dazu, wenn er mit einer Sondereinheit anrückte. Aber wahrscheinlich war es gerade der Zustand dieser Sondereinheit, der die Lage so prekär machte.

„Und wie wollen wir vorgehen?“, fragte er den Kommandanten, der neben ihm hinter einer Fichte kauerte.

„Mit Geschick und, wenn es sein muss, auch mit Brachialgewalt. Zehn Männer sollten reichen. Wenn wir noch ein bisschen mit dem Zugriff warten, werden meine Burschen wieder soweit auf dem Damm sein, dass sie einsatzfähig sind. Außerdem habe ich für den Notfall immer ein paar Wunderpillen mit, die sie flugs auf Vordermann bringen. Keine Bange, das haut schon hin. Nicht umsonst setzen wir die Rekruten während ihrer Ausbildung unbeschreiblichen Torturen aus. Meine Männer werden mit Situationen fertig, in denen andere vor Angst den Verstand verlieren."

Viel war da nicht mehr zu verlieren, dachte Doppler bitter.

„Also zählt die Beschallung mit Rockmusik wohl nicht zu den täglichen Trainingseinheiten?" Eine Frage, die er sich nach der Rammstein-Erfahrung nicht verkneifen konnte.

Rikkendorff funkelte ihn böse an. Dann zog er einen Block aus seiner Brusttasche und machte sich Notizen.

„Guter Einwand", gab er schließlich zu. „Wir werden das ins Ausbildungsprogramm aufnehmen. Der Besuch eines Motörhead-Konzerts sollte obligatorisch werden. Wenn sie den überstehen … He, Fink!", raunte er einem seiner Männer zu, der flach wie eine Flunder neben ihnen auf dem Waldboden lag. Obwohl Flundern gewöhnlich nicht auf dem Waldboden herumlagen. Weder flach noch sonst wie. „Du stellst vier Teams zusammen. Zu je drei Mann. Ihr teilt euch rund um die Hütte auf. Team A geht durch die Tür, Team B durch das Fenster rechts, die beiden anderen sichern die restlichen Seiten. Verstanden?"

„Und von oben?", fragte Doppler. „Von oben kommt niemand?"

„Sind wir der Weihnachtsmann?", knurrte Rikkendorff, dann wandte er sich wieder Fink zu. „Hier, nimm die

Spaßmacher. Für jeden Mann eine Tablette. Aber wirklich nur eine! Das sollte reichen. Es ist jetzt genau …“ Er prüfte seine Uhr, schüttelte sie, lauschte an ihr und prüfte sie erneut.
„Zirka sieben, schätze ich. In einer Stunde geht’s los. Bis dahin dürfte sich auch der Nebel verzogen haben. Wartet mit dem Zugriff auf mein Kommando!“

★

Die Katze ist wohlauf. Er hält ihr ein Stück Schinken hin, das sie gierig hinunterschlingt. Sie schnurrt und streicht um seine Beine.
Er kann es immer noch nicht glauben. Um ein Haar und sie wäre jetzt tot. Das hätte er sich nie verziehen. Dabei war es nicht seine Schuld. Der Herd ist kaputt. Nachdem er die Flamme abgestellt hat, ist weiterhin Gas ausgeströmt, und er war zu sehr in Eile, um es zu bemerken.
Als er später heimkommt, steigt ihm gleich der beißende Geruch in die Nase. Mit angehaltener Luft stürzt er in die Küche, dreht den Haupthahn zu und reißt das Fenster auf. In diesem Moment fällt ihm die Katze ein.
„Miezmiezmiez!“, ruft er. „Miezmiezmiez!“
Er sucht sie überall. Unter dem Sofa, hinter dem Regal, im Wäscheschrank, an all ihren Lieblingsplätzen. Er findet sie im Bad. Sie liegt in der Wanne und atmet flach. Sie bewegt sich kaum. Nur ihr linkes Hinterbein zuckt leicht.
Neun Leben!, hofft er. Eine Katze hat neun Leben! Er hebt sie hoch und drückt sie fest an sich.

Kein Auge hat er zugetan. Die ganze Nacht ist er neben ihr gesessen, um Wache zu halten.
Er gibt ihr noch ein Stück vom Schinken und krault sie hinter dem Ohr. Das mag sie. Sie springt auf seinen Schoß und dreht sich im Kreis.
Was soll aus ihr werden, wenn er geht? Er will sie nicht zurücklassen, alleine in der Wohnung. Er könnte die Hausmeisterin bitten, sie zu nehmen. Er könnte sagen, dass man die alte Frau ins Krankenhaus gebracht habe, und er beruflich verreisen müsse.
Sie wird ohnehin zu neugierig, die Hausmeisterin. Ständig fragt sie nach der Alten. Ob sie etwas brauche, ob sie sie besuchen dürfe. Nein leider, sagt er dann. Es gehe ihr nicht so gut.
Das stimmt natürlich nicht. Der alten Frau geht es besser als ihm.

★

Es grenzte an ein Wunder, dass er es zur Hütte zurück geschafft hatte. Es grenzte an ein Wunder, dass er überhaupt noch am Leben war. Hugo Sobek präsentierte sich als eine einzige glühende und pulsierende Schwellung. Die Bienen hatten keine Nachsicht walten lassen.
Stöhnend wälzte er sich in seinem eigenen Erbrochenen hin und her. In fiebrigen Träumen sah er die grinsenden Gesichter von Gric und den Borstinger-Brüdern. Sie schwirrten um ihn herum, stürzten sich auf ihn und bohrten ihre Stacheln tief in sein Fleisch. Sobek schlug wild

um sich. Er wollte fliehen, einfach davonrennen, doch er kam keinen Schritt voran. Seine Beine lahmten. Das war es also, dachte er. Er hatte verloren. Er war gescheitert, in allen Belangen. Wimmernd sank er auf die Knie, bereit zu sterben.
Plötzlich Totenstille. Gleißendes Licht umhüllte ihn wie ein wärmender Mantel. Ein Strahl, weißer als Weiß. Blinzelnd hob er seinen Kopf und da sah er es.
Dieses bunt glitzernde Etwas im pechschwarzen Nachthimmel. In diesem Moment wusste er, dass seine Strapazen nicht umsonst gewesen waren.
Die Macht hatte ihn nicht vergessen. Sie kam, um ihn zu holen, um ihn eins mit dem Universum werden zu lassen.
Er fühlte, wie sein Körper an Masse verlor, wie Molekül um Molekül von ihm abbröckelte. Langsam begann er aufzusteigen. Höher und höher. In einem Rüssel aus purer Energie schwebte er dem Raumschiff entgegen, während die Welt unter ihm zusammenschrumpfte, bis sie zu einem winzigen Punkt in der Bedeutungslosigkeit geworden war.
Das mit dem Honig war wohl keine so gute Idee, sagte die erste Stimme. *Komm zu dir! Du fantasierst!*
Nein, wirklich keine gute Idee, bestätigte die zweite.

Die Tür flog krachend aus den Angeln, Fensterglas zersplitterte. Mit lautem Gebrüll stürmten sechs vermummte, bis an die Zähne bewaffnete Gestalten in die Hütte. Die COBRA-Männer waren zu ihrer gewohnten Form aufge-

laufen. Die Psychopharmaka hatten die in sie gesetzten Erwartungen bei Weitem übertroffen.
„Polizei“, donnerte ihr Anführer. „Widerstand ist zwecklos! Stehen Sie auf und stellen Sie sich mit erhobenen Händen an die Wand!“
Sobek öffnete die Augen. Ein zaghaftes Lächeln formte sein aufgedunsenes Gesicht zu einer furchterregenden Fratze.
Diesmal träumte er nicht. Die Stimmen hatten Gestalt angenommen.
Auch wenn er sie nur schemenhaft durch einen grauen Schleier wahrnahm und kein Wort von dem, was sie sagten, verstand, er wusste, dass sie real waren.
He, wir sind das nicht, flüsterte die erste Stimme aufgeregt.
Nein, echt nicht, sagte die zweite. *Sehen wir vielleicht so aus?*
Ihre Warnung kam zu spät. Er hörte sie nicht mehr, denn nun konnte er sie sehen.
„Sie sollen aufstehen! Sofort!“, brüllte Leutnant Fink. „Zeigen Sie mir Ihre Hände und keine falsche Bewegung!“
„Ich habe deine Ankunft erhofft“, murmelte Sobek, doch die vom Bienengift gelähmten Gesichtsmuskeln und sein staubtrockener Mund machten *i-h ... ha-e ... ei-e ... A-un ... e-off...* daraus.
„Hat er *Ich habe eine Ladung Sprengstoff* gesagt?“ Aufs Höchste alarmiert presste ihm Fink den Lauf seines Sturmgewehrs an die Brust. Jahrelanges Training unter

härtesten Konditionen hatte ihn dermaßen sensibilisiert, dass ihm nicht die leiseste Gefahr entging.
Vergebens versuchte Sobek seinen Schlafsack abzustreifen. „il-om-e … Er-e-gas …“, krächzte er heiser, was soviel bedeuten sollte wie *willkommen Erdengast*.
„Viele Bomben, Nervengas“, übersetzte Fink ohne zu zögern und gab seiner Gruppe aufgeregt ein Zeichen.
Alles hatte Sobek bisher überlebt. Ungenießbare Blätter und Wurzeln, giftige Pilze, eine infizierte Wunde, sogar den Angriff wütender Killerbienen. Das Gewicht von drei riesigen COBRA-Beamten, die sich mit Brachialgewalt auf ihn stürzten, brachte sein geschwächtes Herz schließlich zum Stillstand.

★

Die Kloschüssel fest umklammernd würgte Simone ein paar letzte Brocken ihres absonderlichen Frühstücks hervor. Sie fühlte sich hundsmiserabel. Ihre Augen tränten, kalter Schweiß stand auf ihrer Stirn. Schon auf dem Weg in die Bundespolizeidirektion war ihr ganz schwummrig geworden. Die letzten paar Meter zur Toilette hatte sie im Laufschritt zurückgelegt, um nicht mitten ins Foyer zu reihern.
Was hatte sie sich nur dabei gedacht? Tomatensaft, schwarzen Kaffee, Schinken, Ei, Schafskäse, Oliven, eine halbe Tafel Schokolade … Wie ein ausgehungerter Wolf war sie über den Kühlschrank hergefallen. Da folgte die Rache natürlich prompt auf den Fuß, was angesichts ih-

rer besudelten Raulederpumps wortwörtlich zu verstehen war. Die sündteuren Schuhe konnte sie vergessen. Die Flecken würde sie nie wieder herauskriegen.
Bereits auf dem Gang hörte sie das Telefon in ihrem Büro läuten. Hastig schloss sie auf und stürzte zu ihrem Schreibtisch.
„Doppler, wie nett, dass du dich auch schon meldest“, keuchte sie. Die paar schnellen Schritte hatten sie dermaßen außer Atem gebracht, dass sie befürchtete, sich neuerlich übergeben zu müssen. Mit geschlossenen Augen zwang sie sich, ruhig und gleichmäßig zu atmen. Von seinem Gestammel bekam sie anfangs nur die Hälfte mit.
„Was?“, krächzte sie, nachdem er Bericht erstattet hatte. Gleichzeitig riss sie das Fenster auf, um sich Frischluft zuzuführen. „Wie, er ist tot …“
„Mausetot“, klang es lapidar aus dem Hörer.
„Sag, dass das nicht dein Ernst ist! Kann man dich keine Sekunde unbeaufsichtigt lassen? Jedes Mal, wenn man dir ein Minimum an Verantwortung überträgt, endet es mit einer Katastrophe! Wie um Himmels willen konnte das passieren?“
„Sobek wollte sich der Festnahme entziehen und leistete erbitterte Gegenwehr“, entgegnete Doppler monoton. „Es kam zu einem Handgemenge, im Zuge dessen er fixiert werden musste.“
Er hörte sich an, als hätte er seinen Text auswendig gelernt oder als würde er ihn irgendwo ablesen. Simone wurde sofort hellhörig. „Erzähl mir keinen Scheiß! Unmöglich, dass 20 COBRA-Beamte nicht in der Lage sein

sollen, einen einzelnen Mann zu überwältigen, ohne ihn dabei umzubringen. Ein schönes Schlamassel hast du da angerichtet! Aber das wirst *du* seinen Eltern beibringen! Ich tu mir das sicher nicht an."

Ein widerborstiges Grunzen kam als Antwort. „Ich sage ihnen einfach, er war schon tot, als wir ihn gefunden haben. Das ist sowieso die offizielle Version."

„Es gibt eine offizielle Version?", fragte sie erstaunt.

„Na ja, wegen der Presse. Sonst ist gleich wieder von der Prügelpolizei die Rede, von übertriebener Gewaltbereitschaft bei der Exekutive und so weiter. Man kennt das ja. Die machen aus jeder Mücke einen Elefanten. Außerdem war Sobek wirklich in keinem guten Zustand, als der Zugriff erfolgte. Keine Ahnung, was der in der Einöde getrieben hat. Egal, jedenfalls habe ich recht gehabt."

Selbstgefällig setzte er eine kurze Pause. „Sobek war definitiv der Täter", fügte er hinzu, als Simone seinen Scharfsinn nicht sofort zu würdigen wusste. „Der Spuk ist vorbei. Borstinger kann aufatmen."

Die Kriminalbeamtin stieß ein verächtliches Lachen aus. „Was macht dich da so sicher, Herr Superschlau?"

„Die Beweislast ist erdrückend. In seiner Jagdhütte haben wir ein Foto von Gric und den Borstinger-Brüdern gefunden. Das spricht wohl eine deutliche Sprache."

„Ist das alles?", höhnte sie, nur um ihm seine Freude zu vermiesen. „Zu schade, dass ich deinen Optimismus nicht teilen kann. Sobald du zurück in Wien bist, wirst du dich wieder an deinen geschätzten Versicherungsvertreter

dranhängen. Wo bist du überhaupt? Was ist das für ein Lärm im Hintergrund? Hört sich an wie …"
„Wir sind im Zug", klärte er sie auf.
„Wieso im Zug? Seid ihr nicht mit dem COBRA-Mobil unterwegs?"
„Nun, ähm, nicht mehr. Nach dem Getriebeschaden und einem kaputten Reifen ist zu allem Überfluss der Motor eingegangen."
„Ich unterbreche deine spannende Geschichte nur ungern", schnitt sie ihm das Wort ab, „aber Feuersturm kommt gerade." Grußlos legte sie auf und wandte sich an ihren Vorgesetzten.
„Haben Sie schon von Rikkendorffs Glanztat gehört?", fragte sie ihn gereizt.
Immerhin war es seine Idee gewesen, die COBRA loszuschicken. Den Vorwurf konnte sie ihm nicht ersparen. „Gratulation, tolle Leistung!"
Feuersturm ignorierte ihren Sarkasmus. „Geht es Ihnen gut?", erkundigte er sich. „Sie sehen so blass aus."
„Danke, alles in bester Ordnung."
„Tja, dann …" Der Leiter der Kriminaldirektion setzte eine betrübte Miene auf. „Der Grund meines Besuchs ist die Tote, die unser neuer Polizeihund – Daphne, wenn ich mich recht entsinne – gestern aufgespürt hat. Sie haben das ja wahrscheinlich mitbekommen."
Wie konnte man das nicht mitbekommen, dachte Simone. Sämtliche Zeitungen machten ein Riesentrara um Kleists schaurige Entdeckung. „Was ist mit ihr? Haben wir es mit einem Mord zu tun?"

„Nein, das können wir mit Sicherheit ausschließen. Wie sich die Sachlage darstellt, hat unser Krokodil, respektive Alligator zugeschlagen. Das behauptet zumindest die Gerichtsmedizin, die, um ganz sicherzugehen, einen Reptilienexperten zugezogen hat. Aufgrund der Bissspuren ist davon auszugehen, dass das Vieh an die zweieinhalb Meter lang ist. Ich will gar nicht daran denken, was uns da noch ins Haus steht."
„Schön", fauchte Simone. „Aber warum erzählen Sie *mir* das? Um Monja kümmert sich Kleist, oder?"
„Sicher. Den habe ich natürlich bereits informiert. Dennoch wird es Sie interessieren, dass wir es mit der Leiche von Bettina Borstinger zu tun haben. Die Tätowierung hat uns den entscheidenden Hinweis gegeben. Inzwischen ist sie auch von ihrer Mutter identifiziert worden. Ein Drama, sage ich Ihnen. Die Arme erlitt einen Nervenzusammenbruch. Wir haben sogar den Notarzt rufen müssen."
„In der Pathologie sollten eigentlich Ärzte anwesend sein", grunzte Simone.
„Schon, schon, aber die kennen sich nur mit Toten aus."
„Wie dem auch sei." Griesgrämig starrte sie ihren Vorgesetzten an. „Das heißt, wir können unsere wichtigste Zeugin abschreiben."
Feuersturm nickte. „Aber wie mich Major Rikkendorff zuvor informiert hat, wurde der Täter ohnehin ausgeschaltet."
Doppelt falsch, dachte sie. Erstens war Sobek nicht der Täter und zweitens konnte von *ausgeschaltet* keine Rede sein. Zu Tode geprügelt kam eher hin. „Sie irren sich",

widersprach sie. „Ich halte Sobek nach wie vor für unschuldig. Denken Sie, er wäre wirklich in der Lage gewesen jemanden umzubringen? Ausgeschlossen! Ich bin vielmehr der Meinung …"
„Ich weiß, ich weiß. Bei Ihnen steht dieser Michael Borstinger ganz oben auf der Liste. Aber warum? Nur weil Sie ihn nicht leiden können? Wir dürfen uns nicht von persönlichen Gefühlen leiten lassen, Frau Doktor. Akzeptieren Sie die Fakten!"
„Was denn für Fakten, bitteschön? Etwa das Foto, das Doppler gefunden hat? Schwachsinn!" Simone wischte seine Argumentation mit einer Handbewegung beiseite. „Solange keine hieb- und stichfesten Beweise für Sobeks Schuld vorliegen, werde ich alle Möglichkeiten im Auge behalten und damit basta!" Energisch sprang sie auf und zwängte sich an ihrem Vorgesetzten vorbei aus dem Zimmer. „Und übrigens", zischte sie dabei. „Wann kriegen wir endlich ein größeres Büro? Unzumutbare Zustände sind das!"
„Kommt Zeit, kommt Rat", murmelte er. „Wo, ähm, wollen Sie hin, wenn ich fragen darf?"
„Mittagessen, wenn's recht ist." Simone drehte sich um und stürmte davon. Die Kontroverse hatte sie hungrig gemacht. Eine Semmel mit Kümmelbraten war genau das, was sie jetzt brauchte. Mit vielen Knorpeln und schön fettig.
„Mittagessen? Um diese Zeit?" Feuersturm sah ihr verblüfft nach. „Es ist erst halb zehn."

★

Fuck Freitag, Alter!, um es mit Alberts Worten auszudrücken. Der Tag familiärer Pflichterfüllung. Um den kam Simone nicht herum, weil sie als große Schwester ein gewisses Maß an Verantwortung trug. Das redete sie sich zumindest ein.
Angefangen hatte der Unfug nach dem Tod ihrer Eltern. Vor einer Ewigkeit also. Und obwohl sie generell Traditionen und althergebrachten Gepflogenheiten nichts abgewinnen konnte, hatte sie nie in Erwägung gezogen, die Besuche bei Daniel einzuschränken oder gar einzustellen. Dabei tat sie sich und ihren Nerven damit nichts Gutes. Ihr Bruder war kein einfacher Mensch, mit dem es sich gemütlich bei Kaffee und Kuchen plauschen ließ. Meist in Gedanken versunken saß er neben ihr, starrte Löcher in die Luft und rauchte zu ihrem und Alberts Missfallen seine stinkigen Zigaretten.
Daniel lebte in seiner eigenen Welt, irgendwo weit, weit weg. In einer Dimension, die er sich selbst geschaffen hatte, ohne besonderen Wert darauf zu legen, sie hübsch oder auch nur funktionell auszustatten. Sie war nicht mehr, als eine verworrene geistige Müllhalde, durch die er endlos wandelte, ewig trübsinnig, ewig grübelnd.
Sein Lebensquell sei die Kunst, meinte er, seine Berufung das Schreiben. Pah! Nicht, dass er diesem Ruf je gefolgt wäre. Seit seiner Entlassung aus der Psychiatrie hatte er keinen einzigen Satz zu Papier gebracht, ja nicht einmal ansatzweise ein Konzept für einen neuen Roman entwickelt. Zu sehr war er damit beschäftigt, sich in Selbstmitleid zu suhlen und mit seinem Schicksal zu hadern.

Dementsprechend sahen die freitäglichen Treffen aus: Simone kam, Daniel nickte ihr mürrisch zu, sie setzte sich auf die Couch, er holte den Portwein, sie fragte, was es Neues gäbe, er sagte „nichts“, sie erzählte ein bisschen von ihrer Arbeit, er brummte mäßig interessiert „aha“ und irgendwann, wenn ihr Gewissen nach langem Ringen bestätigte, dass sie sich ausreichend um ihn gekümmert hatte, zog sie erleichtert von dannen.

Simone gönnte sich noch einen kurzen Aufschub. Bevor sie Daniel ihre Aufwartung machte, beschloss sie, nach Birgit Borstinger zu sehen. Die Frau hatte ihren Beistand sicher dringend nötig. Bettinas grauenvoller Tod musste sie völlig aus der Bahn geworfen haben.
Genau so war es dann auch. Simone fand sie in Tränen aufgelöst. Birgit war alleine in der Wohnung ihres Schwagers, ihr Liebster wie so oft auf Kundenfang.
„Ein wichtiger Termin“, erklärte sie, als wäre es ihre Pflicht, seine Abwesenheit zu rechtfertigen. „Er konnte ihn nicht kurzfristig absagen.“
„Konnte oder wollte …“, stellte die Kriminalbeamtin in den Raum und musterte sie prüfend.
Was die Wahl ihrer Männer anbelangte, war Birgit ein hoffnungsloser Fall. Eine Frau auf dem Selbstzerstörungstrip, zielsicher von einem Desaster in das nächste unterwegs. Nach dem Poldl hatte sie sich mit Michael ein weiteres Prachtexemplar an männlicher Unzumutbarkeit herausgepickt. Die Kaltschnäuzigkeit in Person, eine aalglatte Vertretermentalität, wie sie im Buche stand, stets

auf die eigenen Vorteile bedacht. Simone kannte diese Typen in- und auswendig. Sobald sie ein Geschäft unter Dach und Fach hatten, interessierte es sie nicht mehr. Mit Frauen verhielt es sich nicht anders.
„Sind Sie sicher, dass Sie hier bleiben möchten?“, erkundigte sie sich vorsichtig. „Gibt es keine Freundin, bei der sie unterkommen könnten, wenigstens für die nächste Zeit?“
Birgit schüttelte den Kopf. Freundinnen gäbe es natürlich schon, aber die wolle sie nicht belästigen, die hätten ihre eigenen Probleme. Nein, nein, sie komme schon klar.
Was Simone ernsthaft bezweifelte. Ja, jetzt im Moment vielleicht. Jetzt stand sie unter dem Einfluss von Medikamenten, die sie einigermaßen über Wasser hielten. Aber irgendwann würde sie den Tatsachen ins Auge sehen und mit ihnen fertig werden müssen. Und dazu brauchte sie eine starke Schulter, jemanden, der sie auffing, am besten noch bevor sie abstürzte. Auf Michael durfte sie dabei nicht zählen. Der würde keinen Finger rühren. An dem prallte ihr Kummer ab wie an einer Gummiwand.
„Sie kommen mit zu mir“, entschied Simone spontan. „Das halte ich für die beste Lösung. Wenigstens übers Wochenende. Überlegen Sie: Bei mir könnten Sie sich ein paar Tage Erholung gönnen, Abstand gewinnen. Wenn es Ihnen hilft, ein bisschen im Garten arbeiten oder so.“ Das mit der Gartenarbeit war ein grandioser Einfall, lobte sie sich. Beschäftigungstherapie für Birgit und ein gepflegter Garten für sie. Praktizierte Gerechtigkeit. Sie war ja nicht die Caritas.

Birgit zierte sich ein wenig. Das sei unmöglich, behauptete sie. Das könne sie Michael nicht antun. Immerhin habe er sie aufgenommen, als ihre Ehe kaputtgegangen sei und außerdem habe sie versprochen, ihm bei seinen Terminvereinbarungen zu helfen. Da gäbe es eine Menge zu tun. Den halben Tag hänge sie am Telefon, um erste Kontakte zu seinen neuen Kunden herzustellen.
Was solle er von ihr denken, würde sie ihn einfach sitzen lassen?
„Was denken denn Sie von ihm?“, forschte Simone. „Jetzt zum Beispiel, wenn er sich einen Scheißdreck um Sie kümmert.“
Birgit saß eine Weile da und starrte ins Leere. Ihre Finger zupften an einem nass geweinten Taschentuch, zerrissen es in winzige Stücke, die allesamt auf dem Teppich landeten.
„Aber ich muss erst ein paar Sachen zusammenpacken“, flüsterte sie schließlich.
„Tun Sie das.“ Simone klopfte ihr aufmunternd auf die Schulter. „Ich hole Sie ab, nachdem ich bei meinem Bruder war.“

Aus der Stereoanlage tönte tibetische Meditationsmusik. Ein nervtötendes Getröte ohne Rhythmus und Harmonie. Daniel rührte sich nicht. Nur sein rechter Zeigefinger schwenkte hin und her, rauf und runter, als dirigierte er ein Ameisenorchester. Simone nippte an ihrem Portwein. Seit zehn Minuten war sie nun hier. Zehn Minuten bedrückenden Schweigens.

„Und, was tut sich bei dir?“, eröffnete sie das Gespräch oder das, von dem sie hoffte, dass es ein Gespräch werden würde.
„Nichts“, kam die obligatorische Antwort.
„Na, dann …“
Getröte, Ameisenorchester. Simone konnte die winzigen Tierchen geradezu sehen, wie sie auf dem Couchtisch Aufstellung genommen hatten und gemeinsam musizierten.
„Habe ich dir schon von meinen aktuellen Fällen erzählt?“, versuchte sie es erneut.
„Mh-mh.“
„Aber gehört hast du vermutlich davon. Borstinger, Gric … Du weißt schon, die beiden ermordeten Versicherungsvertreter.“
Daniel nickte.
„Und jetzt hat sich herausgestellt, dass Borstingers Tochter von dem Krokodil gefressen wurde. Na ja, eigentlich ist es ein Alligator und er hat sie nur zur Hälfte gefressen, aber das spielt keine Rolle.“
„Aha.“
„Sag, Daniel, du hast doch diesmal mit der Sache nichts zu tun, oder?“
Das lockte ihn aus der Reserve. „Du spinnst ja!“, zischte er und funkelte sie aus den Augenwinkeln an.
Simone tätschelte ihm versöhnlich den Rücken. „Entschuldige. Ich habe das nicht ernst gemeint.“ Obwohl, überlegte sie, bei seiner Vorgeschichte war der Gedanke nicht so abwegig.

Daniel verzog beleidigt den Mund und konzentrierte sich auf etwas, das sich hinter der gegenüberliegenden Wand zu verbergen schien.
„Tja, so ist das", seufzte sie nach einer Weile. Sie hatte es vermasselt. Mit ihrer dämlichen Frage hatte sie die eben in Schwung gekommene Unterhaltung grausam abgewürgt.
Quasi als Rettung in letzter Sekunde, bevor die angespannte Stille unerträglich zu werden drohte, flog die Tür auf und Albert platzte herein.
„Schon erledigt, he!", krähte er und drehte den Schirm seiner Kappe nach hinten. Mit stolzgeschwellter Brust schwenkte er Simones Schuhe vor ihrem Gesicht. „Traraaa! Kein Fleck mehr, Alter! Was sagst du?"
„Wow!", hauchte sie anerkennend. Die hellbraunen Raulederpumps sahen aus wie neu. „Wie machst du das?"
„Großes Geheimnis, shit. Kann ich nicht verraten."
„Tja, dann …" Simone grinste breit. Drei, zwei, eins und:
„Von mir aus, bitch, wenn du es unbedingt wissen willst. Zahnpasta ist das Zauberwort."
„Zahnpasta?"
„Genau, fuck! Und ein bisschen Haarshampoo. Aber nur ganz wenig, he. Das Ganze vermischt mit Backpulver und …" Albert zögerte.
„Und?", drängte sie.
„Pisse, Alter."
„Pi… Du meinst *Urin*?" Simones Augen quollen aus ihren Höhlen. Sie hätte nicht fragen sollen. Igitt! Wie kam

Albert nur auf so kranke Ideen? Ihre Pumps waren vom Regen in die Traufe geraten. Zu Hause würde sie sie sofort wegschmeißen.
„Da schaust du, was?“, kicherte er. „Ein Rezept von meiner Schwester, shit!“
„Tja, dann sag ihr meinen besten Dank.“ Angewidert nahm sie ihm die Schuhe aus der Hand und stellte sie ab. „Am Wochenende soll es noch einmal herrliches Spätsommerwetter geben“, wechselte sie das Thema. „Habt ihr beiden Hübschen für den Sonntag schon etwas geplant?“ Verschwörerisch zwinkerte sie Albert zu. „Einen Ausflug ins Grüne vielleicht?“ Das hatten sie so vereinbart. Er sollte Daniel zu einem kleinen Spaziergang überreden und ihn dann zu der Party entführen.
„Ausflug?“ Albert kratzte sich verwirrt am Kopf. „Ich hab gedacht, wir feiern Dans Geburtstag, fuck! Hast du nicht gesagt, du machst ein Gartenfest? Jetzt kenn ich mich überhaupt nicht mehr aus, Alter. Ich hab extra neue Girlanden besorgt und alles für die Kekse, die ich backen wollte.“
„Mein Gott, Albert!“ Simone bedachte ihn mit einem vorwurfsvollen Blick. „Das hätte eine Überraschung werden sollen!“
„Überraschung? Warum hast du es mir dann erzählt, shit?“
„Himmel, eine Überraschung für *Daniel*, nicht für dich! Kapierst du denn gar nichts?“
Daniel richtete sich langsam auf. „Was ist mit mir?“, krächzte er, als wäre er eben aus einem Tiefschlaf er-

wacht. Verständnislos blinzelte er die beiden an. Er konnte es nicht leiden, wenn hinter seinem Rücken getuschelt wurde.

★

Doppler war überzeugt, dass sich Simone blindlings in etwas verrannte. Wie so oft zeigte sie sich stur und uneinsichtig, nur weil sie nicht wahrhaben wollte, dass er im Recht war. Ihre Anschuldigungen Borstinger gegenüber waren schlicht und ergreifend unhaltbar und ihre Anweisung, ihn weiterhin im Auge zu behalten, ging dem Bezirksinspektor gelinde gesagt am Arsch vorbei. Es gab keinen vernünftigen Grund, den Versicherungsmann jetzt noch zu beschatten. Erstens hatte der mit den Verbrechen nichts zu tun, zweitens war der wahre Mörder tot und drittens lag weitaus Wichtigeres an. Den längst geplanten Besuch bei Emmerich Nager wollte er kein weiteres Mal aufschieben.
Auf der A1 nützte er die Gelegenheit, um auszutesten, was der Porsche so hergab. Es presste ihn regelrecht in den Sitz, als er das Gaspedal durchtrat und der Wagen rasant beschleunigte. Das Vibrieren des Lenkrades pflanzte sich in Windeseile durch seinen ganzen Körper fort und versetzte ihn in angenehme Schwingungen. Wie Sex war das, dachte er, während er die Tachonadel bis 250 hochjagte. Und wie beim Sex war der Spaß leider allzu schnell vorbei. Doppler musste mit aller Kraft auf die Bremse latschen, um bei der Ausfahrt Pressbaum nicht durch die

Leitplanken zu krachen. Er drosselte das Tempo auf gemächliche 40 km/h und bog auf die Bundesstraße Richtung Rekawinkel.
Es nieselte leicht, also hatte er das Verdeck, das im Rhythmus der Musik scheppernd auf- und abhüpfte, zugeklappt. *Fang das Licht von einem Tag voll Sonnenschein* sangen Karel Gott und Darinka, und der Bezirksinspektor war wild entschlossen, ihrer Aufforderung Folge zu leisten. Auch wenn sich der Tag bereits seinem Ende zuneigte und es draußen stockdunkel war – mit der Kohle, die er sich zurückholte, würde auch das Licht in sein Leben zurückkehren.
Noch einmal spielte er in Gedanken die Konfrontation mit seinem Vermögensberater durch. Auf keinen Fall durfte er den Fehler begehen, sich auf langwierige Diskussionen einzulassen. Nager war ein gerissener Hund und würde natürlich versuchen, mit haarsträubenden Erklärungen und Beschwichtigungen Zeit zu schinden, sich irgendwie aus der Sache rauszureden. Um das zu verhindern, wollte ihm Doppler gleich zu Beginn die Schneid abkaufen, ihn beim Kragen packen und kräftig durchschütteln, bis dem miesen Betrüger das gestohlene Geld aus den Taschen kullerte und er es nur aufzuheben brauchte.

Rekawinkel war dort, wo sich die Füchse um neun Uhr gute Nacht sagten und spätestens um halb zehn auch die Eingeborenen im Tiefschlaf lagen. Die regennassen Straßen waren menschenleer. Nichts regte sich. Das kleine Kaff wirkte wie ausgestorben. Gut so, dachte Doppler

und stellte die Musik leiser. Ausnahmsweise legte er keinen Wert darauf, mit seinem eleganten Flitzer Aufsehen zu erregen. Nicht diesmal.
Sein Herz klopfte vor Aufregung, als er in die Forsthausstraße bog. Er schaltete die Scheinwerfer ab und rollte im Schritttempo bis vor Corinna Mischniks Haus. 22 Uhr 30 las er vom Armaturenbrett ab. Perfekt. Zu so später Stunde würde Nager mit keinem Besuch mehr rechnen. Der Überraschungseffekt war ein gewichtiger Bestandteil seines Plans.
Doppler wartete ein wenig, bevor er ausstieg. Im Radio spielten sie Boris Liebs *Tränen unter Palmen*. Ein Lied voller Poesie, gefühlvoll und melancholisch wie kein zweites. Das wollte er sich unbedingt anhören, ehe er aus seinem Vermögensberater die Scheiße herausprügelte.
Tränen unter Palmen – Ein Wal liegt tot am Strand – Er suchte seine Ahnen – Die kamen einst vom Land – Er robbte aus dem Wasser – Und weiter über'n Sand – Die Sehnsucht trieb ihn heimwärts – Jetzt liegt er tot am Strand.
Jetzt liegt er tot am Strand, jetzt liegt er tot am Strand, jetzt liegt er tot am Strand, wiederholte ein Kinderchor engelsgleich.
Der überdachte Parkplatz hinter dem Gartentor stand leer. Im Haus brannte kein Licht. Dass Nager gar nicht da sein könnte, hatte Doppler offen gestanden nicht bedacht. Vielleicht war er ein wenig zu naiv gewesen, anzunehmen, alle Menschen verbrachten ihre Abende so wie er gemütlich vor dem Fernseher. Gut möglich, dass der Mistkerl

mit seiner Freundin unterwegs war, in einem ihrer Cafés Party machte und das gestohlene Geld verjubelte.
Und nun?, fragte sich Doppler, dessen Pläne heillos durcheinandergerieten. Was jetzt? Sollte sein Ausflug tatsächlich umsonst gewesen sein? Sollte er unverrichteter Dinge heimkehren, so tun, als wäre nichts gewesen? Nein, entschied er. Kapitulation war nicht sein Ding.
Er holte seine Autohandschuhe aus feinstem Hirschleder aus der Jackentasche und streifte sie über. Wie ein Schatten schlüpfte er durch das Gartentor und trippelte auf Zehenspitzen auf die Vordertür zu. Behutsam drückte er die Klinke nieder. Abgesperrt. Natürlich. Damit hatte er gerechnet. Kurz blickte er sich um, versicherte sich, dass ihn niemand beobachtete, dann tastete er sich Schritt für Schritt entlang der rauen Mauer voran. Seine Augen gewöhnten sich nur langsam an die Dunkelheit und er hatte die Villa fast schon umrundet, als er endlich fand, wonach er suchte. Eine Einstiegsmöglichkeit. Im Erdgeschoß stand ein Fenster offen und davor – quasi als offizielle Einladung – ein Gartenstuhl aus Plastik.
Doppler landete in der Küche. Genauer gesagt in der Abwasch. Das bemerkte er auch ohne Licht, als einige Gläser klirrend umkippten. Gespannt hielt er den Atem an und lauschte. Nichts. Keine Reaktion. Im Haus blieb es still. Er wartete ein paar Sekunden, bis sich sein Puls beruhigte, dann ging er langsam weiter.
Hier musste es einiges zu holen geben, vermutete er, so eindrucksvoll, wie sich das Anwesen von außen präsentierte. Bargeld, Schmuck, Goldbarren … Ein paar Klei-

nigkeiten wenigstens, an denen er sich schadlos halten konnte, als Entschädigung für die erlittene Demütigung. Gleich im Vorraum wurde er fündig. Auf dem Schuhschrank entdeckte er eine Taschenlampe, als wäre sie extra für ihn bereitgelegt worden. Zuerst der Sessel vor dem Fenster und jetzt das. Nager machte es ihm ziemlich leicht.

Doppler knipste die Lampe an und trat ins Wohnzimmer. Was er sah, bestätigte seine Erwartungen. Diese Mischnik schien im Geld nur so zu schwimmen. Ein Plasmafernseher, gigantisch wie eine Kinoleinwand, Designermöbel, edle Orientteppiche. Allein die Gemälde an den Wänden mussten ein horrendes Vermögen wert sein. Bitte, er war kein Fachmann, aber die wahllos hingeschmierten Farbkleckse ließen auf einen hohen Wert schließen. Abstrakte Kunst nannte man das und die war bekanntermaßen unbezahlbar. Zu dumm, dass er die großformatigen Bilder nicht in den Porsche kriegen würde. Bis auf das eine zwischen den Fenstern vielleicht, das schmale, längliche. Das würde mit Müh und Not auf den Beifahrersitz passen.

Was man hat, hat man, wie Michael Borstinger immer sagte. Doppler nahm das Gemälde von der Wand und trug es hinüber in die Küche, wo er es vorsichtig aus dem Fenster gleiten ließ. Dann kehrte er zurück und durchstöberte systematisch alle Schränke und Kommoden. Alte Zeitschriften fielen ihm in die Hände. Modejournale, Gesellschaftsmagazine und so, nutzloser Frauenkram. Im Bücherregal nichts als Bücher und daneben in einer Teakholztruhe im Kolonialstil Unmengen an Schallplatten und

CDs. Jazz. Ausgerechnet! Doppler hasste Jazz. Das Gedudel hielt er nicht aus.
Ein Hauch von Unruhe machte sich bemerkbar. Seine Hände schwitzten in den Handschuhen. Verflucht, das eine Scheißbild konnte doch nicht alles gewesen sein! Wo zum Teufel hortete Nager das viele Geld, das er seinen Kunden abgeknöpft hatte?
Dopplers Hoffnung auf reiche Beute war bereits am Schwinden, als er ganz hinten in der Anrichte unter einem Berg von Tischtüchern endlich fündig wurde. Eine rote Geldkassette aus Metall. Leider ohne den dazugehörigen Schlüssel. Egal. Sachte schüttelte er sie. Ein Rascheln, ein gedämpftes Klimpern. Nach dem Gewicht zu urteilen, musste sie randvoll sein. Ausgezeichnet! Das war zumindest ein Anfang und gar kein schlechter. Er legte sie auf das Sofa und widmete seine Aufmerksamkeit einer Ledermappe, die eine bemerkenswerte Münzsammlung enthielt. Maria-Theresien-Taler, Krügerrands, Double Eagles und so. Die würde er ebenfalls mitgehen lassen. Daheim konnte er das Zeug in aller Ruhe durchsehen und aussortieren, was zu gebrauchen war.
Noch einmal glitt der schwache Strahl der Taschenlampe durch den Raum. Nein, er hatte nichts übersehen. Im Wohnzimmer war er fertig. Aber das Haus hatte mit Sicherheit mehr zu bieten und er kam gerade erst so richtig in Fahrt.
Die Tür zum Salon quietschte ein wenig, als er sie öffnete. Nur ganz leise. Nichts im Vergleich zu dem dumpfen Poltern aus dem ersten Stock. Dopplers Herz ließ zwei

Schläge aus. Erschrocken blickte er nach oben, wo der Kristallluster sachte hin und her schaukelte. Ein paar Sekunden stand er da wie angewurzelt und fühlte eine gewaltige Hitzewelle durch seinen Körper rollen. Er musste weg, aber schleunigst, wurde ihm schlagartig klar. Was, wenn man ihn erwischte? Eine ungute Situation. Bei böswilliger Betrachtungsweise hätte man seine Anwesenheit durchaus als Einbruchsdiebstahl auslegen können.

7

Die Beamten aus Niederösterreich hatten schon nach wenigen Minuten erkannt, dass sie die Sache nichts anging. Doppler, der Borstinger beschatten sollte, war wie so oft unerreichbar gewesen und so hatte man Simone mitten in der Nacht aus dem Bett gescheucht. Ihre Stimmung war entsprechend unterkühlt und sie musste sich zusammenreißen, um ihren Unmut nicht an der Zeugin auszulassen. Ein behutsames Vorgehen war gefragt, als ihr in den frühen Morgenstunden Corinna Mischnik gegenübersaß, die sich soweit von ihrem Schock erholt hatte, um Rede und Antwort zu stehen.
„Wann, Frau Mischnik, kamen Sie gestern nach Hause?“, eröffnete sie die Einvernahme, nachdem sie mit Kamillentee versorgt worden waren.
„Gegen 23 Uhr. Ein bisschen früher als gewöhnlich. Im Kaffeehaus war wenig los. Da habe ich mir gedacht, wofür hat man Angestellte? Bis zur Sperrstunde schaffen die das auch alleine.“
Eine Ansicht, die Simone nicht teilte. Wenn man wollte, dass die Arbeit anständig erledigt wurde, machte man sie lieber selbst. „Und dann?“, drängte sie. „Versuchen Sie sich zu erinnern. Jede Einzelheit zählt!“
Frau Mischniks Augen waren leer und blutunterlaufen. Aschfahl starrte sie durch Simone hindurch. Immer wieder begannen ihre wulstigen Lippen aufs Neue zu beben und Tränen liefen über ihre Wangen. „Im Wohnzimmer ist mir gleich die Unordnung aufgefallen. Die Kästen wa-

ren durchwühlt und eines meiner Bilder verschwunden. Die habe ich selbst gemalt, müssen Sie wissen. Das ist ein Hobby von mir. Immer wenn Zeit bleibt …“

„Bleiben wir doch bitte bei den gestrigen Geschehnissen“, leitete sie die Kriminalbeamtin zurück.

„Nun ja, dann bin ich hinauf ins Schlafzimmer gegangen, um nach Emmerich zu sehen und … da ist er gelegen.“

Nackt und gefesselt, auf dem flauschigen altrosa Teppichboden, dachte Simone. Wie Borstinger und Gric. Mit Striemen auf dem Rücken und einem Taschentuch im Mund. LB hatte wieder zugeschlagen. Nur waren diesmal ein paar Dinge anders. Es gab keine Zigarettenasche und der Täter hatte – entgegen seinen bisherigen Gewohnheiten – ein paar Wertgegenstände mitgehen lassen.

„Wer könnte das getan haben?“, fragte sie. „Hatte Herr Nager Feinde?“

Frau Mischnik zupfte nervös am Saum ihres Rocks. „Er hatte Schulden“, wisperte sie. „Eine Menge Schulden, meine ich, und da gab es Leute, die gehörig Druck gemacht haben. Russen denke ich.“

„Russen? Die Mafia?“

„Ja, ich glaube schon. Um Sportwetten und so ist es gegangen. Emmerich hat mir nicht viel erzählt. Nur, dass er bedroht wurde. Sie würden ihn umbringen, haben sie gesagt. Und weil er nicht mehr weiter wusste, hat er die Gelder seiner Kunden veruntreut. Das war die einzige Möglichkeit, um sich seine Gläubiger vom Hals zu schaffen.“

„Warum sind Sie nicht eingesprungen? Ich meine, Sie besitzen einige gut gehende Kaffeehäuser …“

„Emmerich wollte mich in die Sache nicht mit reinziehen. Außerdem hat es sich um Beträge gehandelt, die sogar meine Verhältnisse überstiegen hätten.“
„Sie haben zuvor von Kunden gesprochen? Welchen Beruf übte Ihr Lebensgefährte aus?“
Frau Mischnik kostete vorsichtig von dem dampfenden Tee. Er war noch zu heiß, um ihn zu trinken. Zitternd stellte sie die Tasse wieder ab. „Vermögensberater. Emmerich war Vermögensberater. Bis vor Kurzem jedenfalls. Dann, als seine Anleger Verdacht schöpften und seine Betrügereien aufzufliegen drohten, hat er untertauchen müssen.“
Nager! Auf einmal war Simone klar, woher Sie den Namen kannte. „Frau Mischnik“, stieß sie hervor, „ich will Namen und Adressen dieser Anleger! Gibt es irgendwelche Aufzeichnungen, mit wem Ihr Lebensgefährte in geschäftlicher Verbindung gestanden ist und wen er letztlich um sein Vermögen gebracht hat?“
„Kann schon sein. Um diese Dinge habe ich mich nie gekümmert. Ich müsste nachsehen.“
„Tun Sie das und lassen Sie es mich wissen. Jetzt aber noch einmal zurück zum gestrigen Abend. Soviel wir bisher sagen können, war Ihr Lebensgefährte erst kurze Zeit tot, als Sie ihn fanden. Fiel Ihnen irgendetwas Ungewöhnliches auf? Haben Sie jemanden gesehen oder vielleicht etwas gehört?“
Frau Mischnik dachte angestrengt nach. „Hm, ja, ich weiß nicht, ob das damit zu tun hat, aber vorne, beim Gasthof, ist mir ein Auto aufgefallen, das mir entgegengekommen

ist. Ein bisschen zu schnell. Ein Betrunkener habe ich erst gedacht.“

„Können Sie sich erinnern, was das für ein Wagen war? Marke, Modell?“ Instinktiv spürte Simone, dass sie sich auf einer heißen Spur befand.

„Ja, selbstverständlich.“ Frau Mischniks Fingernägel kneteten den Stoff ihres Rocks wie einen Teig. „So einer wie meiner. Ein Porsche Carrera Cabrio. Aber gelb.“

Speedgelb, um genau zu sein, dachte die Kriminalbeamtin. Sie konnte es nicht glauben. Statt wie angeordnet Borstinger zu observieren, war dieser verfluchte Doppler hier gewesen! Da passte alles zusammen. Zweifellos war er einer jener Kunden, die Nager um ihr Erspartes gebracht hatte. Deshalb auch das stumpfsinnige Gefasel von Geld flüssigmachen und dubiosen Transaktionen. Der Gute war pleite und lief nun wie ein aufgescheuchtes Huhn seinem Vermögen hinterher.

„Ein gelbes Porsche Cabrio also“, murmelte sie, bemüht, ihre Schadenfreude zu verbergen. „Frau Mischnik, ich verspreche Ihnen, ich werde der Sache sofort nachgehen.“

★

„Wie sieht es denn hier aus?“, fuhr sie Doppler an, ohne sich die Zeit zu nehmen, ihm einen guten Morgen zu wünschen. Sie hatte drei Minuten Sturm geläutet, ehe er an die Tür gekommen war. „Hast du deine Wohnung neuerdings zu einem Warenlager umfunktioniert?" Der Vorraum war dermaßen mit Verpackungskartons angefüllt, dass man sich an ihnen vorbeiquetschen musste, um ins Wohnzimmer zu gelangen. „Aha, ein neuer Fernseher", bemerkte sie. „Ich verstehe. Flachbild mit Surround-Sound. Na, da gratuliere ich aber! Und die Hifi-Anlage kenne ich auch noch nicht. Beachtlich. Jetzt ist mir klar, wie du dein Geld verprasst."

Ihre Laune hatte sich in der letzten Stunde nicht verbessert. Sie war extra heimgefahren, um Birgit mit einem liebevoll zubereiteten Frühstück einen schönen Tagesanfang zu bescheren und die anstehenden Gartenarbeiten zu besprechen, und dann war da dieser Brief am Vorzimmerspiegel geklebt.

Michael hat angerufen. Er braucht mich. Er möchte, dass ich zurückkomme. Er will neu anfangen. Es wird alles anders, hat er gesagt. Bitte nicht böse sein! Birgit Borstinger.

Die Handschrift war gleichmäßig und gestochen schön, aber winzig klein, als versuchten die Wörter, so wenig wie möglich aufzufallen.

Simone las sie ein zweites Mal, dann zerknüllte sie den Zettel und schleuderte ihn gegen die Wand. Offensichtlich war sie einem Irrtum aufgesessen, als sie gedacht hatte, Birgit wachrütteln, in ihr etwas bewegen zu können. Scheiß drauf!, ärgerte sie sich. Immerhin ging sie die Sache nichts an. Die Frau würde es nie schaffen, ihre alten Gewohnheiten abzulegen, ihr eigenes Leben zu leben. Sie war eine von der Sorte, die sich minderwertig und nutzlos fühlte, wenn es keinen Mann gab, dem sie sich unterordnen, den sie bis zur Selbstaufgabe vorne und hinten bedienen konnte.

„Ein ganzes Entertainment-Center hast du dir zugelegt", höhnte die Kriminalbeamtin und klang dabei fast ein wenig neidisch.
Ohne ein Wort zu sagen, war Doppler hinter ihr hergeschlurft. Er trug nichts weiter als seinen alten, zerschlissenen Morgenmantel und ausgefranste Hausschuhe. In seinem bleichen Mondgesicht standen wirre Bartstoppeln. Ein paar graue waren auch schon dabei, fiel ihr auf. Überhaupt wirkte er um Jahre gealtert. Dunkle Schatten lagen unter seinen Augen. Irgendetwas schien ihn zu bedrücken und es hätte sie nicht gewundert, wären es seine nächtlichen Aktivitäten gewesen. Sein Gewissen plagte ihn.
„Gab es besondere Vorkommnisse um unseren Herrn Borstinger?", fragte sie scheinheilig, während sie überlegte, wo sie Platz nehmen sollte. Das fleckenübersäte Sofa machte nicht gerade einen einladenden Eindruck.
Doppler schüttelte fahrig den Kopf. Gequält nagte er an seinen Fingernägeln und vermied es, sie anzusehen. „Hm, nein … Ich habe ihn gar nicht zu Gesicht bekommen", krächzte er.
Kein Wunder, wenn du Rekawinkel unsicher gemacht hast, dachte sie und zog einen Stuhl an den Couchtisch heran. „Das heißt, er hat sich die ganze Nacht über in seiner Wohnung aufgehalten?"
Ein kurzes Nicken.

„Tja dann …“ Simone deutete auf ein Gemälde, das neben dem Heizkörper an der Wand lehnte. „Du investierst neuerdings in moderne Kunst? Hat dich dein Reichtum zu einem Mäzen werden lassen?“
Wieder nur die Andeutung eines Nickens. „Ja. Ich habe es unlängst gesehen und …“
„… gleich zuschlagen müssen, stimmt's? Es ist aber auch wirklich hübsch.“ Aufmunternd lächelte sie ihm zu. Das Gespräch würde erbaulich werden, stellte sie zufrieden fest. Eine Entschädigung für sein respektloses Verhalten während der vergangenen Wochen. „Der Stil kommt mir irgendwie bekannt vor … Nein, sag nichts! Lass mich raten. Das ist ein, hm …“ Nachdenklich legte sie ihren Zeigefinger an den Mund und wiegte den Kopf hin und her. „Sieht mir verdammt nach einer echten Mischnik aus.“
Das saß. Doppler zuckte merklich zusammen. „Den Wert würde ich auf ungefähr 40 bis 70 Euro schätzen. Keine Sorge, in 200 Jahren könnte er sich gut und gerne verdoppelt haben. Die Dame ist durchaus talentiert und mit den teuren Ölfarben hat sie nicht gegeizt.“ Während sie das sagte, war ihre Stimme immer schärfer geworden. „Ich kann nur hoffen, du hast das Bild legal erworben. Du musst nämlich wissen, dass letzte Nacht in Corinna Mischniks Haus eingebrochen wurde.“
Dopplers Gesichtsfarbe glich der Wand hinter ihm. Weiß mit einem schmutzigen Grauschleier. Sein rechter Mundwinkel zuckte unkontrolliert.
„Und wo hast du das Bargeld und die Münzsammlung versteckt?“, fragte sie leise. „Das gehört alles ihr. Nager

hat im Grunde keinen Cent mehr besessen. Er steckte bis zum Hals in Schulden."

Doppler versuchte den Diebstahl gar nicht zu leugnen. „Woher weißt du … Ich meine, wieso …", stammelte er.

„Du bist gesehen worden, Kollege. Genauer gesagt dein geliebter Porsche. Hör zu, man braucht wirklich nur eins und eins zusammenzuzählen und dann …"

Völlig unvermutet brach er in Tränen aus, schlug die Hände vor sein Gesicht und schluchzte los. So hatte sie ihn noch nie gesehen. Er saß da und heulte wie ein kleines Kind. „Es ist weg!", wimmerte er.

„Was? Was ist weg? Wovon redest du?"

„Das *Gelbe Geschoß*! Sie haben es heute geholt. Die Leute von der Leasingfirma."

Simone richtete sich auf. Ihr Grinsen wuchs von einem Ohr bis zum anderen. Das war es also, was ihn bedrückte. Nicht etwa der Einbruch. Deswegen hatte Doppler nicht den Funken eines schlechten Gewissens. Man hatte ihm sein Allerheiligstes genommen, alles, woran er glaubte.

„Kein Geld für die Raten?", riet sie. „Wie konnte das passieren, bei dem Vermögen, das du geerbt hast. Warst du wirklich so blöd, alles diesem Nager anzuvertrauen?"

„Nein, nicht alles." Schwach deutete er um sich.

„Ach ja, die neueste Unterhaltungselektronik. Wie ich sehe, hast du dir sogar eine Videokamera angeschafft", bemerkte sie. „Alle Achtung! Und wofür bitteschön? Gehst du jetzt unter die Filmemacher, oder was?"

Doppler gab keine Antwort. Er zuckte nur mit den Schultern.

„Schwachsinn, deine Kohle für diesen unnützen Krempel auszugeben!"
„Nicht nur dafür", verteidigte er sich.
„Was denn sonst, bitte?"
„Na, Kleidung."
„Kleidung?" Simone stieß ein belustigtes Schnauben aus. „Das *Ich fahre einen Porsche, also bin ich (schneller am Ziel)* T-Shirt und die Jeans vom *KiK* um sieben neunundneunzig?"
„Neun neunundneunzig."
„Und wenn schon. Hast du nie daran gedacht, das Elektronikzeug wieder zu verkaufen? Dann wären sich ein paar Raten mehr ausgegangen."
„Aber, aber ich brauche die Sachen!", platzte es aus ihm heraus.
„Du *brauchst* sie? Bisher bist du ohne sie auch ganz gut zurechtgekommen, oder?" Simone schüttelte den Kopf. Jede weitere Diskussion war sinnlos. Statussymbole … Um nichts anderes ging es ihm. Der Geltungstrieb hatte Dopplers ohnehin schwach ausgeprägtes Denkvermögen völlig lahmgelegt. „Nun, das mit dem Porsche hat sich jedenfalls erledigt und deine Fonds wirst du ebenso abschreiben können", klärte sie ihn auf. „Von dem Geld ist nichts mehr übrig. Soviel zum Thema Kapitalgarantie. Tja, Pech gehabt."
Die Kriminalbeamtin erhob sich und streifte suchend durchs Zimmer. Auf allen Möbeln lag eine millimeterdicke Staubschicht. Wenn Albert das gesehen hätte, er wäre ausgerastet! Simone konnte nicht anders. Mit der Finger-

spitze schrieb sie groß *SAU!* auf das Fensterbrett. Es war ihr ein dringendes Bedürfnis, ihrem Abscheu Ausdruck zu verleihen.
„Wo ist sie, die Geldkassette?“, fragte sie, ohne ihn dabei anzusehen. „Laut Frau Mischnik kann nicht viel drinnen gewesen sein. Nur Peanuts. In erster Linie Rechnungen, behauptet sie.“
Doppler bückte sich und zog seine Beute unter dem Sofa hervor. „Stimmt“, gab er kleinlaut zu. „Und 78 Euro.“
„Verprass nicht alles auf einmal, so wie die Erbschaft. Mit der Münzsammlung hast du wohl ein bisschen mehr Glück gehabt. Die dürfte ein-, zweitausend Euro wert sein.“
Der Bezirksinspektor hielt es nicht länger aus. Seine Nerven gaben w. o. „Was wirst du tun?“, zeterte er. „Zeigst du mich an?“
„Wegen Einbruchdiebstahls?“ Simone lachte laut auf. „Das ist das weitaus geringere Übel, glaube mir! Der *Mord* wird dir zum Verhängnis werden.“
„Der *was*?“ Sein Gesicht lief rot an, dann wurde es wieder weiß. Er rang nach Luft. Einen Augenblick lang sah es so aus, als würde ihn der Schlag treffen.
„Spiel nicht den Ahnungslosen. Du warst doch vor Ort.“
„Welcher Mord? Ich weiß wirklich nicht … Was um Himmels willen meinst du?“
Simone ließ sich Zeit. Sie genoss seine Panik. „Nager ist tot“, berichtete sie schließlich.
„Und du mein Freund stehst unter dringendem Tatverdacht.“

Natürlich tat er das nicht. Ihr war von Anfang an klar gewesen, dass er nichts damit zu tun haben konnte. Wo hätte er auf die Schnelle ein Taschentuch mit den Initialen LB herbekommen. Und überhaupt die perfekte Ausführung. Der Blödmann wäre nie dazu imstande gewesen.
Entgeistert glotzte er sie an. Sein Mund stand sperrangelweit offen. „Aber, aber ich schwöre …“, quiekte er. „Das war ich nicht. Ich habe nur …“
Gemächlich schlenderte sie auf ihn zu und klopfte ihm beruhigend auf die Schulter. So gefiel er ihr. Jetzt war er wieder der alte Doppler. *Ihr* Doppler. Der, den sie fest im Griff hatte. Der Bann des *Gelben Geschoßes* war gebrochen.
„Reg dich ab! Ich weiß, dass du es nicht warst. Während du dich im Wohnzimmer bedient hast, hat oben ein anderer die eigentliche Arbeit erledigt. Es war derselbe, der auch Borstinger und Gric auf dem Gewissen hat. Nur kam er diesmal um seine Zigarette danach. Offenbar hast du ihn gestört.“
Ein Hoffnungsschimmer keimte in ihm auf. „Dann … dann werde ich also nicht verdächtigt?“
„Nun … *ich* verdächtige dich nicht“, verkündete sie kryptisch. „Was allerdings Feuersturm zu der Sache sagen wird …“
„Du erzählst ihm davon?“
Wieder ließ ihre Antwort auf sich warten. Doppler hilflos in der Falle zappeln zu sehen, war ihr eine Freude der besonderen Art. Eigentlich war es mehr als eine Freude, denn plötzlich bemerkte sie, wie erregt sie war. Ein hei-

ßes Prickeln rumorte in ihrem Unterleib und dehnte sich wie ein Flächenbrand in alle Richtungen aus.
„Sag schon“, drängte er. „Weiß er Bescheid?“
„Noch nicht. Ich denke, es gibt bessere Wege, die heikle Angelegenheit aus der Welt zu schaffen.“
„Ich werde alles zurückgeben“, versprach er hastig. „Das Geld, die Münzen …“
„Vergiss es! Das würde nur unnötige Komplikationen nach sich ziehen. Behalte das Zeug. Viel ist es ja nicht. Sei aber wenigstens so vernünftig, die Münzen nicht gleich auf den Markt zu werfen. Und das Bild lässt du besser unauffällig verschwinden, bevor es jemand sieht.“ Gönnerhaft zwickte sie ihm in die Wange. „Und kein Porsche mehr. Nie wieder! Versprochen?“
Doppler nickte eifrig. „Das war's?“ Er konnte es selbst nicht glauben. „Ich komme einfach so davon?“
„Na, na!“ Simone erhob mahnend ihren Zeigefinger. „Das könnte dir so passen. Ganz so einfach wird es nicht werden. Du wirst schon etwas für deine Freiheit tun müssen“, erklärte sie lapidar, wobei *Freiheit* relativ zu verstehen war.
„Was?“, fragte er und Sorgenfalten gruben sich tief in seine Stirn.
„Arbeit im Grünen. Ab sofort kümmerst du dich um meinen Garten. Noch heute fängst du an. Morgen Abend veranstalte ich ein kleines Fest. Bis dahin muss alles picobello sein. Ist das klar?“
Doppler überlegte nicht lange. „Okay. Wenn's weiter nichts ist.“

„Eine Kleinigkeit wäre da noch."
„Und zwar?"
Simones Augen wurden zu engen Schlitzen. „Geh duschen!", hauchte sie.
„Duschen? Aber warum? Ich meine …"
„Kein Warum! Du tust, was ich sage! Und beeil dich! Ich warte solange im Schlafzimmer."

★

Das Speedboot flog über die Wellen, klatschte aufs Wasser und hob wieder ab. Gischt sprühte an Bord und benetzte Konrad, der vorne am Bug nach verdächtigen Reptilien Ausschau hielt. Sein drahtiger, braun gebrannter Körper glänzte im gleißenden Sonnenschein, sein offenes Hemd flatterte wie Supermans Umhang im Wind. So, wie er dastand, breitbeinig, die Arme seitlich weggestreckt, hätte man meinen können, er wäre ein junger Gott. Zumindest aber der König der Welt.
„Was ist?", fragte er. „Legen wir an der Copa Kagrana an und schneiden ein paar Spareribs ein?"
Widerstrebend öffnete Kleist die Augen. Ade Tagtraum. Alles, was blieb, war die Titelmelodie von *Miami Vice* in seinem Kopf. Er befand sich weder auf einem Speedboot, noch flog dieses mit atemberaubender Geschwindigkeit über die Wellen. Der Feuerwehr-Kahn hieß schlicht und ergreifend *Michi 1*, benannt nach dem Bürgermeister, war von ähnlich plumper Gestalt und tuckerte gemächlich die Neue Donau entlang. Konrad hatte in

der Kabine am Steuerrad Posten bezogen und wirkte äußerst gelangweilt.
„Spareribs?" Kleist, der vorne am Bug saß, drehte sich um und sah ihn verwundert an. „Ich fürchte, dafür bleibt uns keine Zeit."
„Scheiß Krokodil!", motzte Mister Oktober. „Das hat sich doch eh längst nach Ungarn oder sonst wohin abgesetzt. Reine Zeitverschwendung, was wir hier machen. Reicht es nicht, dass die im Rathaus endlich ein Badeverbot verhängt haben? Selber schuld, wer sich dann noch fressen lässt, oder?"
Wie schnell der Reiz verfliegen konnte, sobald jemand den Mund aufmachte! Der Mann war ein aufgelegter Etikettenschwindel, eine optische Täuschung mit einem Intelligenzquotienten, der weit unter seinem Taillenumfang lag. Zu spät war Kleist klar geworden, dass der Schönling nicht annähernd das zu halten vermochte, was sein Anblick versprach. Und er war definitiv nicht schwul. Soviel stand fest. Konrad las gerne Autozeitschriften, respektive sah er sich die Bilder an, kombinierte Armanianzüge mit weißen Socken und verbrachte seine Freizeit als ehemaliger Star der Regionalliga Ost hauptsächlich auf dem Fußballplatz. Und wenn nicht dort, dann in der Disco. Weiber aufreißen. Eh klar! Er als toller Hecht brauchte ja nur mit dem Finger zu schnippen und schon hüpften die geilsten Tussis bereitwillig zu ihm ins Bett.
Stundenlang ermüdendes, hirnloses Geschwafel. Anfangs hatte Kleist versucht, mit komplexeren Themen bei seinem Partner zu punkten, war jedoch prompt an der fal-

schen Adresse gelandet. Politik zum Beispiel ging Konrad, wie er es ausdrückte, am Arsch vorbei. Kunst und Kultur sowieso und wirtschaftliche Themen … pah, langweilig!
Der Typ war nichts weiter als ein gut gebauter Homer Simpson, bedauerlicherweise aber nicht halb so unterhaltsam. Geistiges Bodenpersonal, hätte Rabih gemeint und wieder seine Ignoranten-Ansprache vom Stapel gelassen. Wie recht er doch hatte, der liebe Rabih! Nichts wünschte sich Kleist in diesem Augenblick so sehr, als ihn hier an seiner Seite zu haben.
„Also, was ist? Schlagen wir uns den Bauch voll?“, tönte es wieder aus der Kabine.
„Nein!“, beharrte der Kriminalbeamte. „Hast du immer noch nicht begriffen, worum es geht? Wenn wir Monja nicht erwischen, bevor sie ein weiteres Mal zuschlägt, ist der Teufel los. Dann zerreißt uns die Presse in der Luft.“
Jetzt redete er schon wie Feuersturm, fiel ihm auf. Kaum, dass er in eine leitende Position gehievt worden war, hatte sich die Sorge um die öffentliche Meinung wie eine ansteckende Krankheit auf ihn übertragen.
„Wir finden das Krokodil doch eh nie“, kam klagend Einspruch. „Ich sag dir was: Die Leute sehen bloß Gespenster.“
Kleist stieß ein resignierendes Seufzen aus. Er wünschte, er hätte Konrad in diesem Punkt widersprechen können. Das konnte er aber nicht, denn im Grunde taten sie nichts anderes, als die Augen offen zu halten und ein paar Unerschrockene, die das Badeverbot missachteten, aus dem

Wasser zu scheuchen. Von Monja fehlte nach wie vor jede Spur.
Die wenigen Hinweise, die aus der Bevölkerung eingegangen waren, hatten sich im Nachhinein als blanker Humbug herausgestellt.
In der Nähe der Floridsdorfer Brücke wollten ein paar Sonnenanbeter das Reptil gefährlich nahe am Ufer erspäht haben. Also waren sie hingeschippert, um nach dem Rechten zu sehen. Und was hatten sie aus dem Wasser gefischt? Ein herrenloses, aufblasbares Gummikrokodil. Ein dummer Jungenstreich, wie Kleist vermutete. Bestimmt war der Scherzbold mit einer Videokamera bewaffnet irgendwo auf der Lauer gelegen und hatte die beschämende Szene mitgefilmt. Fein. Schon demnächst würde man das heroische Eingreifen der EGAL auf YouTube bewundern können.
Die haarsträubendste Geschichte aber stammte von einem Patienten aus dem SMZ-Ost, der in den frühen Morgenstunden mit einer üblen Fahne und wankenden Schritts die Notaufnahme beehrt hatte und dem behandelnden Arzt allen Ernstes weismachen wollte, am Unteren Mühlwasser von der Panzerechse angegriffen worden zu sein. Als Beweis hierfür präsentierte er nicht ohne Stolz eine Bissverletzung im Genitalbereich.
Wie der Arzt sofort erkannte, handelte es sich um den Abdruck eines menschlichen Gebisses und als wenig später die Ehefrau des Patienten mit einem abgebrochenen Eckzahn im Krankenhaus aufkreuzte, war klar, wer da wirklich zugeschnappt hatte.

„Wie wär's mit Folienerdäpfeln?", bohrte Konrad. „Oder wenigstens einem Lángos."
Kleist schüttelte zermürbt den Kopf.
„Ein Hotdog?"
Konrad war lästig wie ein Wald voll Affen. Oder wie ein kleines Kind, das während einer langen Autofahrt alle zehn Sekunden *Sind wir schon da?* quengelte. *Sind wir schon da? Sind wir schon da? Sind wir schon da?*
„Nein, kein Hotdog!", fauchte Kleist, zählte leise bis zehn und tätschelte Daphne, der in einer winzigen knallgelben Schwimmweste neben ihm auf der Bank lag. Heimlich steckte er ihm ein Leckerli zu.
„Pommes frites?"
„Nein!"
„Warum? Der Hund kriegt ja auch was."
„Der Hund hat heute noch nichts gefressen", log Kleist.
„Dann machen wir wenigstens eine Pause und legen uns in die Sonne. Ist das okay für dich?"
Kleists Finger gruben sich so tief in Daphnes Fell, dass dieser vor Schmerzen aufjaulte.
„He, Thomas", setzte Konrad nach.
„*Nein*, habe ich gesagt."
„Dort vorne. Ich glaube, da schwimmt einer."

★

Monja dachte: *Mmh ... Essen!* Und diesmal lief ihr beim Anblick des stattlichen Zweibeinerbullen, der mit unbeholfenen Bewegungen schnaufend durch die Wellen

pflügte, das Wasser im Mund zusammen. Der Ruf ihres Körpers nach Energiezufuhr wurde lauter. Noch war es nicht der große Hunger, der sie aktiv werden ließ, sondern mehr eine Art Gusto, die Lust auf ein Appetithäppchen, eine kleine Jause zwischendurch.
Mit einer schnellen Wendung setzte sie sich in Bewegung und nahm die Verfolgung auf. Etwa 20 Meter hatte sich der Bulle vom rettenden Ufer entfernt. Eine Distanz, die ihm ein Entkommen unmöglich machte. Sein Schicksal war besiegelt. Zu weit hatte er sich von seiner Herde entfernt.
Jeder Schlag ihres Schwanzes brachte sie ein gutes Stück näher an ihn heran. Nur noch wenige Zentimeter trennten sie von seinen wild strampelnden Beinen. Schäumende Wellen spülten über sie hinweg. Prickelnde Luftblasen tanzten um ihre Nase. All ihre Sinne fokussierten sich auf einen bleichen, saftigen Oberschenkel. Bestes Fleisch, gut durchzogen mit nahrhaftem und Geschmack verstärkendem Fett. Ihr Maul klappte auf. Spitze Zähne blitzten hervor.
Monja zögerte. Ein plötzliches Dröhnen ließ sie aufhorchen. Motorenlärm. Ein vertrautes Geräusch. In letzter Zeit bekam sie es immer öfter zu hören. Aus den Augenwinkeln bemerkte sie das herannahende Boot, das direkt auf sie zusteuerte. Unverzüglich tauchte sie ab. Es wäre töricht gewesen, Aufsehen zu erregen. Ihr Anblick sollte die Zweibeiner nicht unnötig in Angst und Schrecken versetzen, schienen sie neuerdings ohnehin die Nähe des Wassers zu meiden, instinktiv, als wüssten sie um die Gefahr, die dort auf sie lauerte.

Langsam sank sie tiefer, bis hinab auf den schlammigen Grund. *Aah ... Faulenzen!*, dachte sie, während oben im glitzernden Sonnenlicht das Boot anhielt und der Bulle von zwei Artgenossen an Bord gezogen wurde.
Unter all den Jägern im Tierreich zeichnen sich Alligatoren durch ein besonderes Maß an Geduld aus. Durch Geduld, konsequentes Handeln und eine Menge Schuppen. Monja beschloss zu warten. Sie kannte keine Eile. Der richtige Imbiss würde ihr früher oder später über den Weg schwimmen.

★

„Ja, Reichenbach?“, plärrte Simone ins Handy. Das freie Ohr hielt sie sich zu, um bei dem Lärm, den Doppler fabrizierte, etwas verstehen zu können.
Sie lag auf der Terrasse und trug nichts weiter als einen alten giftgrünen Bikini, der, wie sie zugeben musste, mehr von ihr zur Schau stellte, als ihr lieb war. Vor allem am Bauch und rund um die Hüften trat das eine oder andere Speckröllchen überdeutlich zutage. Doch glücklicherweise war niemand zugegen, dem der Schönheitsfehler aufgefallen wäre, von Doppler einmal abgesehen, der weiter unten im Garten den Rasen mähte und quasi im Gegenzug angeboten hatte, seine Arbeit mit nacktem Oberkörper zu verrichten, wohl in der Annahme, er sähe unwiderstehlich aus. Simone hatte dankend abgelehnt. So sexy war er nun auch wieder nicht. Vor allem, wenn man gerade erst mit ihm gevögelt hatte.

„Es tut mir leid, Sie am Wochenende stören zu müssen“, hörte sie Feuersturm sagen, „aber es gibt Neuigkeiten, die ein rasches Handeln erfordern.“
„Und zwar?“
„Die Kollegen haben ein Wäschegeschäft ausfindig gemacht, in dem vor längerer Zeit Taschentücher mit dem Monogramm LB bestellt worden sind. Es wäre fein, wenn Sie sich gleich um die Angelegenheit kümmern könnten. Ich gebe Ihnen alle Daten durch. Haben Sie etwas zum Schreiben bei sich?“
„Einen Moment bitte.“ Ein unterdrückter Schmerzensschrei huschte ihr über die Lippen, als sie sich aufrappelte, um im Haus nach Papier und Bleistift zu suchen. Ihre kleine Zehe tat immer noch höllisch weh. Mit voller Wucht war sie in Dopplers Schlafzimmer gegen diese dämliche Satellitenschüssel gerannt, die dort nutzlos an der Wand lehnte. Konnte der Idiot das Ding nicht woanders hinstellen?
„Doppler!“, brüllte sie wenig später und angekleidet aus dem Fenster. „Lass das jetzt! Wir haben zu tun.“
Der Bezirksinspektor hörte sie nicht. Verbissen kämpfte er mit dem alten, wackeligen Elektrorasenmäher gegen die holprige Steigung an.
„Doppler, du sollst … Ach, was!“ Simone humpelte zur Terrassentür und zog den Stecker aus der Dose.
Als der Rasenmäher mit einem asthmatischen Rasseln verstummte, hielt der Bezirksinspektor verdutzt inne, betrachtete das Gerät von allen Seiten, rüttelte am Griff und trat unwirsch gegen das Gehäuse. Gewalt. Natürlich.

Seine Art, Probleme zu lösen. Schließlich drehte er den Rasenmäher auf den Rücken und machte sich mit fachmännischem Gehabe an den Messern zu schaffen. Nur mit Mühe widerstand Simone der Versuchung, das Netzkabel wieder anzuschließen.
„Komm jetzt, es gibt Arbeit!“, rief sie erneut.
„Ich glaube, der Rasenmäher ist kaputt“, sagte er achselzuckend. Das schlechte Gewissen stand ihm ins Gesicht geschrieben. „Ich kann aber nichts dafür. Ehrlich!“

„So ein altmodisches Wäschegeschäft am Yppenplatz“, klärte sie ihn unterwegs auf.
„Huber Trikot, Ergee Wollstrümpfe, Stützkorsetts und dergleichen. Du verstehst. Glücklicherweise ist die Inhaberin sehr penibel, was ihre Bücher anbelangt. Sie hat in ihren Aufzeichnungen nachgesehen und konnte tatsächlich eruieren, wer die Taschentücher bestellt hat, obwohl das schon Jahre her ist.“
Doppler warf ihr einen ängstlichen Blick zu. Mangels eigenen fahrbaren Untersatzes hockte er neben ihr auf dem Beifahrersitz und klammerte sich verbissen an den Haltegriff. Das Verkehrsgebaren seiner Vorgesetzten konnte einen wahrlich das Fürchten lehren. Nicht nur im Bett.
„Und wer?“, erkundigte er sich mit zittriger Stimme.
„Genau das ist es, was mich stutzig macht. Eine ältere Dame. Ludmilla Bartgayr heißt sie. Angeblich ist die Frau über 80. Schwer vorstellbar, dass sie mit den Morden etwas zu tun haben soll, zumal bis jetzt völlig unklar ist, in welchem Verhältnis sie zu den Opfern steht.“

„Wir wissen ja nicht einmal, in welchem Verhältnis Nager zu den beiden anderen gestanden ist“, gab Doppler zu bedenken. „Die haben sich wahrscheinlich gar nicht gekannt.“
Simone musste ihm zustimmen. Aus den Akten ging diesbezüglich jedenfalls nichts hervor. „Darum kümmere ich mich später. Ich wollte ohnehin Michael Borstinger noch einmal ins Gebet nehmen. Ich bin schon gespannt, ob er diesmal ein Alibi vorweisen kann.“
Frau Bartgayr wohnte in der Grundsteingasse, in einem schäbigen Haus aus der Gründerzeit. Dritter Stock ohne Lift. Die alte Dame musste außerordentlich fit sein, wenn sie es schaffte, den Aufstieg ohne fremde Hilfe zu bewältigen. Sogar Simone bereitete er Schwierigkeiten. Die gestauchte Zehe machte sich bei jedem Schritt bemerkbar.
„Nicht zu Hause“, konstatierte Doppler, der vorausgeeilt war und gegen die Tür hämmerte.
„Aber nicht gleich wieder eintreten“, ermahnte sie ihn. „Zuerst hören wir uns bei den Nachbarn um. Vielleicht wissen die etwas.“
Sie wussten nichts. Zumindest taten sie so. Und als sie erkannten, dass sie es mit der Kriminalpolizei zu tun hatten, verschlechterten sich ihre Deutschkenntnisse dermaßen, dass eine Konversation unmöglich wurde.
„Hausmeisterin fragen“, empfahl ein nicht ganz so verschlossener Mieter in blauer Arbeitskluft. „Immer im Stiegenhaus, große Ohren, aber wenig putzen.“
Simone bedankte sich bei dem Mann und sandte Doppler aus, um die Hausbesorgerin zu holen. Die Tortur

des Treppensteigens wollte sie sich kein weiteres Mal antun.
„Ob ich Frau Bartgayr kenne?“ Die Dame hieß Cornelia Windschitz, verfügte über ein unangenehm lautes Organ und zeigte sich entrüstet, wegen einer solch banalen Auskunft in den dritten Stock gejagt worden zu sein. „Natürlich kenne ich Frau Bartgayr!“
Sie sah aus, wie alle Hausmeisterinnen aussahen. Das vertraute Gesamtbild, die Summe aus hochgesteckten, blond gefärbten Haaren, einem bleichen Gesicht mit schmalen Lippen, der obligaten bunt gemusterten Arbeitsschürze und Krampfadern, die wie eine detaillierte Landkarte ihre krummen Beine umspannten.
„Sie hat da schon gewohnt, als ich vor acht Jahren angefangen habe. Ich glaube, sie hat ihr ganzes Leben hier gewohnt. Eine sympathische Person. Immer ein nettes Wort auf den Lippen. Schade, dass man sie in letzter Zeit nur mehr selten sieht. Eigentlich gar nicht mehr. Sie müssen wissen, die alte Dame ist zu einem Pflegefall geworden. Kein Wunder, in dem Alter, obwohl sie bis vor Kurzem noch recht rüstig war. Sogar mit dem Auto ist sie selbst gefahren. Das möchte man nicht glauben. Ich meine, mit 84 … Bewundernswert. Tja, und dann geht es plötzlich rasant bergab. Geistig wie körperlich. Da ist man machtlos und ehe man sich versieht, landet man wie ein Stück Vieh auf der Geriatrischen in Lainz. Bitte, ich persönlich möchte ja nicht so enden. Mir wäre es lieber, wenn …“
„Und wer kümmert sich um sie?“, stoppte Simone den Redefluss.

„Na, ihr Enkel. Vor zirka zwei Monaten ist er bei ihr eingezogen. Ein netter Mensch. Grüßt immer recht höflich, wenn man ihm im Stiegenhaus begegnet."
„Ist Ihnen sonst noch etwas an ihm aufgefallen?"
„Nein. Zum Plaudern hat er nie Zeit. Immer in Eile."
„Name?", fragte Doppler mit gezücktem Notizblock.
„Cornelia Windschitz. Das habe ich Ihnen bereits gesagt."
„Nicht Ihrer! Der von dem Enkel."
„Pff!" Die Hausmeisterin funkelte ihn giftig an. „Woher soll ich das wissen? Ich bin ja nicht neugierig. Denken Sie, ich spioniere den Leuten hinterher? In fremde Angelegenheiten mische ich mich grundsätzlich nicht ein. Wofür halten Sie mich?"
„Dann können sie uns vermutlich auch nicht sagen, wo er sich zurzeit aufhält, der Enkel", hakte Simone nach.
„Stimmt, das kann ich nicht. In der Früh ist er aus dem Haus. Seitdem habe ich ihn nicht mehr gesehen."
„Und die alte Frau ist den ganzen Tag alleine da drinnen? Ich meine, wenn sie ein Pflegefall ist und Unterstützung benötigt … Wer kocht für sie, wer hilft ihr beim Aufstehen?"
Simone klopfte noch einmal gegen die Tür. „Frau Bartgayr? Hören Sie mich? Sind Sie da? Ist alles in Ordnung?"
Ein paar Sekunden regte sich nichts, dann durchbrach ein dumpfes Poltern die Stille. „Hast du das gehört?", flüsterte sie aufgeregt und stieß Doppler in die Rippen. „Da stimmt etwas nicht! Das sehen wir uns an. Na los, walte deines Amtes, Rammbock!"

„He, Sie! Dürfen Sie denn das?“ Missmutig betrachtete Frau Windschitz die demolierte Tür. „Und wer bitteschön kommt jetzt für den Schaden auf? Da wird die Hausverwaltung keine besondere Freude haben!“
„Wir sind die Polizei“, erklärte der Bezirksinspektor mit gestrenger Miene. „Wir dürfen alles.“ Genau das war der Grund, weshalb er sich einst entschlossen hatte, dem Verein beizutreten.
„Es war nur die Katze“, gab Simone Entwarnung, als sie im Wohnzimmer stand.
„Was?“
„Das Geräusch von vorhin.“ Sie deutete auf das verschreckte Tier, das auf dem Fensterbrett halb versteckt hinter dem Vorhang kauerte und die Eindringlinge mit großen, wachsamen Augen musterte. Auf dem Fußboden lag ein vertrockneter Blumenstock. Erde war über den Parkettboden verstreut.
„Und wo steckt die Alte?“ Doppler hastete von Zimmer zu Zimmer. „Hier ist kein Mensch.“
Die Wohnung war picobello zusammengeräumt, fiel Simone auf. Frisch gewischt und gesaugt. Wenn man von den paar Katzenhaaren auf dem Sofa absah, hätte man meinen können, in Alberts Revier geraten zu sein. Jedes Ding stand genau dort, wo es hingehörte. Auf dem Couchtisch lagen ein paar alte Zeitschriften fein säuberlich gestapelt und parallel zur Tischkante ausgerichtet. Die Porzellanpinguine in der Vitrine hatten in Reih und Glied Aufstellung genommen. Wie abgemessen. Im Aschenbecher fanden sich weder Zigarettenstummeln noch Aschenreste,

obwohl in der Wohnung zweifelsfrei geraucht wurde. Schlampig war der Enkel nicht, das musste man ihm lassen. Lediglich ein grüner Daumen schien ihm zu fehlen. Die Zimmerpflanzen hatten allesamt das Zeitliche gesegnet. Vor langer Zeit schon.

„Vielleicht hat er sie umgebracht“, meldete sich Doppler aus der Küche. „Ich meine, wenn er wirklich der Mörder sein sollte …“

„Und wo steckt dann bitteschön die Leiche? Die hat er bei Nacht und Nebel aus dem Haus geschafft? Nein, nicht in dieser Gegend hier, mitten in der Stadt.“

„Kann sein, dass sie noch hier ist“, gab der Bezirksinspektor zu bedenken.

„Das würde man riechen. Meinst du nicht?“

„Nicht, wenn er sie zerstückelt und in die Tiefkühltruhe gepackt hat.“

„Aber sicher!“ Simone stieß ein verächtliches Schnauben aus.

„Du solltest dir weniger Horrorfilme ansehen. Deine Fantasie geht mit dir durch. Es gibt keinen Grund, gleich das Schlimmste anzunehmen. Der Enkel dürfte ein ordentlicher Mensch sein. Außerdem wissen wir nicht, ob er tatsächlich etwas mit den Verbrechen zu tun hat.“

„Simone!“

„Gut möglich, dass das mit dem Taschentuch nur ein Zufall ist. In Wien gibt es Tausende Menschen mit den Initialen LB. Wenn auch nur ein Bruchteil von denen Stofftaschentücher besitzt …“

„Ähm, Simone …“

„Am besten, wir blasen das Unternehmen ab. Ich werde einen Kollegen anfordern, der hier die Stellung hält und uns Bescheid gibt, sobald der Enkel auftaucht. Bis dahin können wir sowieso nichts ausrichten."
„*Simone!*"
„Ja, was ist denn?", fauchte sie ungehalten. Dopplers Stimme war von Mal zu Mal schriller geworden. „Was soll das Gezeter?"
„Komm her und sieh dir das an!"

★

Die letzte Nacht muss er abhaken. Ein für alle Mal. Er darf nicht länger daran denken. Ein Geräusch hat alles durcheinandergebracht. Jemand war im Haus. Nagers Todeskampf ist an ihm vorbeigelaufen, zu sehr war er abgelenkt, unkonzentriert und immer bereit, sich zurückzuziehen.
Einer bleibt ihm noch. Der Letzte. Bei ihm wird es am schwierigsten. Die Frau ist immer da und ihr darf nichts geschehen. Heute hat er sie beobachtet. Sie ist am Fenster gestanden und hat Blumen gegossen. Sie steht oft am Fenster, fällt ihm auf, und schaut hinunter auf die Straße, als würde sie auf etwas warten.
Eine Stunde später kommt er heim, der Geschäftemacher, federnden Schritts, im feinen Anzug, mit einem Aktenkoffer voller Erfolgsrezepte in der Hand. Die Gier steht ihm ins Gesicht geschrieben. Und die Gier wird ihm zum Verhängnis werden.

Er hat genug gesehen. Er tritt aus dem Schatten. Er streift durch sein Revier. Unsichtbar und lautlos, wie ein Raubtier aus einer anderen Dimension. Die Stadt zieht an ihm vorbei. Teilnahmslos, blass und verschwommen, wie sonst auch. Und doch ist etwas anders. Er kann es spüren. Etwas macht ihn unruhig.
Automatisch wird er schneller. Die Suche nach Gewissheit treibt ihn an. Und dann, als er um die Ecke biegt, sieht er sie. Drei Polizisten. Direkt vor dem Haus. Sie haben sie gefunden.
Er denkt nicht lange nach, macht kehrt und läuft davon. Wohin ist ihm egal. Er rennt und rennt, bis seine Lungen brennen. Die Krankheit hat ihn schwach gemacht. Das Fieber dörrt ihn aus. Im Park fällt er auf eine Bank. Nur einen Moment will er rasten. Nur eine Minute.
Die Schmerzen sind wieder da. Dieses Stechen rechts unterhalb der Rippen. Von Mal zu Mal wird es stärker. Ihm ist übel. Die Umgebung zerrinnt vor seinen Augen. Er merkt, wie er den Halt verliert, abdriftet und tief eintaucht in Vergangenes. Er spürt die Schläge auf seinem Rücken, die Tritte in seinen Bauch. Wie verrückt prügeln sie auf ihn ein, im Rausch der Gewalt. Ihr Lachen hallt in seinen Ohren. Mit jedem Hieb wird es lauter, gellender.
Er reißt sich los und bäumt sich auf. „Nein!“, schreit er und jagt den Traum aus seinem Kopf. Das ist vorbei!
Tief atmet er durch. Ruhig und gleichmäßig. Ein und aus, ein und aus ... Er denkt sich seine Schmerzen weg. Er fixiert sich auf sein letztes Ziel. Er wird es schaffen. Davon ist er überzeugt. Und wieder: ein und aus, ein und aus.

Plötzlich ist es totenstill. Die Welt ist eingefroren. Langsam steht er auf und schleicht davon. Solange er in Bewegung bleibt, wird ihn keiner finden.

★

Michael Borstinger bleckte seine strahlend weißen Zähne. „Ich freue mich, Sie zu sehen, Frau Kommissarin", dröhnte er. „Bitte, treten Sie ein! Nur hereinspaziert! Ich wollte Sie ohnehin gerade anrufen, um Ihnen zu Ihrer hervorragenden Arbeit zu gratulieren. Wie Sie und Ihre Leute Sobek das Handwerk gelegt haben, war erste Klasse, eins a. Gelernt ist gelernt, sag ich immer."

Unter der Voraussetzung, dass er mit den Morden nichts zu tun hatte, zeigte er sich überraschend gut gelaunt, fand die Kriminalbeamtin. Scheinbar war ihm die Meldung von Nagers Dahinscheiden bislang nicht zu Ohren gekommen.

Im Hause Borstinger war Alltag eingekehrt, was bedeutete, dass er neben einem blassgelben Poloshirt am Leib ein breites, überhebliches Grinsen im Gesicht trug, während Birgit das ihre hinter einer riesigen Sonnenbrille verbarg und demütig einen Berg Wäsche bügelte. Schweigsam, wie es sich in seinem Beisein geziemte. Das brave Hausmütterchen in Perfektion. Die Fünfzigerjahre ließen grüßen.

Erhobenen Hauptes, ohne sie eines Blickes zu würdigen, schritt Simone an ihr vorüber und nahm auf dem Sofa Platz. „Zuerst darf ich Sie ersuchen, Ihr Handy auszu-

schalten“, knurrte sie Michael an. „Damit es nicht zu unliebsamen Störungen kommt. Ich bin nämlich nicht hier, um mir Ihre Lobeshymnen anzuhören.“
Borstinger runzelte irritiert die Stirn. „Aha. Und was beschert mir dann das Vergnügen?“
„Also erstens: Sobek war bereits tot, als die Kollegen eintrafen“, klärte sie ihn auf, wobei sie sich der offiziellen Version bediente. „Und zweitens: Sagt Ihnen der Name Ludmilla Bartgayr etwas?“
„Ludmilla wie?“ Borstinger tat auf ahnungslos. „Bedaure, nein … noch nie gehört. Wer soll das sein?“ Er fuhr sich durch sein öliges Haar und ließ sich so schwungvoll in den roten Ledersessel plumpsen, dass dieser ein jämmerliches Pfeifen von sich gab.
„Wenn Sie die Dame nicht kennen, braucht es Sie auch nicht zu interessieren“, fauchte Simone, immer noch sauer, weil nicht sie, sondern ausgerechnet Doppler in seiner grenzenlosen Einfalt recht behalten hatte. Und zwar in allen Belangen. Mit dem *Umgebracht*, dem *Zerstückelt* und der *Tiefkühltruhe*. Frau Bartgayrs Einzelteile waren fein säuberlich geschlichtet in ihrem kalten Sarkophag gelegen, verpackt in Gefrierbeuteln derselben Marke, die der Mörder auch bei seinen bisherigen Opfern verwendet hatte.
„Jetzt zu etwas anderem“, fuhr sie fort. „Wo waren Sie gestern Abend, so zwischen 22 Uhr und Mitternacht?“
Sein Blick pendelte fahrig zwischen ihr und Birgit, die gerade eines seiner lachsfarbenen Hemden in Arbeit hatte, hin und her.

„Ihre Schwägerin wird Ihnen nicht weiterhelfen können“, bemerkte die Kriminalbeamtin mit einem gewissen Maß an Genugtuung. „Zum fraglichen Zeitpunkt hielt sie sich, wie Sie vielleicht wissen, bei mir auf. Also, Herr Borstinger, heraus mit der Sprache! Ich höre.“
„Tja, ich war zu Hause, hier, in meiner Wohnung. Aber weshalb …“ Sein Lächeln geriet arg ins Schleudern. Seine Mundwinkel zuckten, als wüssten sie nicht wohin. Nach oben oder nach unten. „Ich dachte, der Fall wäre abgeschlossen. Klappe zu, Maus tot, sag ich immer. Dieser Hugo Sobek ist doch …“
„… mit Sicherheit nicht der Täter“, schnitt sie ihm barsch das Wort ab. „Hören Sie zu: Ich stelle Ihnen jetzt noch eine Frage und würde mir wünschen, dass Sie gut nachdenken, bevor Sie antworten.“
Das tat er dann auch. „Emmerich Nager, sagen Sie? Hm, ja, den kenne ich tatsächlich. Mein Gott, das ist aber lange her. Wieso, was ist mit ihm?“
Simone ließ sich etwas Zeit, ehe sie antwortete. „Herrn Nager ereilte gestern dasselbe Schicksal wie Ihren Bruder und Herrn Gric. Haben Sie keine Nachrichten gehört?“
Borstinger schnappte nach Luft. „Sie meinen, er wurde ermordet? Aber …“ Man konnte deutlich erkennen, wie die Zahnrädchen in seinem Gehirn in Bewegung gerieten. „Das verstehe ich nicht …“, hauchte er nach einer Weile. „Das würde ja bedeuten, dass … Aber das ist unmöglich.“
„Lassen Sie mich an dem Unmöglichen teilhaben, Herr Borstinger. Was wissen Sie?“

„Harald Perchtl", verkündete er matt.
Simone spitzte die Ohren. Der Name kam ihr bekannt vor. „Würden Sie gefälligst Klartext reden? Wer ist Harald Perchtl?"
„Ach, das ist eine Ewigkeit her. Ich war damals, hm, 19, glaube ich. Also vor 26 Jahren …"
Ein grauer Schleier breitete sich über ihn. Borstinger zerfloss in sanften Wellenbewegungen und formte sich als junger Mann neu zusammen. Harfenklänge untermalten die Transformation.
Es war der Sommer nach seinem Grundwehrdienst. Er und seine Kumpel hatten beschlossen, die Ferien zu einer einzigen, nicht enden wollenden Party zu machen. Seine Kumpel, das waren: Bruder Leopold, Richard Gric, Emmerich Nager und besagter Harald Perchtl, ein ehemaliger Schulfreund und langjähriger Weggefährte.
Thailand war damals der große Renner, wenn man es darauf anlegte, kostengünstig an Nutten und Drogen heranzukommen. Der Entschluss, am Überangebot an sündigen Versuchungen mitzunaschen, war schnell gefasst und bald streiften sie von einem Exzess zum nächsten und auf diese Weise durch das halbe Land. Ein Riesenspaß, eine Mordsgaudi. Na ja, anfangs jedenfalls, aber irgendwann wendete sich das Blatt und schwarze Gewitterwolken zogen auf. Leopold und Harald gerieten aneinander. Natürlich ging es ums Geld, denn Harald war nach zwei Wochen pleite und Leopold, der bereits damals gut verdiente, streckte ihm etwas vor. Und er streckte ihm etwas vor und er streckte ihm etwas vor … Was sollte man machen?

Schließlich wollten auch billige Huren für ihre Künste entlohnt werden.
Er, Perchtl, könne ihm die Kohle ja daheim zurückzahlen, schlug Leopold großzügig vor. Er brauche nur das Marihuana, das sie hier um einen Spottpreis kauften, in Wien auf den Markt zu werfen. Dann würden sie halbe-halbe machen und jeder käme auf seine Kosten. Ein faires Angebot, wie jeder fand. Jeder bis auf Harald. Der wollte nichts davon wissen. Er sei ja kein Trottel, behauptete er. Das Risiko, beim Schmuggeln erwischt zu werden, sei ihm viel zu groß. Leopold könne den Stoff selber über die Grenze bringen, wenn er so scharf darauf wäre, mit der thailändischen Justiz Bekanntschaft zu machen. Nein, nein, nicht mit ihm!
Leopold nannte Perchtl daraufhin einen feigen Dieb und Betrüger. Die Situation eskalierte. Ein Wort ergab das andere und nach einer heftigen Prügelei herrschte zwischen den beiden Eiszeit. Und dann …
Die Nebelschwaden flossen auseinander. Michael saß zusammengesackt in seinem Sessel und sah älter aus denn je.
„Und dann?“, hakte Simone ungeduldig nach.
„Leopold wusste wahrscheinlich nicht, was er tat, als er das Zeug heimlich in Haralds Handgepäck versteckt hat“, murmelte er. „Er wollte halt sein Geld zurückbekommen.“
„Verstehe ich Sie richtig? Er hat ihm den Stoff einfach untergejubelt? Der gute Harald hatte keine Ahnung, wie ihm geschah?“

Michael nickte. „Wir haben nicht damit gerechnet, dass sie ihn am Flughafen erwischen würden."
„*Wir?* Soll das heißen, außer Perchtl waren alle eingeweiht?"
„Ja, aber … Wir waren noch jung. Wir haben nicht richtig nachgedacht."
„Das hätten Sie besser tun sollen, Herr Borstinger. Immerhin wurden Sie und Ihr Schulfreund bereits einmal beim Dealen erwischt." Simone erinnerte sich an das, was Kleist über Michaels Jugendstrafe in Erfahrung gebracht hatte. „Aus Schaden wird man bekanntlich klug, oder? Zählt diese Weisheit nicht zu Ihrem Standardrepertoire?"
Birgit stand da wie versteinert. Ungläubig stierte sie Michael durch ihre dunklen Brillengläser an. „Ist das wahr?", krächzte sie bestürzt.
„Passen Sie auf, sonst brennen Sie noch ein Loch ins Hemd", warnte sie die Kriminalbeamtin, als erste Rauchschwaden aufstiegen. „Wäre schade um den guten Ralph Lauren. Und die Moral von der Geschicht', Herr Borstinger?", wandte sie sich wieder an Michael.
„Es kann nur er gewesen sein. Harald, meine ich. Er ist zurückgekommen, um abzurechnen. Er hat Leopold und Gric auf dem Gewissen. Und jetzt auch Nager." Borstinger stemmte sich aus dem Sessel, wankte zur Hausbar und griff nach dem Cognac wie ein Ertrinkender nach einem Strohhalm. „Als Nächster bin ich dran", flüsterte er.
„Interessante Theorie. Sie hat nur leider einen Haken. Wie Sie wissen, bekam Perchtl in Thailand 40 Jahre aufgebrummt. Wenn das 26 Jahre her ist, bleiben nach Adam

Riese noch 14 übrig und ich glaube ehrlich gesagt nicht, dass er seinen Astralleib geschickt hat, um Vergeltung zu üben. Was meinen Sie?"
Michael zuckte ratlos mit den Schultern. „Aber wer sonst?", nuschelte er. „Er ist der Einzige, der alle bisherigen Opfer kannte. Und ein Motiv hat er sowieso. Außer ihm fällt mir niemand ein. Unser Kontakt zu Nager ist ja schon vor Langem abgerissen. Von dem habe ich seit gut zehn, fünfzehn Jahren nichts gehört."
„Ihre Verdächtigungen in Ehren, nur sind Sie bei Sobek dermaßen falsch gelegen, dass sich mein Vertrauen offen gestanden in Grenzen hält." Simone strafte ihn mit einem finsteren Blick. „Denken Sie nach, wen Sie und Ihre Spießgesellen damals noch in die Bredouille gebracht haben. Sie scheinen ja ein lustiges Volk gewesen zu sein. Gab es da nicht diesen Sänger, diesen Boris Lieb? Was ist mit dem?"
„Boris? Ja, ja, der war öfters mit uns unterwegs, bevor er berühmt wurde. Danach wollte er nichts mehr von uns wissen. Ich kann mir ehrlich gesagt nicht vorstellen, warum ausgerechnet er …"
Borstinger schüttelte den Kopf. „Nein, sicher nicht! Nebenbei bemerkt lebt er seit vielen Jahren auf Mallorca. Der lässt sich hierzulande bestenfalls bei Konzerten und PR-Terminen blicken."
Simone stand auf und schlenderte zur Tür. „Gehen Sie in sich, Herr Borstinger!", rief sie ihm zu. „Und geben Sie mir Bescheid, sobald Sie eine neue, spannende Geschichte auf Lager haben."

8

Der brave Daphne wurde zusehends fitter. Die langen Spaziergänge stärkten seine Kondition und bereiteten ihm allem Anschein nach sogar Spaß. Ohne zu murren oder unwillig an der Leine zu zerren, trippelte er tapfer neben Kleist einher und das bereits seit einer guten halben Stunde.
Sie waren wieder auf der Donauinsel unterwegs, in ihrem Revier zwischen Nordbahnbrücke und Reichsbrücke. Noch hatten sich wenige Menschen eingefunden, aber das perfekte Badewetter ließ einen anstrengenden Tag erahnen. Spätestens um zehn, schätzte Kleist, würden sich die Liegewiesen und Strände mit Sonnenhungrigen gefüllt haben. Mit Badewütigen, die sich allesamt einen Scheißdreck um den Alligator scherten.
Michi 1, der Feuerwehrkahn war mangels Steuermanns im Hafen geblieben. Mister Oktober hatte allem Anschein nach Besseres vor, als sich an der Jagd auf Monja zu beteiligen. Kurz vor Dienstbeginn hatte er angerufen und sich krankgemeldet. Nichts als eine faule Ausrede, war sich Kleist sicher. Die Unpässlichkeit kaufte er ihm nicht ab. Konrad hatte quietschfidel geklungen und nicht einmal anstandshalber versucht, einen leidenden Eindruck zu erwecken. Mit einem vorgetäuschten Hustenanfall oder so.
Kleist konnte es nicht fassen, wie sehr ihn seine Menschenkenntnis im Stich gelassen hatte, ihn, den sensiblen Seismografen, geeicht auf geringfügigste seelische Schwingungen. Im Laufe der Jahre hatte er gelernt, auf

die Augen zu achten, denn die verrieten so einiges über den Charakter, und wenn man geübt war, tief in ihnen zu lesen, blieben einem sogar die feinsten Haarrisse im Fundament der Psyche nicht verborgen. Anderen Körperteilen hingegen traute man besser nicht. Das hatte er ebenfalls gelernt. Den Beinen zum Beispiel, dem Bauch, den Schultern oder gar dem Hintern. Mein Gott, wie ein Hintern lügen konnte! Da erblasste jeder Politiker vor Neid. Bei Konrad log einfach alles, von den Zehen bis zu den Haarspitzen und retour. Mit Ausnahme seiner Stimme. Die tanzte aus der Reihe, doch der hatte Kleist anfangs zu wenig Beachtung geschenkt. Liebe machte eben nicht nur blind, sondern auch taub. Vor allem aber machte sie blöd. Wie weit wäre er bereit gewesen zu gehen, vorausgesetzt, der Feuerwehrmann hätte seinen Ansprüchen Genüge getan? Kleist wagte kaum, die Frage zu beantworten. Sehr weit vermutlich, denn tief in seinem Innersten fühlte er, dass seine Zeit mit Rabih abgelaufen war. Aisha, die still und heimlich das Ruder übernommen hatte, breitete sich wie ein dunkler Schatten über sie. Aisha, die emotionale Atombombe mit der Zerstörungskraft von zwanzig neurotischen Frauen.

In eine unüberschaubare Dreiecksbeziehung war er geraten, in eine Konstellation, in der unbeherrschbare Kräfte wirkten. Kein Wunder, wenn er zunehmend ans Aufgeben dachte, wenn er kurz davor stand, die Konsequenzen zu ziehen, alles hinzuschmeißen und seinen Hut zu nehmen. Lieber ein Ende mit Schrecken als ein Schrecken ohne Ende, wie es so schön hieß. Lange genug hatte er sich

an eine Partnerschaft geklammert, nur weil er gewaltigen Schiss vor dem Alleinsein hatte, weil er Veränderungen hasste und lieber bei dem blieb, was er kannte. Alles würde sich von selbst einrenken und zum Guten wenden, hatte er sich eingeredet. Papperlapapp, das tat es natürlich nicht. Das Gegenteil passierte.
„Ach, Daphne“, seufzte er. „Mit deinem Herrchen hat man es nicht gerade leicht. Hm? Was meinst du?“
Der Mops runzelte die Stirn, streckte seine Zunge heraus und hechelte verschlagen.
„Tja, das kannst du laut sagen.“ Kleist ging in die Knie und tätschelte ihm den Rücken. „Bist ein kluges Tier. Ich fürchte auch, dass es vorbei ist.“
Daphne würde ihm fehlen, wurde ihm bewusst. Die letzten Tage hatten sie fast untrennbar aneinandergeschweißt, ihn und den süßen, kleinen Wauwi. Schwer vorstellbar, in Hinkunft auf seine anregende Gesellschaft verzichten zu müssen. Auf sein kurzes, drahtiges Fell, die runden Glupschaugen und das grollende Brummen, das er von sich gab, wenn man ihn fest an sich drückte.
Nachdenklich trat Kleist an den Rand der Anlegeplattform, die in das Entlastungsgerinne hineingebaut worden war, und betrachtete das andere Ufer, an dem sich die Donaucity in ihrer ganzen Hässlichkeit präsentierte. Wolkenkratzer, Bürotürme, Wohnsilos. Hauptsache hoch. Glas, Stahl, Beton wahllos zusammengewürfelt, ohne jeden Sinn für Ästhetik, dafür reich am zweifelhaften Charme der schäbigen Vorstadt-Sozialbauten ehemaliger Ostblockstaaten. Nichts passte da zusammen. Der Ver-

such, Wien den architektonischen Touch einer modernen Weltstadt zu verpassen, war hier kläglich gescheitert. Die Restaurant- und Unterhaltungsbetriebe davor an der Copa Kagrana komplettierten das hässliche Gesamtbild. Wie Slums sahen sie aus. Bunte Hütten, eine neben der anderen ohne jedes Konzept aus dem Boden gestampft.

Wien war nicht seine Stadt. Ganz und gar nicht. Sie war es nie gewesen und so, wie sich die Lage darstellte, würde sie es nie werden. Er mochte sie nicht und sie mochte ihn nicht. Zu keinem Zeitpunkt hatte sie ihm das Gefühl vermittelt, hier zu Hause zu sein. Das war jetzt um keinen Deut besser als damals, als er zum Studieren hergezogen war. Einmal Mühlviertler, immer Mühlviertler. Der Leitsatz seiner Mutter. Sie wusste, wovon sie sprach. Selbst heute, nach all den Jahren, dachte er oft an Freistadt zurück, wo er fernab urbaner Kälte und Arroganz aufgewachsen war. Wohlbehütet und umsorgt. Und wenn er dann und wann zurückkehrte, seine Familie besuchte, zu Weihnachten oder Ostern, wäre er am liebsten dortgeblieben.

Scheiße!, dachte er und wischte sich eine Träne aus dem Auge. Nicht nur, dass er gleich anfing zu heulen, hatte er auch noch unbewusst begonnen, die oberösterreichische Landeshymne zu summen. Mein Gott, ausgerechnet! Eine glatte Zehn auf der Peinlichkeitsskala.

Hoamatland, Hoamatland, di han i so gern.

„Daphne, zieh nicht so!“, murmelte er, ohne seinen Blick von den Scheußlichkeiten am gegenüberliegenden Ufer abzuwenden.

Wiar a Kinderl sei Muatter, a Hünderl sein Herrn. Und dann das Ganze noch einmal, noch inbrünstiger, noch pathetischer. *Wiar a Kinderl sei Muatter, a Hünderl sein Herrn.*

„Daphne, du sollst nicht so ziehen, habe ich gesagt!" Kleist wandte sich um. Die Laufleine war zur Gänze ausgerollt und führte die Stufen zum Wasser hinunter. Vom Hund selbst war nichts zu sehen. „Lass das jetzt!", rief er. „Komm, wir müssen weiter!"

Der Ruck, mit dem sich die Leine spannte, hebelte ihn aus. In voller Länge knallte er auf den Beton und schlitterte über die Plattform.

„He, was soll das?", schrie er. „Daphne, spinnst du?" Kleist ließ die Leine los und rappelte sich auf. „Daphne, was …"

Und dann sah er nur noch, wie der riesige Alligator im trüben Wasser abtauchte.

★

Es stimmte schon, was die Kriminalbeamtin gesagt hatte. Harald war zu 40 Jahren verurteilt worden. Das war jedenfalls das Letzte, das Borstinger von ihm gehört hatte, damals, ein paar Monate nach seiner Rückkehr aus Thailand. Ein tragisches Schicksal, aber was soll's? Die Angelegenheit hatte ihn nicht weiter tangiert. Das Kapitel Harald Perchtl war für ihn abgeschlossen gewesen und für die anderen in der Runde sowieso. Die waren Harald ohnehin nie besonders nahe gestanden. Aus den Augen,

aus dem Sinn, sagte er immer. Das hatte die ganze Zeit über hervorragend funktioniert. 26 Jahre lang. Bis jetzt. Bis dem abgeschlossenen Kapitel ein blutiges Nachwort hinzugefügt wurde.
Borstinger trat aus dem Haus und spähte achtsam nach allen Seiten. Nach links, nach rechts und noch einmal nach links, als würde er eine stark befahrene Straße überqueren. 40 Minus 26 ergibt 14. Das schaffte er auch selbst. Das hätte ihm diese blasierte Reichenbach nicht extra vorzurechnen brauchen. Weiß der Teufel, wie es Harald gelungen war, aus der Haft zu entfliehen, wie er es geschafft hatte, außer Landes zu kommen und nach Wien zurückzukehren. Wo ein Wille, da ein Weg, sagte er, Borstinger, immer. Dass ihn Weg und Wille eines anderen einmal ins Verderben führen könnten, hatte er allerdings nie angenommen.
Harald war dabei, die Vergangenheit auf seine ganz spezielle Weise aufzurollen und als Wiedergutmachung für die erlittenen Qualen das Leben jener einzufordern, die seines leichtfertig zerstört hatten. Nein … Von Wiedergutmachung konnte keine Rede sein. Wiedergutmachen ließ sich die Sache nicht. Das sah sogar Borstinger ein. Jahrzehnte in einer thailändischen Strafanstalt hinterließen irreparable Schäden. Physisch wie psychisch. Und genau diese Erkenntnis war es, die ihn in seiner Meinung bestärkte. Einem Menschen, der das überlebte, war alles zuzutrauen. So einer hatte nichts zu verlieren.
Alle paar Schritte hielt er an und versicherte sich, dass ihm niemand folgte. Nur wenige Menschen waren an die-

sem Sonntagmorgen unterwegs, fiel ihm auf. Ein junges Pärchen mit Picknickkorb, eine ältere Dame, die ihren Pudel Gassi führte, und dann war da dieser schmächtige Mann, etwa 20 Meter hinter ihm, der abrupt vor einem Elektrogeschäft anhielt und interessiert die Auslage betrachtete. Vielleicht ein bisschen zu abrupt, zu interessiert … Borstinger stutzte. Etwas an dem Typen stimmte nicht. Das sagte ihm sein sechster Sinn. Das war kein normales Verhalten.

Konnte er das sein, Harald? So aus der Ferne betrachtet, gut möglich.

Niemand wusste, wie er heute aussah. Menschen veränderten sich in 26 Jahren. Und sie veränderten sich umso mehr, wenn sie diese Zeit unter unzumutbaren Bedingungen in Gefangenschaft verbrachten.

Der Mann kam langsam näher, wechselte auf die andere Straßenseite und verschwand in einem Haustor. Nein, Harald war das nicht. Ganz eindeutig. Der Typ war viel zu jung.

Borstinger löste sich aus seiner Starre und ging weiter. Verflucht, jetzt sah er schon Gespenster! Er durfte sich nicht verrückt machen lassen, nicht von jedem annehmen, er könnte eine Bedrohung sein. Seine einzige Chance, heil aus der Sache herauszukommen, bestand darin, einen kühlen Kopf zu bewahren, aufmerksam und gewappnet zu sein und das Geschehen im richtigen Moment an sich zu reißen. Angriff ist die beste Verteidigung, sagte er immer. Ein Grundsatz, der ihm in Verkaufsgesprächen stets nützlich gewesen war. Die Überrumpelungstaktik.

Irgendwann letzte Nacht hatte er sogar mit dem Gedanken gespielt, sich eine Waffe zuzulegen. Eine kleine Pistole, die im Notfall schnell zur Hand war. Doch bis er alle behördlichen Formalitäten hinter sich gebracht hätte, wäre er vermutlich ein alter Mann gewesen. Oder ein toter.
Letzteres befürchtete vor allem Birgit. Sie hatte ihn geradezu angefleht, keine Dummheiten zu machen und sich selbst aus der Schusslinie zu nehmen. Bei der Verwandtschaft in Podersdorf käme er sicher für eine Weile unter.
Absurd! Typisch Frau war das. Eine Flucht stand nicht zur Diskussion. Da legte sich sein Ego quer. Wie ein Feigling abzuhauen, war das Letzte, das er vorhatte. Nicht sein Stil. Außerdem gab es da noch seine Arbeit, die er nicht einfach links liegen lassen konnte. Wollte er weiterhin im Rennen um den Organisationsleiter-Posten mitmischen, hieß es, am Ball zu bleiben.
Borstinger fischte einen Sonntagskurier aus dem Zeitungsständer und überflog die Schlagzeile. *Leichenteile in Tiefkühltruhe – 84-Jährige brutal zerstückelt*, las er. Schon wieder ein Mord. Diesmal einer, der ausnahmsweise nicht Haralds Handschrift trug. Im Bericht war von einer Ludmilla B. die Rede und von deren Enkel, nach dem die Polizei fieberhaft suchte.
Ludmilla B.? Die Kommissarin hatte ihn gestern auf eine Ludmilla Bartgayr angesprochen, fiel ihm ein. Aber was hatte die oder deren Enkel mit ihm zu tun? Der Name war ihm völlig unbekannt. Nie gehört.
Borstinger kam nicht dazu, länger darüber nachzudenken. Die Zeitung glitt aus seinen Händen und fiel raschelnd zu

Boden. Der Mann hatte genau Haralds Statur. Klein und stämmig … Auch das Alter passte. Er stand vorne an der Hütteldorfer Straße direkt neben der Apotheke und starrte ihn unverhohlen an. Borstinger wich zurück. Einen Schritt und einen zweiten. Starr vor Angst. Dann drehte er sich um und lief davon.

★

Dank Simones gestrenger Oberaufsicht liefen die Vorbereitungen für Daniels Geburtstagsparty auf Hochtouren. Die Hände auf dem Rücken verschränkt stakste sie wachsamen Blicks zwischen Garten und Küche hin und her, zwischen Doppler und Albert, inspizierte deren Arbeit, gab letzte Anweisungen und vor allem jede Menge guter Ratschläge.

„Wie läuft's?", erkundigte sie sich bei Albert. Sie tunkte ein Stück Weißbrot in die Knoblauchsoße und steckte es sich in den Mund. „Mhm", machte sie. Und noch einmal „Mhm …"

Andächtig schob sie den köstlichen Happen mit der Zunge zwischen ihren Backen hin und her, wie ein Sommelier, der einen erlesenen Tropfen probierte. Mit einem anerkennenden Nicken schluckte sie ihn schließlich hinunter. „Gratuliere, ausgezeichnet! Hast du alles im Griff?"

Die Frage hätte sie sich sparen können. Erstens gab es punkto Hausarbeit nichts, das Albert nicht im Griff hatte, und zweitens trug er den Schirm seiner Kappe tief im Ge-

sicht. Das Einzige, das er registrierte, war der griechische Bauernsalat, den er gerade zubereitete.
„Wie lange schätzt du, wirst du noch brauchen, hm?“, drängte sie, wobei sie nervös auf ihre Uhr schielte. „Weißt du eigentlich, wie spät es ist? Schön langsam solltest du Daniel abholen … Albert? … Albert, hörst du mich? Huhu!“ Vorsichtig zupfte sie ihn am Ärmel. Nur ein unwirsches Grunzen kam als Antwort. Eigentlich mehr ein Knurren, wie von einem Hund, dem man seinen heiß geliebten Gummiknochen wegnehmen wollte. „Verflucht, ich rede mit dir! Könntest du bitte für einen Moment die Arbeit Arbeit sein lassen?“
Es war ein Kampf gegen Windmühlen. Albert nahm sie nicht wahr. Er schob die Salatschüssel beiseite und zog das Backblech aus dem Herd. Das tat er gleichzeitig. Multitasking. Wofür hatte man zwei Hände?
Simone probierte es noch einmal. „He, du, fuck!“, schrie sie ihm ins Ohr. Vielleicht verstand er es in seiner Sprache. „Hier spielt die Musik, shit!“ Und weil das alles nichts nützte und sie sich nicht anders zu helfen wusste, riss sie ihm die Kappe vom Kopf.
Albert erstarrte in der Bewegung. Sie dachte schon, zu weit gegangen zu sein, fürchtete, er würde sich wütend auf sie stürzen, doch nichts dergleichen passierte. Wie eine Statue stand er da.
„Ähm, hallo?“ Behutsam tippte sie ihn an. Er rührte sich nicht. Er schien nicht einmal zu atmen. Probeweise schnippte sie mit den Fingern vor seinen Augen. Keine Reaktion. Konsterniert linste sie auf die Kappe in ihrer

Hand, dann wieder auf ihn. Das durfte doch nicht wahr sein! Wie praktisch! Albert ließ sich abschalten. Kaum zu glauben, welcher Glücksgriff ihr da gelungen war. Unter der Voraussetzung, dass er attraktiv und somit ein potenzieller Sexualpartner gewesen wäre, sie hätte es mit dem perfekten Mann zu tun gehabt.

Die Kriminalbeamtin überlegte einen Moment, dann setzte sie ihm die Mütze wieder auf. Diesmal mit dem Schirm nach hinten.

„He, Simone, Alter“, krähte er. „Was gibt's, bitch?“

Wahnsinn! Es funktionierte tatsächlich. „Daniel“, erklärte sie, ohne sich ihre Entdeckung anmerken zu lassen. „Vergiss nicht, ihn abzuholen!“

„Keine Sorge, fuck! Hab ich schon jemals etwas vergessen?“

Nein, das hatte er nicht, musste sie zugeben.

„Nur noch die Mandeltaler, dann bin ich schon weg, he. Ticktickticktick.“

„Okay, aber beeil dich bitte.“

„Sicher, shit. Apropos Shit, Alter ... Es ist doch okay, wenn ich von meinem Eigenbau was beimische, oder?“

„Beimischen?“ Irritiert schaute sie ihn an. „Wovon sprichst du?“

„Na, Shit, he. Ich hab ein bisschen was mitgebracht, für die Kekse. Du verstehst, was ich meine“, fügte er verschwörerisch murmelnd aus dem Mundwinkel hinzu. „Feinstes Kraut, fuck! Macht gute Stimmung.“

„Du meinst ...“ Simones Augen traten aus ihren Höhlen. „Sag, spinnst du?“, fuhr sie ihn an. „Hast du vergessen, dass ich Polizistin bin? Was denkst du, was geschieht, wenn jemand davon erfährt? Nein!“, entschied sie kategorisch. „Keine Haschkekse! Ist das klar?“

„Wenn du meinst, Alter …“ Murrend wandte er sich dem Teig zu. „Aber wir hätten wirklich großen Spaß gehabt, bitch.“

„Nein, nein und nochmals nein! Es wird auch so ein netter Abend werden.“

Die Blutungen waren wieder stärker geworden. Ebenso dieses lästige Ziehen im Unterleib. Simone bestückte sich mit einem frischen Tampon und tapezierte ihren Slip zusätzlich mit einer Einlage aus. Normal war das nicht. Wenn sich an ihrem Zustand nicht bald etwas änderte, würde sie um einen Besuch beim Gynäkologen kaum herumkommen, fürchtete sie. So sehr sie sich dagegen auch sträubte. Sie hasste diese Fleischbeschau. Alles daran. Den Geruch in der Praxis, das ewige Warten inmitten kranker Menschen und vor allem dieses abscheuliche Pink an der Decke des Untersuchungszimmers. Nein, die Inspektion würde warten müssen. Auf ein paar Tage mehr oder weniger kam es schließlich nicht an und solange der Bartgayr-Enkel sein Unwesen trieb, blieb ihr für diesen Firlefanz ohnehin keine Zeit.

31 Grad, las sie vom Außenthermometer ab, als sie ihren Kontrollrundgang im Garten fortsetzte. Mit dem Wetter hätten sie es nicht besser treffen können und um den Rest kümmerte sich Albert in gewohnter Manier. Alles lief exakt nach Plan. Daniel würde begeistert sein.

Begeisterter als Doppler in jedem Fall. Der kniete neben dem Rosenbeet und zupfte ächzend das Unkraut aus der Erde. Als er sie kommen sah, fügte er dem Ächzen ein leidendes Stöhnen hinzu. Schweißperlen glänzten auf seiner Stirn, sein Hemd klebte klitschnass am Rücken. Und so, wie er aussah, roch er auch. Simone hielt sicherheitshalber drei Meter Abstand.
„Ist das deine Videokamera, die da im Vorzimmer liegt?“, fragte sie ihn.
Doppler nickte.
„Wozu hast du sie mitgenommen?“
„Ich habe mir gedacht, ich könnte bei der Feier ein bisschen filmen. Als Erinnerung und so.“
„Tatsächlich? Wer sagt, dass du bei der Party dabei sein wirst?“, tat sie erstaunt. „Hat dich jemand eingeladen?“
Die Enttäuschung stand Doppler ins Gesicht geschrieben. So, wie er sie mit seinen großen Kuhaugen anglotzte, hatte Simone alle Mühe, ihre ernste Miene beizubehalten.
„Aber, aber, aber …“, stotterte er los. „Ich habe geglaubt, dass … dass …“
„Schon gut, Doppler“, grinste sie. „Wenn du dich anständig benimmst, darfst du bleiben. Und das mit der Kamera ist vielleicht gar keine schlechte Idee. Mach ruhig ein paar Aufnahmen. Ich schneide dann das Beste für Daniel zusammen. Albert ist übrigens schon losgefahren, um ihn zu holen. Du kannst jetzt Feierabend machen und duschen gehen.“
Der Bezirksinspektor erhob sich hustend und klatschte sich die Erde von den Händen. „Und, ähm, wo ist das Badezimmer?“, wollte er wissen.

„Im Gardenaland. Du nimmst natürlich die Dusche im Garten. So dreckig, wie du bist, kommst du mir nicht ins Haus! Hast du etwas zum Umziehen mit?"
Der Bezirksinspektor nickte. In weiser Voraussicht hatte er an ein frisches Hemd gedacht.
„Ach ja", fiel Simone ein, als sie zurückging, um nach den Keksen zu sehen, wie Albert es ihr aufgetragen hatte. „Nur dass du Bescheid weißt, Thomas wird auch da sein. Feuersturm hat ihn vorübergehend von der EGAL abgezogen. Scheinbar gab es einen Zwischenfall mit dem Hund."
„Kleist kommt auch?" Doppler legte seine Stirn in Falten. Dass der warme Bruder hier aufkreuzte, passte ihm ganz und gar nicht.
„Ja. Es gibt Neuigkeiten über den Enkel von Frau Bartgayr. Die will er mit uns besprechen. Warum? Hast du ein Problem damit?"
„Ach, na ja … Nein. Eigentlich … Es ist nur so, dass …"
… dass Kleist ihn ständig an seine verhängnisvolle Affäre mit Marilyn erinnerte. Und an die wollte er keinesfalls erinnert werden.
„Was ist los?" Simones Stimme wurde augenblicklich schärfer. „Hat es zwischen euch etwas gegeben? Mir ist schon aufgefallen, dass du ihm neuerdings aus dem Weg gehst."
„Nein, nein … kein Problem", versuchte er ihr auszuweichen, bevor er von ihrem strengen Blick aufgespießt wurde.
„Also, worum geht es? Heraus mit der Sprache!"

„Verflucht, er ist schwul!“, platzte es aus ihm heraus. „Kleist ist schwuuul, verdammt!“
„Ja, ich weiß“, sagte sie. „Na und?“

★

Trotz intensiver Suche der sofort herbeigerufenen EGAL-Einheiten war der Alligator verschwunden geblieben. Und mit ihm natürlich auch der kleine Daphne. Der *arme*, kleine Daphne! Mit Haut und Haaren verschlungen, von einer riesigen Bestie. Er hatte nicht den Funken einer Chance gehabt.
Der Schock saß Kleist tief in den Knochen. Entsetzliche Schuldgefühle plagten ihn. Er hatte es verbockt. Er alleine hatte den Hund auf dem Gewissen, weil er, von Rührung und Heimweh übermannt, unaufmerksam gewesen war und die drohende Gefahr nicht erkannt hatte. Eine grobe Verletzung der Aufsichtspflicht nannte man so etwas. Eine Schuld, mit der er bis ans Ende seiner Tage leben müsste. Also ohnehin nicht mehr lange, davon ausgehend, dass er spätestens am Abend Rabihs Vendetta zum Opfer fiel.
Kurz hatte er überlegt, seinen Freund im Krankenhaus anzurufen, um ein reumütiges Geständnis abzulegen, die Idee aber sofort wieder verworfen. So sehr ihm daran lag, sein Gewissen zu erleichtern, so unpassend fand er es, Rabih telefonisch und noch dazu an seinem Arbeitsplatz zu informieren. Das wollte er lieber von Angesicht zu Angesicht regeln, später, irgendwann. Die Hiobsbotschaft würde seinen Freund früh genug ereilen.

Er befand sich gerade auf dem Heimweg, um sich auf eine emotionsgeladene Konfrontation vorzubereiten, als ihm Feuersturms Anruf eine unerwartete Galgenfrist bescherte. Überstunden waren angesagt. Er solle den Alligator vorerst vergessen und sich um die Bartgayr-Sache kümmern, wies ihn sein Vorgesetzter an. Von diesem mutmaßlichen Enkel sei ein Phantombild erstellt worden und er, Kleist, solle damit schleunigst den Sohn der Ermordeten aufsuchen. Vielleicht fiele ja dem etwas Brauchbares dazu ein. Jeder noch so kleine Hinweis sei von enormer Wichtigkeit.

„Ach, nebenbei …“, fügte der Leiter der Kriminaldirektion hinzu und ein leicht zynischer Unterton machte seine Stimme messerscharf. „Der arme Kerl hat noch keinen blassen Schimmer, was seiner Mutter zugestoßen ist. Anscheinend haben es die Kollegen bislang nicht der Mühe wert gefunden, ihn zu unterrichten. Warum auch? Es sind ja erst 24 Stunden vergangen, seitdem die Leiche entdeckt wurde.“

Als Kleist am frühen Abend bei Simone eintraf, saßen sie und ihre Gäste bereits beim Essen. Irgendwie sah das Ganze nach Kindergeburtstag aus, fand er. So unecht und inszeniert.

Bunte Lampions schmückten die Terrasse und obwohl es noch hell war, säumten gezählte 17 Gartenfackeln den Weg zum Haus.

„Hallo, Thomas. Schön, dass du da bist“, rief sie ihm entgegen. „Nimm dir etwas vom Grill und setz dich zu uns.

Tut mir übrigens leid, das mit dem Hund. Wie hat dein Bekannter die Sache aufgenommen?“

Kleist starrte betrübt zu Boden. Tränen schossen ihm in die Augen. „Er weiß es noch nicht“, würgte er hervor.

Simone klopfte ihm tröstend auf die Schulter. „Mach dir keine Vorwürfe, Thomas. Es war ja nicht deine Schuld. Vielleicht trinkst du erst einen Schnaps und dann erzählst du uns, was du von Frau Bartgayrs Sohn erfahren hast.“

Kleist nahm gleich zwei Schnäpse, ehe er seufzend zur Sache kam. „Josef Wohlgeb heißt er, ihr Sohn aus erster Ehe. Er besitzt einen Tret- und Ruderbootverleih an der Alten Donau. Nach eigenen Angaben gab es zu seiner Mutter kaum Kontakte. Sie soll eine streitsüchtige Frau gewesen sein, die mit ihrer Familie auf Kriegsfuß stand. Das behauptet er jedenfalls.“ Kleist unterbrach sich und gab Simone ein Zeichen, sein Glas nachzufüllen. „Jetzt aber zum Wesentlichen“, fuhr er fort, nachdem er es geleert hatte. „Es gibt tatsächlich einen Enkel. Und nun rate, wer das ist.“

„Sag es einfach.“

„Harald Perchtl. Er ist der Neffe von diesem Herrn Wohlgeb und zweifellos der Mann auf unserem Phantombild.“

„Harald …“ Simone blieb beinahe ein Stück Zucchini im Hals stecken. „Dieser Jugendfreund von Michael Borstinger, der angeblich in Thailand seine Strafe absitzt?“

„Absaß“, verbesserte sie Kleist. „Er ist zurück. Vor Kurzem hat er seinen Onkel aufgesucht und um Geld gebeten. Ohne Erfolg allerdings. Seitdem ließ er sich bei ihm nicht mehr blicken.“

„Aber wieso?“, mischte sich Doppler ein, der sich mit regem Appetit an die Bratwürste hielt, wenn er nicht gerade die anderen beim Essen filmte. „Ich habe gedacht, er hat 40 Jahre aufgebrummt bekommen. Ist er geflohen oder was?“

„Vorzeitige Entlassung“, klärte ihn Kleist auf. „Das gibt es bei guter Führung sogar in Thailand. Ich habe mich vorhin mit dem Journaldienst der österreichischen Botschaft in Bangkok unterhalten und erfahren, dass er vor drei Monaten begnadigt und umgehend aus dem Land gewiesen wurde.“

„Und hier in Wien ist er demnach bei seiner Großmutter untergekommen“, schlussfolgerte Simone.

„Wenn auch sicher nicht auf deren Wunsch hin. Herr Wohlgeb bezweifelt, dass sie ihn freiwillig in die Wohnung gelassen hat. Seit Harald das erste Mal mit Drogen erwischt worden war, wollte Sie nichts mehr von ihm wissen. Seine Mutter war übrigens die Einzige, die mit ihm in Verbindung gestanden ist, während er in Thailand einsaß. Bis zu ihrem Tod. Das war vor sieben Jahren. Seitdem herrschte Sendepause. Deshalb kam seine Rückkehr für alle so überraschend.“

„Vor allem für die Opfer.“ Simone nickte. Das Puzzle hatte sich zusammengefügt. „Gibt’s sonst noch etwas, Thomas?“

„Na ja, Feuersturm ist sauer, weil Herr Wohlgeb nicht unverzüglich vom Schicksal seiner Frau Mama in Kenntnis gesetzt wurde. Er meint, man hätte ihn längst einvernehmen müssen.“

„Hast du dich nicht darum gekümmert, Doppler?“, spielte sie den Ball umgehend an den Bezirksinspektor weiter.
„Ich habe hier im Garten gearbeitet“, verteidigte er sich.
„Und letzte Nacht?“
„Habe ich auf Borstinger aufgepasst.“
„Und du denkst, das ist eine akzeptable Rechtfertigung?“
„Nun, ich … Aber wann hätte ich …“
„Ähm, darf ich?“ Kleist schnappte sich die Flasche und schenkte sich ein weiteres Glas ein. Der Schnaps war nicht schlecht. Mild und doch gehaltvoll. Vor allem aber betäubte er sein schlechtes Gewissen. „Wenn man die Zustände in thailändischen Gefängnissen bedenkt,“ erläuterte er, „ist es kein Wunder, dass Perchtl nach Rache lechzt. Ich habe ein bisschen recherchiert. Die Haftbedingungen sind katastrophal, mit unseren nicht zu vergleichen. Die Insassen werden wie die Tiere gehalten. Teilweise pferchen sie 30 bis 50 Leute in eine Zelle. Viele davon müssen auf dem Steinboden schlafen, weil es keine andere Möglichkeit gibt. Es herrscht ein Mangel an allem. Nahrung, Hygiene, medizinische Versorgung und so weiter. Fußfesseln und Prügelstrafe waren – obwohl offiziell verboten – bis vor Kurzem an der Tagesordnung. Ich glaube, keiner von uns kann sich auch nur annähernd vorstellen, was sich dort abspielt.“
„Gut, dann wissen wir wenigstens, wer der Täter ist“, fasste Simone zusammen. Lustlos stocherte sie mit der Gabel in ihrem Salat, pickte nach einer Olive und steckte sie sich in den Mund. Es wurmte sie, dass Michael Borstinger mit seinem zweiten Versuch richtig gelegen war.

„Wie ich immer gesagt habe." Doppler konnte sich ein selbstgefälliges Grinsen nicht verkneifen. „Borstinger hat mit den Morden nichts zu tun."
Ein wütender Blick brachte ihn zum Schweigen. „Na und?", zischte sie. „Wen interessiert's? Und jetzt will ich von der Sache kein Wort mehr hören. Das ist Daniels Party und die werden wir uns nicht vermiesen lassen! Na los, habt Spaß und genießt den Abend!"

★

Für die meisten Menschen mochte der 40. Geburtstag etwas Besonderes sein, die Halbzeit des Lebens, ein Anlass in sich zu kehren, zu reflektieren, Schadenslisten und Erfolgsprotokolle durchzusehen und letztlich aufgrund der ungleichen Bilanz zu verzweifeln. Nicht so bei Daniel. Er rollte ohnehin jeden Tag sein mit Niederlagen gespicktes Leben von Neuem auf, und zwar mit einer schier bewundernswert masochistischen Ausdauer. Trübsal zu blasen zählte zu seinen Lieblingsbeschäftigungen, dazu brauchte er keine Geburtstage.
Simones Aufruf zu gesteigerter Heiterkeit verhallte dementsprechend ungehört. Seit ihn Albert gegen seinen Willen hergeschleppt hatte, war ihm kaum ein Wort über die Lippen gekommen. Nur einmal fragte er während des Essens nach der Pfeffermühle und ganz zum Schluss legte er das Besteck mit der Bemerkung „Danke, ich bin satt" demonstrativ beiseite, wohl wissend, welche Lawine an schwesterlicher Fürsorge er damit lostreten würde.

„Wie bitte? Du bist schon satt?“, ging sie postwendend in die Offensive. „Hat es dir nicht geschmeckt? … So nimm dir doch noch etwas Reis! … Oder Gemüse. Wir haben das alles nur für dich gemacht. Wäre schade, wenn wir es wegschmeißen müssten … Ein Lammkotelett geht bestimmt noch, oder? … Na, mach schon! … Schau, das eine da, das kleine … Nein? Dann wenigstens einen Folienerdapfel …“
Das kleine Lammkotelett wäre natürlich noch gegangen, aber wenn Daniel sich einmal festgelegt hatte, blieb er dabei. Lieber litt er später Hunger, als seiner Schwester einen Triumph zu gönnen. Ohne ihrem Gezeter weiter Beachtung zu schenken, fischte er ein Buch aus seinem Rucksack und begann zu lesen.
„Mein Gott, kannst du stur sein!“, schimpfte sie. So viel Mühe hatte sie sich gegeben!
„Lass ihn, wenn er nicht will“, drängte sich Doppler dazwischen und hielt ihr erwartungsvoll seinen Teller hin. „Kann *ich* noch etwas haben?“
Selbst Alberts unermüdliche Bestrebungen, für gute Laune zu sorgen, blieben fruchtlos. Sowohl sein inbrünstig angestimmtes *Happy Birthday* als auch seine CDs, von denen er alle fünf Minuten eine neue auflegte, in der Hoffnung, dass sie die trostlose Stimmung endlich in die Höhe peitschen würden, zeigten keine Wirkung. Dabei hatte er von seinem Hip-Hop-Zeug über die alten Stones-Klassiker bis zu den BRAVO Superhits Vol. 5 aus dem Jahre 1997 alles mitgebracht, was in seiner Plattensammlung den Ton angab.

„Wo ist Doppler hin verschwunden?“, erkundigte sich Simone, als sie mit der Nachspeise, einer köstlichen Crème Brûlée, in den Garten trat.
Albert deutete in Richtung Komposthaufen. „Dort hinten, bei den Büschen, bitch.“
Fast wäre ihr das Tablett aus der Hand gefallen. „Ja, spinnt denn der? *Doppler!*“, brüllte sie. „Bist du völlig von Sinnen? Was tust du da? Im Haus gibt es ein Klo!“
„Was?“, tönte es zurück.
„Im Haus … ein Klo … Was fällt dir ein, einfach in den Garten zu … Ach, vergiss es!“ Erbost wandte sie sich ab. Das Dessert konnte er abschreiben. Das war für ihn gestrichen.
„Sag, Thomas, wie entwickelt sich eigentlich die Jagd nach Monja?“, lenkte sie von dem widerwärtigen Schauspiel am Komposthaufen ab. „Abgesehen davon, dass sie Daphne gefressen hat, meine ich.“
Kleist nahm ihre unbedachte Äußerung überraschend gelassen hin. Gemessen am regulären Oberösterreicher war er kein besonders begnadeter Trinker. Vier Schnäpse und zwei Gläser Wein hatten ihn in einen Zustand unerschütterlicher Gleichgültigkeit versetzt. Er zuckte mit den Schultern. „Wird schwer werden, sie zu finden“, nuschelte er. „Das ist so, als würde man eine Nadel im Heuhaufen suchen.“
„Verstehe ich nicht …“ Doppler kam zurück, zog den Reißverschluss seiner Hose hoch und wischte sich die Finger am Tischtuch ab. „So ein riesiger Alligator wird doch zu finden sein.“

„Eine Alligator*in*“, verbesserte ihn Simone streng. Auch sie war nach einigen Runden Marillenbrand nicht mehr ganz nüchtern. „Monja ist ein Mädchen.“
„Schwachsinn!“ Der Bezirksinspektor schnitt eine verächtliche Grimasse. „Ein *Mädchen* … Bei Tieren ist das anders. Da nennt man die Frauen Kühe.“
„Wie bitte?“ Simone schaute ihn fassungslos an. „Was redest du da für einen Stuss? Und leg endlich die Videokamera weg, verflucht! Du brauchst nicht *alles* mitzufilmen!“
Doppler ließ sich nicht beirren. „Man sagt Alligatoren*kuh*“, belehrte er die Anwesenden. Das wusste er aus einer Tiersendung im Fernsehen, die er sich in Erwartung des darauf folgenden Horrorfilms zu Gemüte geführt hatte. „Elefantenkuh, Seekuh, Gnukuh …“, verdeutlichte er. „Alles Kühe. Nur bei den Enten ist das anderes. Da heißt das Weibchen Erpel.“
Nein, Doppler hatte nichts getrunken. Er trank so gut wie nie etwas. Die Idiotie lag ihm im Blut. Simone kannte ihn seit nunmehr vielen Jahren und dennoch gelang es ihm immer wieder, sie mit seinen Torheiten zu verblüffen. „Alligator*in*“, beharrte sie und öffnete den Portwein. „Auch ein Schluck, Thomas?“
„Ich weiß nicht … Eigentlich sollte ich, hm …“ Kleist rang mit sich. „Na gut, aber nur einen kleinen.“

Eine Stunde später lag er regungslos in der Wiese.
„Schläft er, oder was?“, fragte Albert, der eben aus der Küche kam, wo er sich um den Abwasch gekümmert hat-

te. Töpfe, Pfannen … Solche Arbeiten erledigte er lieber gleich, bevor der Schmutz antrocknete. „Soll ich flottere Musik auflegen, bitch?“
Simone winkte ab. „Nein, lass es gut sein. Er hat einen harten Tag hinter sich.“
„Aber es gibt noch Kekse, fuck! Mag er keine?“ Albert ließ enttäuscht den Kopf hängen. „Da stellt man sich stundenlang an den Herd, shit, und wozu?“
„Tja, wem sagst du das? Aber keine Sorge“, versuchte sie ihn zu beruhigen. „Er hat sie schon gekostet und sie haben ihm ausgezeichnet geschmeckt. Er lässt sich herzlich bedanken.“
„*Was?*“ Albert fuhr erschrocken herum. „Ihr habt sie schon gegessen, Alter? Ohne mich?“ Auf einmal wirkte er ziemlich unrund.
„Schau, es sind noch genügend da. Kein Grund, nervös zu werden.“ Sie griff nach der Keksdose und hielt sie ihm unter die Nase. „Nimm dir, so viele du willst.“
Grob riss er sie ihr aus der Hand. „Wo ist er, shit?“, krähte er, während er hektisch in den Mandeltalern wühlte.
„Verflucht, wo ist er?“
„Wer denn?“
„Da war ein besonders großer dabei, fuck! Der war für mich bestimmt und jetzt ist er nicht mehr da. Wer hat ihn genommen, he?“
„Hm?“, mampfte Doppler und Brösel rieselten auf sein Hemd. „Ähm, ich glaube …“
„Warst du das, motherfucker?“
„Entschuldigung, ich habe nicht gewusst, dass …“

Obwohl Simone der Alkohol bereits zu benebeln begann, ahnte sie den Grund der plötzlichen Aufregung. „Sag, dass das nicht wahr ist!“, fauchte sie Albert an. „Ich habe dir strengstens verboten …“
„Scheiß dich nicht an, Alter! Es war nur der eine, echt! Und den wollte *ich* essen, shit!“
„Was ist?“ Dopplers Blick wanderte sorgenvoll zwischen Simone und Albert hin und her. „Worum geht es? Was war mit dem Keks?“

Wenigstens für ihn wurde es an diesem Abend noch lustig. Er hatte zwar keine Ahnung, weshalb er in schallendes Gelächter ausgebrochen war und noch weniger, wie er es beenden konnte, aber das spielte keine Rolle, denn wenig später begriff er überhaupt nichts mehr. Er wähnte sich auf einer Achterbahn, auf der er mit atemberaubendem Tempo dahinraste. Hinauf, hinunter, hinauf, hinunter …
Simone betrachtete ihn mit einer Mischung aus Sorge und Belustigung, als er wie ein aufgezogener Spielzeugroboter mit ausgebreiteten Armen zwischen den Gartenfackeln Slalom lief und dabei laut „Huihuihuihui!“ kreischte. Einmal kam er dem Biotop bedenklich nahe, kriegte zu ihrem Bedauern aber gerade noch rechtzeitig die Kurve.
„Das war knapp“, murmelte sie. „Mist!“ Aus ihr sprach der Neid. Auch sie hätte gegen ein bisschen Spaß nichts einzuwenden gehabt.
Albert erging es nicht anders. „Wieso frisst der meinen Keks, he?“, motzte er in einem fort. „Das darf ja nicht wahr sein, Alter! Frisst der einfach meinen Keks!“

„Selbst schuld. Ich habe dir gesagt, kein Hasch. Überleg dir lieber, wie wir ihn beruhigen können."
„Nicht mehr nötig, shit. Schau ihn dir an!"
Doppler war auf die Knie gesunken und kam auf allen vieren zurückgekrabbelt. Von Meter zu Meter verlor er an Geschwindigkeit, bis er mit einem Grunzen umkippte und sich nicht mehr rührte.
„Gratuliere, Albert, gute Arbeit." Simone stand auf und räumte die Gläser ab. Dafür, dass der Abend schnarchlangweilig gewesen war, hatte die Zahl an Drogenopfern beachtliche Ausmaße erreicht. „Und jetzt?", fragte sie ihn vorwurfsvoll. „Sag mir, was ich mit den beiden anstellen soll! Mit ihm und Kleist. Dass ich sie in ihrem Zustand nicht nach Hause schicken kann, liegt wohl auf der Hand."
Albert zuckte mit den Schultern. War das seine Angelegenheit? Keiner hatte dem Polizisten aufgetragen, den Fuck-Keks zu fressen.
„Bevor ihr geht, helft ihr mir gefälligst, die Leichen ins Haus zu schaffen", wies sie ihn und Daniel an. „Bringt sie rein. Ich richte inzwischen das Gästebett her."

Noch lange saß Simone mit einem Glas Portwein in der Hand im Wohnzimmer und musterte ihre Kollegen. Nicht ganz ohne Schadenfreude. Putzig sahen sie aus, wie sie friedlich nebeneinander auf der ausziehbaren Couch schlummerten. So unschuldig wie zwei Kinder. Engelsgleich … und – wenn sie es recht bedachte – völlig wehrlos. Weiß Gott, was hätte sie mit ihnen anstellen können,

wäre sie eine Kollegin von der hinterhältigen Sorte gewesen. Aber das war sie nicht. Nein, selbstverständlich nicht!
Andererseits, begann sie zu grübeln. Was zum Beispiel hätte ein Arsch wie der Borstinger-Poldl an ihrer Stelle getan, der Großmeister boshafter Kreativität? Zuerst, vermutete sie, hätte er seine Opfer entkleidet. Das kam immer gut. Und dann …
Simone rappelte sich auf und holte Dopplers Videokamera von der Terrasse.

★

„Der Senf gehört in die Wurst und nicht daneben hin", behauptete der, den man Zahn nannte, wohl deshalb, weil er keinen einzigen besaß.
Schiffer hätte es wissen müssen. Schiffer, der nicht etwa so hieß, weil er zur See fuhr.
Mindestens dreimal pro Tag ließ ihn Zahn an seiner Wurstweisheit teilhaben, doch sein besorgniserregend schlechtes Gedächtnis vermochte die überaus wertvollen Informationen nicht abzuspeichern.
Schiffer litt unter chronischer Amnesie. Die Gifte, deren seine hoffnungslos überforderte Leber nicht Herr wurde, fraßen sein Gehirn.
„Ja, ja. In die Wurst", lallte er, als hätte er auch nur die geringste Ahnung, wovon sein Freund sprach. Mit einer weitläufigen Handbewegung setzte er den Doppler Neuburger an die Lippen und nahm einen großen Schluck.

Und gleich darauf noch einen. Zwei leere Weinflaschen lagen bereits unter dem Tisch.
Der Würstelstand neben der U6-Station an der Neuen Donau hatte schon vor Stunden seine Pforten geschlossen. Wie üblich waren Zahn und Schiffer übrig geblieben. Eisern hielten sie im Miniatur-Gastgarten unter dem sternenklaren Nachthimmel die Stellung, als klebten sie auf den Plastikstühlen fest. Sie hatten niemanden, der daheim auf sie wartete. Sie hatten nicht einmal ein Daheim, abgesehen von dem Würstelstand, den sie immer dann beehrten, wenn sie unverhofft zu etwas Geld gekommen waren. Wie heute zum Beispiel. In der Geldbörse, die ihnen am Bahnhof Floridsdorf über den Weg gelaufen war, hatten sich sage und schreibe 28 Euro befunden. Deshalb die drei Doppler vom *Penny-Markt* und zwei Mägen voller Wurstwaren.
Ein erhobener Zeigefinger ließ erahnen, dass Zahn mit seiner Ansprache noch nicht fertig war. „Meine Idee war das!“, knurrte er. „*Meine* Idee!“
Schiffer sah ihn mit glasigen Augen an. Speichelbläschen blubberten aus seinen Mundwinkeln. „Hä?“, fragte er, ohne dass es ihn wirklich interessierte. Sein Ellbogen rutschte von der Tischkante und er sackte in sich zusammen.
„Das mit dem Senf … war meine Erfindung. Eigentlich müsste ich … ein steinreicher Mann sein.“
„Sicher. Wieso?“
„*Wieso?*“ Zahn erhob erbittert seine Stimme. „Wieso … fragst du?“

Hatte er das tatsächlich gefragt? Schiffer konnte sich nicht entsinnen.
„Ich werde dir sagen … wieso!“ Dann folgte das alte Lied von der Wurstfabrik, die Zahn im Jahre Schnee von seinen Eltern übernommen und im Jahre zwei nach Schnee hoch verschuldet in den Sand gesetzt hatte. Wären seine Stimmbänder aus Vinyl gewesen, die Geschichte wäre hoffnungslos im Knistern und Krachen untergegangen, so oft hatte er sie bereits erzählt. „Ich war der Erste … der Wurst aus Ziegenmägen hergestellt hat … weltweit. Verstehst du?“ Ein hartnäckiger Schluckauf zwang ihn immer wieder zu kurzen Pausen. „Weltweit!“
„Weltweit“, wiederholte Schiffer, um den Eindruck eines aufmerksamen Zuhörers zu vermitteln.
„Genau, Ziegenmägen … gefüllt mit allerlei Spezialitäten.“ Geräuschvoll stieß Zahn eine feine Geschmackskombination aus Currywurst und billigem Weißwein auf. Menschliches Wiederkäuen war das, nur ohne die Anstrengung, seine Kiefer bewegen zu müssen. „Ausnahmslos feinste Zutaten … streng geheimes Rezept … verstehst du? Immer unter Verschluss … Hab ich nie verraten. Wird auch nie passieren. Keine Chance … Willst du wissen … was drinnen war?“
„Mhm.“ Schiffer nickte gedankenverloren und machte sich über den Neuburger her.
„Sag ich nicht … Bin ich verrückt? … Geheim ist geheim … Taubenfleisch. Köstliches Taubenfleisch war drinnen … Salz, Pfeffer, Petersilie und …“ Er machte es sehr spannend. „Da kommst du nie drauf!“

„Senf?“, riet Schiffer ins Blaue. Er hatte nicht die leiseste Idee, wie er darauf kam.

Zahn starrte ihn erbost an. „Woher … weißt du das?“, donnerte er. „Dann warst du es also! … Du hast das Rezept gestohlen! Gib es zu, du hast …“

„Was?“ Schiffer hatte alle Mühe seine Augen offenzuhalten. „Gestohlen? Was?“

„Das Rezept … *Mein* Geheimrezept!“

„Welches Rezept?“

„Senf in der Wurst …“

„Was ist damit?“

„Egal.“ Zahn beruhigte sein erhitztes Gemüt durch die Zufuhr von reichlich Alkohol. „Alles den Bach runter“, nuschelte er so leise, als spräche er mit sich selbst. In seinen Augen glitzerten Tränen.

„Wegen dem Rezept?“

„Nein.“ Zahn schüttelte traurig den Kopf. „Die Menschen sind Idioten, sag ich dir … die haben meine Erfindung nicht zu schätzen gewusst. Was der Bauer nicht kennt … das frisst er nicht.“

„Frisst er nicht“, bestätigte Schiffer. „Genau.“

„Haben keine Ahnung, was gut ist … Taubenfleisch, verstehst du? Das Beste von überhaupt … und billig. Kriegt man in jedem Park. Aber will es wer? Nein … Genauso gut könnte ich das Krokodil dort verwursten … Würde auch niemand essen.“

„Krokodil?“ Schiffer drehte sich um und betrachtete das Reptil, das vom Rollerdamm kommend aus der Dunkelheit aufgetaucht war. Keine acht Meter von ihnen entfernt.

Es war, als kippte ein Schalter um. Irgendwo in seinem Gehirn flackerte ein Lämpchen auf und leuchtete einen Teil seiner Vergangenheit aus. Er sah sich selbst, wie er in einem Klassenzimmer stand, vor einem wilden Haufen bösartiger Kinder. Und auf einmal war alles wieder da. Der Kreidestaub an seinen Händen, der Zeigestab.

„*Dies*", sagte er. „*Dies* ist ein Alligator."

Zahn blickte ihn verständnislos an. „Krokodil, Alligator … Ist doch wurscht … Wo ist da der Unterschied?"

„Wo der Unterschied ist? Oho! Da gibt es eine ganze Menge, mein lieber Freund und Zwetschkenröster! Alligatoren gehören zwar zur Gattung der Krokodile, bilden aber eine eigene alte Restgruppe, die sich in vielen Jahrmillionen kaum verändert hat. Ganz im Gegensatz zu den modernen Krokodilen in Afrika."

„*Moderne* Krokodile …" Zahn fand das offensichtlich lustig. „Rennen die mit Anzug … und Krawatte herum … oder was?"

Schiffer schlug auf den Tisch. „Stell endlich die Flasche weg und pass auf!", wies er seinen Schüler zurecht. „An deiner Stelle würde ich mir Notizen machen. Nächste Woche schreiben wir einen Test."

Zahn starrte betreten zu Boden. „Tschuldigung", murmelte er.

„Sieh dir die Schnauze an, dann weißt du, wovon ich spreche."

„Die Schnauze?"

„Die Schnauze. Sie ist deutlich kürzer und breiter als bei seinen afrikanischen Verwandten. Und dann ist da noch

etwas. Krokodile haben einen stark verlängerten vierten Zahn im Unterkiefer, der bei geschlossenem Maul deutlich hervorsteht. Siehst du bei dem da irgendwo einen vierten Zahn, Zahn? Hm? … Was? … Nein! Also, klarer Fall: Unser Freund hier ist ein Alligator!"
„Und wie kommt der … da her?"
„Was weiß ich? Mit der U-Bahn?"
„Ich meine … ist es ihm … bei uns nicht zu kalt?"
Schiffer lachte belustigt auf. Zahn konnte Fragen stellen!
„Hör zu", erklärte er, als spräche er mit einem Minderbemittelten. „Bei Alligatoren läuft der Stoffwechsel viel langsamer ab, als bei den modernen Krokodilen. Dadurch kommen sie mit niedrigen Temperaturen ganz gut zurecht."
„Echt?"
„Ja, echt. Da schaust du, was?"
Zahn schaute tatsächlich.

Mmh ... Essen!, dachte Monja und musterte ihr potenzielles Nachtmahl mit wachsendem Interesse. Zugegeben, an Land war sie nicht so flink und wendig wie im Wasser, aber vielleicht sollte sie es auf einen Versuch ankommen lassen. Der kleine Snack zum Frühstück hatte sie nicht lange satt gehalten.
„Und wird er uns … fressen?", erkundigte sich Zahn. Sein Interesse war ehrlicher Natur.
Schiffer wiegte seinen Kopf hin und her. „Kann sein. So ein Riesenvieh verspeist so ziemlich alles, was es zwischen die Zähne kriegt. Hast du übrigens gewusst, dass

Alligatoren und Krokodile ihr ganzes Leben lang wachsen?“
„Nein“, hauchte Zahn. „Wie groß wird der sein? Vier, fünf Meter?“
„Locker.“
Monja war nur noch ein kleines Stück von ihrer Beute entfernt, als ihr ein erbärmlicher Gestank in die Nase stieg. Fast gleichzeitig deaktivierte sich ihr Jagdtrieb. Bäh! Alkohol! Sie kannte den Geruch von den nächtlichen Aktivitäten, zu denen sich die Zweibeiner gelegentlich auf der Donauinsel zusammenrotteten. Nur diesmal war er um ein Vielfaches stärker, beißender. Die beiden Bullen mussten eine Ewigkeit in dem Zeug eingelegt gewesen sein.
„Wo will er … denn hin?“, fragte Zahn. Neugierig blickte er dem Alligator nach, der sich grunzend abwandte und die Stufen zum Nordbahndamm hinunterschlitterte.
„Sicher zur Alten Donau“, war Schiffer überzeugt.
„Na, dann …“
Einige Zeit saßen sie schweigend da und sinnierten. In harmonischer Eintracht griffen sie abwechselnd zur Flasche, bis diese leer war.
„Der Senf gehört in die Wurst und nicht daneben hin“, behauptete Zahn.
„Hä?“, fragte Schiffer. Er verstand kein Wort.

★

Es hätte bloß ein Spaß werden sollen, ein kleiner Scherz als Wiedergutmachung für die durch und durch misslungene Geburtstagsfeier. Mit derartigen Strapazen hatte Simone jedenfalls nicht gerechnet. Ihr Regiedebüt führte sie an die Grenzen ihrer physischen Belastbarkeit. Doch was sie anfing, das brachte sie zu Ende. Beinhart, koste es, was es wolle. So war sie nun einmal. Da kannte sie keine Schonung. Weder für sich, noch für ihre Hauptdarsteller.
Alleine das Entkleiden der von Alkohol und Drogen betäubten Akteure hatte ihr schier übermenschliche Kräfte abverlangt. Nun wälzte sie die beiden seit einer guten halben Stunde im Bett hin und her. Immer nur ein kleines Stück, brachte sie in eine optimale Position, dann eilte sie zur Videokamera, die sie am Fensterbrett platziert hatte, filmte das Ergebnis einige Sekunden lang ab, bevor sie das Bühnenbild, sprich ihre Kollegen, neu aufbaute. Schieben, drücken, zerren … filmen. Schieben, drücken, zerren … filmen.
So wanderte Kleist, der links von Doppler gestartet war, langsam über den Bezirksinspektor hinweg, wobei seine Hand einmal auf Dopplers Brust zu liegen kam, dann auf dessen Hintern und schließlich – es musste sein – zwischen dessen Beinen.
Zweite Szene, erstes Bild. Und Action! Beide Körper kuscheln sich in Löffelchenstellung aneinander. Kleist hält Doppler von hinten umarmt, sein Becken befindet sich gebeugt in Ausgangsposition. Bild zwei: Kleists Becken drängt nach vorne, schmiegt sich an Dopplers Arsch, der seinen Kopf mit weit aufgerissenem Mund

lustvoll nach hinten wirft, als würde er einen lauten Schrei ausstoßen.
Fantastisch! Simone jubilierte. Nach purer Ekstase sah das aus! Absolut lebensecht. Sie rückte Kleists Becken erneut nach hinten und wiederholte den Take. Dreimal hin und her musste reichen. Das konnte man dann kopieren, so oft man wollte.
Die Kriminalbeamtin war schweißgebadet, als sie die letzte Sequenz in Angriff nahm, in der Kleists Kopf nach und nach über Dopplers Brust und Bauch abwärts in intimere Regionen glitt. Auch wenn sie vorrangig Thomas, den leichteren der beiden, bewegte, musste sie ihre letzten Energien mobilisieren, um das einigermaßen realistisch hinzukriegen. Durchhalten!, befahl sie sich. Die Sache war es wert. Die Kunst verlangte eben Opfer. Nur noch diese Schlussszene, dann hatte sie alles im Kasten. Und … Cut!
Der Rest war eine Kleinigkeit. Sie überspielte das aufgenommene Material auf ihren PC, schnitt es geschickt zusammen, damit die Bewegungen zu einem halbwegs natürlich aussehenden Ablauf verschmolzen, und kopierte den fertigen Film zurück auf Dopplers DV-Kassette.
Ein diabolisches Grinsen lag ihr auf den Lippen, als sie sich ein allerletztes Glas Portwein gönnte. Ein kleiner Schlummertrunk. Den hatte sie sich redlich verdient. Viel Spaß beim Ansehen, dachte sie. Der gute Doppler sollte sein blaues Wunder erleben! Zu schade nur, dass sie nicht dabei sein könnte, wenn er ihr cineastisches Meisterwerk entdeckte und vor Schreck aus den Latschen kippte.

Ihre Knie zitterten ein wenig, als sie aufstand und zur Toilette ging. Benommen stützte sie sich am Türstock ab. Puh! Zu viel Alkohol, dachte sie und atmete tief durch. Für einen kurzen Moment hatte es den Anschein gehabt, als würden ihre Beine einknicken. Dann, als ein stechender Schmerz durch ihre Eingeweide fuhr, taten sie es tatsächlich. Simone wurde schwarz vor Augen.

9

Schon in der Früh ist es stickig und schwül, die Luft kaum zu atmen. Das soll sich ändern. Spätestens morgen. Das sagt ihm sein Rücken, und die Zeitungen sagen es auch. Sie warnen vor Unwettern mit Hagel und Sturm. Doch die sind nicht sein Problem. Das Phantombild ist es. Von allen Titelseiten starrt es ihm entgegen.
Am Kiosk kauft er eine Sonnenbrille mit großen, dunklen Gläsern. Sie ist wie ein Schild. Sie gibt ihm Schutz.
Gefrierbeutel und Klebeband braucht er noch. Auch einen Rohrstab und ein Taschentuch. Alles soll so sein wie bisher. Sonst wäre es nicht perfekt.
Morgen also. Beim Bootsverleih. Er wird sie beide erlösen von ihrer Schuld, von ihrer Vergangenheit. Erst Michael, dann sich.
Der Onkel wird auch da sein. Der Onkel ist immer da. Selbst bei schlechtem Wetter. Dann reinigt er die Kabinen, dann repariert er die Boote, oder er kümmert sich um die Buchhaltung. Der Onkel hat nichts zu befürchten. Ihm wird er nichts tun.
Bei der alten Frau war das etwas anderes. Sie war gegen ihn. Seit jeher. Und dann, als er vor ihr steht, nach all den Jahren, und sie begreift, wer er ist, hört sie ihm nicht einmal zu. Sie werde die Polizei rufen, droht sie und will ihm die Tür vor der Nase zuschlagen. Das kann er nicht zulassen. Er weiß ja nicht, wo er sonst hin soll.
Als er sie in die Wohnung drängt, schreit sie um Hilfe. Er packt sie und stößt sie gegen die Wand. Er rät ihr, still zu

sein, mit dem Theater endlich aufzuhören. Aber sie wehrt sich, schlägt auf ihn ein, und er ist überrascht, wie stark sie ist. Das hat er nicht erwartet. Nicht von einer alten Frau. Er wirft sie zu Boden und drückt ihr die Kehle zu, so fest er kann, minutenlang, bis sie erschlafft.
Es war ihre Schuld. Er wollte das nicht. Er hätte sich lieber mit ihr arrangiert, als ihren zähen, ausgemergelten Körper in der Wanne zu zerteilen. Und später graute ihm jedes Mal davor, zwischen ihren eiskalten Gliedmaßen nach dem Buttergemüse zu suchen. Oder nach einem Stück vom Topfenstrudel.
Der Topfenstrudel hat ihnen geschmeckt. Der Katze und ihm.

★

Kleists erster Gedanke gehörte Daphne. Der zweite galt fast zwangsläufig Rabih und schließlich fragte er sich, wie dieser Presslufthammer in seinen Schädel gekommen war. Die Geburtstagsfeier!, fiel ihm ein, der viele Schnaps, Unmengen Wein … Himmel, war er betrunken gewesen! So weggetreten, dass er sich nicht einmal entsinnen konnte, wie Rabih auf die Hiobsbotschaft reagiert hatte.
Immerhin. Kleist lebte noch. Das war für den Anfang kein schlechtes Zeichen. Wie es schien, hatte sein Freund Milde walten lassen. Genau genommen musste er ihm sogar verziehen haben. Anders war es nicht zu erklären, dass sich Rabih wohlig grunzend eng an ihn schmiegte. Kleist fühlte die eiskalten Füße, die sich zwischen seine Unter-

schenkel zwängten, er fühlte das schwammige Bäuchlein, das drahtige Brusthaar. Er fühlte … *Bäuchlein? Brusthaar?*

Er und Doppler öffneten zeitgleich die Augen. Nasenspitze an Nasenspitze.

Einige Sekunden lagen sie da wie gelähmt und starrten einander an. Dann tasteten sie synchron nach ihrer Kleidung, hofften, wenigstens letzte Reste davon zu entdecken. Doch da waren keine.

„Was …", flüsterten sie, wie aus einem Munde. Das Farbenspiel in ihren Gesichtern erinnerte an die Leuchtsignale paarungswilliger Sepien.

„Was …", wiederholte Doppler.

Ein Hauch von Bratwurst mit Zwiebeln stieg Kleist in die Nase. „Ich, äh, weiß auch nicht", stammelte er. Sein Mund war staubtrocken, seiner Zunge über Nacht ein dichter Pelz gewachsen.

„Das … kann … nicht … sein … unmöglich!" Der Bezirksinspektor ging auf Abstand, die Decke fest um seinen Leib geschlungen.

„Mir ist völlig unklar, wie das, wie wir …", beteuerte Kleist kleinlaut. „Ich kann mich beim besten Willen nicht erinnern, dass … Tut mir leid, wenn wir …" Wenn was?, dachte er. War er völlig übergeschnappt? Wie kam er auf eine dermaßen absurde Idee? Er und Doppler? Niemals! Sein Kollege hatte keine Ahnung, dass er schwul war. Niemand in der Bundespolizeidirektion wusste davon.

„Sie meinen, wir haben …" Doppler schluckte. „Es wäre denkbar, dass …"

Oder wusste er es doch? Kleist wandte seinen Blick ab. Die flammende Röte seiner Wangen wich einem tiefen Violett. Hatte er sich tatsächlich zu einer unbedachten Tat hinreißen lassen?
„Und nun?“, wollte Doppler wissen.
„Thomas“, murmelte Kleist. Die Situation rechtfertigte es, dem Bezirksinspektor das Du-Wort anzubieten. „Ich heiße Thomas.“
„Doppler“, erwiderte Doppler. Er blieb noch einen Moment lang liegen, anstandshalber, weil es sich so gehörte, dann sprang er auf und raffte hektisch seine Sachen zusammen, die überall verstreut am Boden lagen. „Bis bald“, hüstelte er, als er sich die Videokamera schnappte und aus dem Zimmer stürzte. „Ich ruf dich an.“

★

Kleine Sünden bestraft Gott sofort, sagt man. Bei größeren fackelt er offenbar auch nicht lange.
Simone war kein gläubiger Mensch, deshalb sah sie keinen Zusammenhang zwischen dem Jux, den sie sich erlaubt hatte, und der ganz persönlichen Katastrophe, die so unvermittelt über sie hereingebrochen war. Und einen Gott brauchte sie sowieso nicht, um zu wissen, dass sie mit ihrem tollkühnen Ausflug ins Regiefach eindeutig zu weit gegangen war. Ihr schlechtes Gewissen erdrückte sie. Vor allem wegen Thomas, der unschuldig zum Handkuss gekommen war, nur weil sie es darauf angelegt hatte, Doppler einen längst fälligen Denkzettel zu verpassen.

Was hätte sie nicht alles für eine Zeitmaschine gegeben, um die Uhr zurückzudrehen, diese ganze dämliche Geburtstagsparty anders ablaufen oder besser, gar nicht stattfinden zu lassen?
Und wenn sie schon dabei gewesen wäre, in die Vergangenheit zu reisen … Da gab es noch ein Kapitel, das sie gerne umgeschrieben hätte. Etwas, das vor Monaten passiert war.
Wie versteinert saß Simone hinter ihrem Schreibtisch und lauschte dem Ticken der Wanduhr. Tick … tick … tick … Sekunden wurden zu Minuten. Tick … tick … tick … Minuten zu einem halben Vormittag. Hätte sie nicht hin und wieder schwer geatmet, man hätte sie für eine Schaufensterpuppe gehalten. Oder für eine Wachsfigur. Denn so wirkte sie. Leblos und wächsern, mit bleichen, starren Gesichtszügen und leeren Augen. Der Schock saß ihr immer noch tief in den Knochen. Nun wusste sie, was mit ihr nicht stimmte, und schlimmer hätte die Diagnose nicht ausfallen können.

Zirka eine halbe Stunde war sie letzte Nacht vor der Toilette gelegen, völlig hinüber, ehe sie so weit zu Kräften gekommen war, um ein Taxi zu rufen. Ja, ein Taxi, keinen Krankenwagen.
Das Rote Kreuz zu bemühen, kam angesichts der beiden nackten Herren im Wohnzimmer nicht infrage. Kleist und Doppler hätten nur für unnötiges Aufsehen gesorgt und den Sanitätern reichlich Nährstoff für frivole Vermutungen geboten.

„Beschwerden?", fragte die Schwester in der Notaufnahme 20 Minuten später. Ihr Ton ließ erkennen, dass es sie im Grunde nicht interessierte.
„Sonst wäre ich wohl kaum hier", konterte Simone. Bei ihr war die Tussi an der falschen Adresse gelandet, wenn sie dachte, ihre üble Laune abreagieren zu können. Da kam alles eins zu eins zurück.
„Welche, will ich wissen." Die Schwester stieß ein gequältes Schnaufen aus und rollte mit den Augen.
Die schlimmsten, die man sich vorstellen konnte! „Schmerzen im Unterbauch, Schwindel, Blutungen …", erklärte die Kriminalbeamtin. Beschwerden, die ohne Zweifel ein sofortiges Handeln erforderlich machten und es rechtfertigten, die schwer atmenden Herzpatienten, deren Bahren den halben Gang verstellten, links liegen zu lassen.
„Füllen Sie dieses Formular aus und warten Sie vor dem Zimmer A16. Sie werden aufgerufen."
In weiterer Folge drängte sich zusehends eine Frage auf. *Wann?* Viermal lief Simone zur Leitstelle zurück, um diesbezüglich Auskunft einzuholen.
„Sie sind nicht die Einzige hier", teilte ihr die Schwester lapidar mit. „Sehen Sie sich um! Das kann dauern."
Die unverschämte Person würdigte sie dabei keines Blickes, kramte in irgendwelchen Befunden und Aufnahmeformularen und erweckte den Eindruck, als hätte sie Simone bereits vergessen, noch bevor der nächste Patient an den Schalter treten konnte, um sie mit seinen Anliegen zu belästigen.

Es war bereits kurz nach halb acht, als der zuständige Arzt endlich auftauchte. „Dr. Reichenbach?“, rief er in den endlosen Gang.
„Das bin ich!“ Simone sprang auf und marschierte schnurstracks auf das Untersuchungszimmer zu.
„Moment, Moment!“ Der Mediziner, ein Schrank von einem Mann, versperrte ihr den Weg. „Ich glaube, es ist besser, Sie gehen gleich hinüber in die gynäkologische Ambulanz. Die müsste bereits geöffnet haben. Dort wird man sich um Sie kümmern.“
„Wie bitte?“ Der Kriminalbeamtin klappte der Mund auf. Fassungslos rang sie nach Worten. „Hören Sie, erst lassen Sie mich hier eine Ewigkeit warten und jetzt wagen Sie es …“, brach es aus ihr heraus. Weiter kam sie nicht. Auf einmal steckte ein riesiger Kloß in ihrem Hals. Ihre Wut wandelte sich übergangslos in hochgradige Verzweiflung. Sie brauchte Hilfe, verdammt! Sie war krank, schwer krank! Kapierte das denn keiner? Wo bitteschön blieb die Menschlichkeit? Wo die viel gepriesene Patientenwürde? Was waren das für Arschlöcher in diesem Scheiß-Spital, die einen wie Schlachtvieh hin- und herscheuchten, als wäre ein Menschenleben nichts wert?
„Na, na … Setzen Sie sich“, brummte der Arzt, als sie von einer Sekunde auf die andere in Tränen ausbrach. „Ich werde einen Pfleger rufen, der Sie hinbringt. Keine Angst, bei den Kollegen sind Sie gut aufgehoben.“
Gut aufgehoben war man tatsächlich. Und zwar irgendwo auf dem Abstellgleis, denn es dauerte eine geschlagene Stunde, ehe man sich ihrer annahm.

Dr. Marwan Salameh streifte die Gummihandschuhe ab und wusch sich die Hände. Ausgiebig und gründlich, jeden Finger einzeln. Er wusch und er wusch, während Simone mit gespreizten Beinen auf dem gynäkologischen Stuhl lag und sich in Erwartung des Schlimmsten nicht zu rühren wagte. Warum tat er das?, fragte sie sich. Warum wusch er seine Hände, wenn er ohnehin Handschuhe getragen hatte?
Als er sich schließlich zu ihr umdrehte, strahlte er wie die Sonne. „Sie können wieder in Gewand gehen", forderte er sie auf.
„Wohin?"
„In Kleidung … Sie anziehen."
„Sie meinen ankleiden? … Ah so." Simone erhob sich und schlüpfte in ihre Hose. „Und?", wollte sie wissen. „Was fehlt mir? Sagen Sie es einfach."
„Fehlen? Nicht fehlen. Alles da", schnurrte Dr. Salameh. „Sie freuen."
„Freuen? Das heißt, ich bin gesund? Ehrlich?"
„Ja, nicht schlimm, nur Blutung."
„Na, Gott sei Dank!" Es war, als löste sich ein tonnenschweres Gewicht von ihr. Die Kriminalbeamtin konnte ihr Glück kaum fassen. Am liebsten wäre sie dem Mediziner um den Hals gefallen. „Sie ahnen ja nicht, welche Sorgen ich mir gemacht habe! Ich dachte schon, es könnte … Na, egal. Nur eine Blutung also, sagen Sie."
„Blutung in Schwangerschaft. Sonst alles gut. Sie ein paar Tage schonen, nicht Arbeit und bald auf Damm … Aufpasst!" Mit zwei schnellen Schritten eilte Dr. Sala-

meh zu ihr und fing sie auf. „Noch schwach. Legen ein paar Minuten hin. Sicher ist besser."
„Was haben Sie gesagt?" Entgeistert glotzte sie ihn an. „Blutung in *was*?"
„Schwangerschaft. Nicht große Sache. Viele Frauen haben."
Simone wurde speiübel. „Ich bin …?"
„Ja. Nicht wissen, nein? Baby in Bauch. Sechzehn Woche."
„Hören Sie, das kann nicht sein. Das ist unmöglich! Schauen Sie noch einmal nach. Ich bestehe darauf, dass Sie … Oder jemand anderer. Ich will eine zweite Meinung."
„Nein, nein." Der Arzt lachte herzlich. „Ich sicher. Test hundert Prozent stimmt. Gratulation sehr!"
Ein paar Sekunden lag sie da und dachte, ihr Herz würde aufhören zu schlagen. „Es muss weg", krächzte sie.
„Was meinen? Muss weg?"
„Das Kind. Es muss weg!"
Dr. Salameh schüttelte den Kopf. „Glaube nein. Baby bleibt."
Simone richtete sich ruckartig auf.
„Diese Entscheidung überlassen Sie schön mir", schnauzte sie ihn an.
„Frau …" Der Arzt warf einen raschen Blick auf ihre Krankenakte. „Dr. Richebah, stimmt?"
„Reichenbach."
„Reibach. Ich sagen, ist in sechzehn Woche schwanger. Zu spät für muss weg."

„Zu spät? Sie meinen …“ Simone stockte der Atem. Zitternd glitt sie vom Bett und tastete sich zur Tür. Sie musste hier raus! Raus aus dem Spital, raus an die frische Luft, ganz egal wohin, Hauptsache rasch! In diesem muffigen Loch drohte sie zu ersticken.
„Machen paar Tage Schonung. Dann alles anders.“ Dr. Salameh klopfte ihr tröstend auf die Schulter. „Kind ist Schönes. Viel Glück in Leben, wenn Mutter oder Vater. Sie bald sehen. Mein Sohn auch nicht glauben. Rabih immer lasst Zeit. Sagt, will warten. Erst wenn richtig Frau finden, dann machen mich Großvater.“
„Aber, hm, was soll ich jetzt tun?“
„Sie Frauenarzt gehen, Vorsorge, Mutter-Kind-Pass … Ach, noch kurze Moment.“ Dr. Salameh eilte zu seinem Schreibtisch. „Ich Ihnen geben“, sagte er und überreichte ihr mit feierlicher Miene eine Hochglanzbroschüre. „Ich auch arbeiten in private Geburtsklinik, wo machen natürliche Methode von Entbindung, wie jetzt modern. Geburtsrad kennen? … Nein? Große Spaß. Sie begeistert von Möglichkeit, wir bieten. Wir sagen, jede Frau muss Kind bringen auf Welt, wie angenehm. Wissen, was meine? Sitzt, kniet, steht … mit rituelle Tanz. Alles möglich.“
„Ritueller Tanz?“
„Sie kennen? Frauen lieben. Bei uns Hebamme auch machen alternativ Betreuung von Schwangerschaft. Beispiel: pränatal Gesang. Gut für intensive Kontakt zu Baby schon vor Geburt.“ Dr. Salamehs dunkle Augen glänzten vor Begeisterung.

„Lesen daheim Information, Sie überzeugt. Sie privates Versicherung, stimmt?“
Simone sah ihn ratlos an. „Wie?“
„Privates Versicherung?“
Langsam schüttelte sie den Kopf.
„Kein privates Versicherung? Das schade.“ Mit einem milden Lächeln nahm er ihr die Broschüre wieder aus der Hand.
„Sie jetzt fertig. Machen gut und noch viele Freude mit Kind!“

★

Im Fernsehen lief das Kinderprogramm. Irgendein Zeichentrickfilm. Quakende Stimmen, Geknatter, eine Sirene, das herannahende Pfeifen eines aus großer Höhe abstürzenden Klaviers, gefolgt von einem ohrenbetäubenden Boing und zwitschernden Vögeln.
Doppler lag auf dem Sofa und starrte wie gebannt an die Decke. Nach seiner überstürzten Flucht aus Kleists Fängen war er direkt nach Hause gefahren. Das böse Erwachen beschäftigte ihn zu sehr, als dass er in der Lage gewesen wäre, arbeiten zu gehen. Zuerst wollte er sich Klarheit verschaffen, was tatsächlich vorgefallen war. Irgendwie musste es ihm gelingen, in diesem riesigen schwarzen Loch, das in seinem Kurzzeitgedächtnis gähnte, auf Anhaltspunkte zu stoßen, die für seine Nacht mit Kleist eine akzeptable Erklärung boten. Egal, wie lange das dauern sollte.

So ziemlich das Letzte, woran er sich erinnerte, war die Sache mit dem Keks, den er sich zu Alberts Missfallen unter den Nagel gerissen hatte. Was aber war danach geschehen? Doppler kam nicht dahinter. Nicht einmal ansatzweise. Möglich, dass er einen Schlaganfall erlitten hatte oder so. Seine undeutliche Aussprache am Morgen wäre ein Indiz dafür gewesen. Körperlich hingegen fühlte er sich topfit. Ein wenig müde vielleicht, doch keine Rede von Halbseitenlähmung oder ähnlichen Beschwerden. Und Alkohol? Nein, im Gegensatz zu Kleist hatte er keinen Tropfen getrunken. Es sei denn, jemand hätte ihm heimlich etwas eingeflößt. Und mit *jemand* meinte er natürlich Kleist. Dem wäre eine solche Unverfrorenheit durchaus zuzutrauen gewesen. Was tat so ein warmer Bruder nicht alles, um an einen attraktiven Mann heranzukommen? Andererseits … Doppler begann an seiner eigenen Theorie zu zweifeln. Realistisch betrachtet erschien ihm ein sexueller Übergriff doch ziemlich unwahrscheinlich. Immerhin war dem Magister die Sache nicht minder peinlich gewesen.
Und wenn sein Blackout auf einen Mückenstich zurückzuführen wäre?, suchte er nach einer alternativen Erklärung. Ein guter Gedanke. Warum nicht? Infolge der Erderwärmung breiteten sich neuerdings auch in Mitteleuropa immer mehr Tropenkrankheiten aus. Wenn sogar Alligatoren in der Donau heimisch wurden, wäre es durchaus denkbar, dass eine Tsetse-Fliege zugeschlagen und ihn und seinen Kollegen ins Land der Träume geschickt hatte. Das wiederum ließe den Schluss zu, dass

zwischen ihnen überhaupt nichts vorgefallen war. Nicht das Geringste. Sie hatten bloß friedlich nebeneinander geschlafen. In aller Unschuld.
„Ja, genau“, murmelte Doppler erleichtert.
Wenn er es recht bedachte, konnte es nur so gewesen sein.
Einigermaßen beruhigt stand er auf und schloss die Videokamera an den Fernseher an. Da er ohnehin erst wieder am Abend mit der Überwachung von Borstinger dran war, wollte er die Gelegenheit nützen, um sich die Aufnahmen von der Geburtstagsfeier anzusehen. Wenn er Glück hatte, würde er bei der Durchsicht des Materials auf Hinweise stoßen, die seine Tsetse-Fliegen-Theorie untermauerten.
Die Bilder zeigten vorerst nichts Außergewöhnliches. Gedämpfte Stimmung beim Gartenfest. Irgendwie erinnerte die erste Szene eher an das gemeinschaftliche Abendmahl eines Schweigeordens als an eine Party. Nur Albert, der Witzbold, der mit einer karierten Kochschürze am Grill stand, legte sich mächtig ins Zeug und röhrte ein einsames *Happy Birthday*.
„Lass das jetzt endlich!“, hörte man Simones Stimme aus dem Off.
Das Essen wurde serviert, der Brotkorb herumgereicht. Zoom auf die Bratwürste. Zoom auf das Gemüse, in dem Daniel gelangweilt stocherte, still und apathisch, wie er sich den ganzen Abend gegeben hatte. Dann ein Schwenk auf Kleist, der rührselig und mit schwerer Zunge von seiner Mühlviertler Heimat schwadronierte.

In der nächsten Aufnahme sah man Simone, wie sie mit einer bis zum Rand gefüllten Keksdose aus dem Haus trat. „Traraaa!“, rief sie dabei und kam leicht ins Wanken. Zu diesem Zeitpunkt war es schon dunkel gewesen und das Bild entsprechend grobkörnig und unscharf. Dann war der Film abrupt zu Ende, der Bildschirm einige Sekunden lang blitzblau. Doppler wollte gerade zur Fernbedienung greifen, um abzuschalten, als sich wieder etwas zu regen begann.

Eine Fliege krabbelte über seine Wange und kitzelte ihn. Mit einer fahrigen Handbewegung scheuchte er sie weg. Sein linker Mundwinkel zuckte ein wenig, als er in die Küche schlurfte und die Espressomaschine in Gang setzte. Ein Kaffee würde ihn aufmöbeln und seine Lebensgeister wecken, hoffte er. Die brauchte er jetzt ganz dringend. Dreimal hatte er sich die letzte Sequenz angesehen, um eine Wahnvorstellung oder optische Täuschung auszuschließen, was ihm schließlich auch gelungen war. Da gab es nichts zu beschönigen. Das alles war wirklich passiert.
Er fischte drei Stück Würfelzucker aus der Dose, warf sie in die Tasse und rührte bedächtig um. Wie es zu alldem gekommen war, wusste er zwar immer noch nicht, aber dass es dazu gekommen war, ließ in Kombination mit der Marilyn-Affäre von vergangener Woche letztlich nur einen Schluss zu. Keinen besonders erbaulichen. Er war schwul. In seinem tiefsten Inneren war er eine verfluchte schwule Sau.

Doppler setzte sich an den Küchentisch und blätterte ein wenig in der Zeitung vom Vortag. Er las keinen einzigen Satz. Er blätterte nur. Wie in Trance. Von vorne nach hinten und wieder zurück. Ganz gemächlich, bis die Buchstaben vor seinen Augen zu tanzen begannen und die Bilder verschwammen.
Von einem gellenden Schrei begleitet flog die Kaffeetasse quer durch die Küche und zerschellte an der Wand.

★

Kleist nahm sich die dubiose Bettgeschichte weit weniger zu Herzen. Mit der Nüchternheit war auch die Vernunft zurückgekehrt. Er wusste, dass zwischen ihm und Doppler unmöglich etwas passiert sein konnte, und der Verdruss, der ihn daheim erwartete, wog bei Weitem schwerer.
Zuerst bemerkte Rabih gar nicht, dass Daphne fehlte. „Wo warst du?“, schrie er, kaum hatte Kleist so unauffällig wie möglich die Wohnung betreten. Seine eingetrocknete, lachsfarbene Gesichtsmaske, die seine Haut zart wie einen Babypopo machte, bildete breite Risse und begann abzubröckeln. „Die ganze Nacht habe ich auf dich gewartet. Kannst du dir überhaupt vorstellen, welche Todesängste ich ausgestanden habe, während du dich wahrscheinlich mit einem billigen Flittchen vergnügt hast? Hunderte Male habe ich angerufen. Wieso hast du dich nicht gemeldet? Du Betrüger! Du Untreuer! Verflucht seiest du! Der Aussatz soll dich befallen!“
„Hör zu“, begann Kleist betont ruhig.

„Nein, du wirst mir zuhören! Ich will seinen Namen wissen! Mit wem hast du es getrieben? Wer ist es? Kenne ich ihn? Ich fordere Genugtuung. Ich werde den Mistkerl vierteilen, ich werde ihn …“ Rabih verstummte jäh und blickte sich suchend um. „Wo ist Daphne?“, hauchte er erschrocken.
„Das ist es, worüber ich mit dir sprechen wollte.“
Rabih riss angsterfüllt die Augen auf. „Was hast du mit ihr angestellt?“, zeterte er. „Du hast sie ausgesetzt, oder? Du hast sie zu einem Autobahnrastplatz gebracht und dort ihrem Schicksal überlassen! Mein armer kleiner Liebling! Wie konntest du nur, du Schwein?“
„Ausgesetzt?“ Kleist hob abwehrend seine Hände. „Das würde ich nie tun.“
„Lüg mich nicht an! Du hast sie noch nie leiden können, du Verräter, aber dass du so weit gehen würdest …“ Rabih rauschte mit ausgestreckten Armen auf ihn zu und packte ihn an der Gurgel.
Kleist hatte keine Mühe, ihn abzuschütteln. „Setz dich“, befahl er und drückte den Rasenden aufs Sofa. „Was ich dir jetzt sagen muss, ist nicht einfach für mich.“
Noch einmal atmete er tief durch, dann begann er zu erzählen. Von seinem Rundgang auf der Donauinsel mit dem braven Daphne an seiner Seite und dass sie auf halbem Weg eine kurze Rast eingelegt hätten. Ein Fehler, wie er jetzt im Nachhinein wüsste. Während er gedankenverloren am Ufer gestanden war, hatte der Mops nur wenige Meter neben ihm eine Expedition zum Wasser unternommen. Und dann, plötzlich, wie aus dem Nichts …

Er habe wirklich alles Menschenmögliche getan, um Daphne zu retten, beteuerte er. Unter Einsatz seines Lebens habe er sich auf den Alligator gestürzt, auf ihn eingeschlagen und versucht, ihm den Hund zu entreißen, aber leider …

Rabihs Mund stand sperrangelweit offen. Ein paar Mal schnappte er nach Luft und es sah so aus, als wollte er etwas einwerfen, doch er brachte keinen Ton hervor.

Später sei er zu dieser Geburtstagsfeier bei Simone gefahren, setzte Kleist seine Darstellung fort. Rein dienstlich, versteht sich. Dort habe er sich aus Kummer und Verzweiflung bis zum Umfallen betrunken und in weiterer Folge die Nacht im Haus seiner Vorgesetzten verbracht. Deshalb sei er erst jetzt heimgekommen. Und *nur* deshalb.

Der Kriminalbeamte war fest entschlossen, reinen Tisch zu machen. Er wollte sein Gewissen erleichtern und er wusste, dass das nur funktionierte, wenn er eine umfangreiche Beichte ablegte. Umfangreich. Nicht vollständig. Die Kleinigkeit, dass er sich am Morgen nackt in einem Bett mit Doppler wiedergefunden hatte, ließ er aus taktischen Gründen aus.

Rabih begann zu weinen. Erst ganz leise, dann immer lauter, bis er schluchzend auf die Knie sank und sich die Hände vors Gesicht schlug.

Kleist versuchte erst gar nicht, ihn zu beruhigen. Er wusste, dass dies ein sinnloses Unterfangen gewesen wäre. Mit Beschwichtigungen hätte er es nur noch schlimmer gemacht. Jetzt ist es so weit, dachte er. Jetzt ist es aus

und vorbei. Rabih würde keine Sekunde zögern und seine Koffer packen. Das nahm er jedenfalls an. Fälschlicherweise.
„Du wirst auf der Stelle von hier verschwinden“, stieß sein Freund unvermittelt hervor und schnitt eine hasserfüllte Grimasse. „Hau ab, hörst du? Du Meuchelmörder, du Tierschänder! Ich will dich nie wieder sehen!“
„Wie?“ Kleist blinzelte irritiert. „Ich, äh, ich kann es natürlich gut verstehen, wenn du dich, tja, wie soll ich sagen, von mir trennen möchtest“, stotterte er. „Aber das, hm, ist *meine* Wohnung. Also müsstest schon du …“
Rabih warf ihm einen wütenden Blick zu.
„Du schmeißt mich raus?“, zischte er. „Erst reißt du mir das Herz aus der Brust und trampelst darauf herum und jetzt wagst du es, mich auf die Straße zu setzen? Wie weit willst du eigentlich noch gehen, um mich zu demütigen?“
Kleist musste zugeben, dass er sich eine Ungeheuerlichkeit erlaubt hatte. „Nein, ich meine, es liegt natürlich an dir, ob du ausziehen willst oder nicht.“
„Nun, das werde ich nicht! Glaubst du allen Ernstes, dass du mir so ungeschoren davonkommst? Ich fordere Wiedergutmachung!“
„Wiedergutmachung?“ Der Kriminalbeamte schüttelte ratlos den Kopf. „Ich weiß beim besten Willen nicht, wie ich Daphnes Tod wiedergutmachen könnte.“
Rabihs Augen verengten sich zu schmalen Schlitzen. „Ich fordere …“, sagte er leise und setzte eine effektvolle Pause.

Ein Duell, schoss es Kleist durch den Kopf. Er will sich mit mir schlagen! Mit dem orientalischen Krummschwert. Bei Sonnenaufgang, im Donaupark.

„… einen neuen Hund.“

„Was?“

„Jawohl, du hast mich schon verstanden, Thomas. Ich will einen neuen Hund von dir.“

„Aber …“

„Kein Aber! Den bist du mir schuldig!“

„Du willst einen Hund?“ Kleist konnte es nicht glauben. „Das ist alles? Nun, wenn's weiter nichts ist.“

Ein zartes Lächeln wuchs auf Rabihs Lippen. Langsam rappelte er sich auf. „Echt? Du meinst, ich kriege wirklich einen … Ist das wahr?“ Mit wachsender Begeisterung strahlte er seinen Freund an. Letzte Tränen glitzerten in seinen Augen. Dann stieß er einen schrillen Schrei des Entzückens aus und begann vor Freude auf- und abzuhüpfen, wie ein Kind, dem gerade klar geworden war, dass es bis Weihnachten nur noch einmal zu schlafen hätte. „Versprochen? So einen wie Daphne? Einen Mops in Beige, nur neu? Gleich morgen?“

„Ähm, ja. Wenn du willst, auch gleich morgen.“

„Super!“ Rabih breitete seine Arme aus und fiel Kleist um den Hals, wobei er ihm die letzten Reste seiner Schönheitsmaske ins Hemd schmierte. „Danke, vielen Dank! Ich liebe dich, Thomas-Schatz. Das vergesse ich dir nie, ehrlich! Und jetzt werde ich uns etwas Köstliches kochen. Was möchtest du, hm? Du kannst dir aussuchen, was immer du willst.“

Vorsichtig löste sich der Kriminalbeamte aus der Umarmung. „Nicht böse sein", sagte er, „aber ich muss noch einmal weg. Der Alligator ist wieder aufgetaucht. Scheinbar treibt er sich jetzt an der Alten Donau herum."
„Der Alligator?" Mit einem Mal wurde Rabih todernst. „Mach ihn fertig!", zischte er mit einer Schärfe, die Kleist das Blut in den Adern gefrieren ließ. „Schlachte das Mistvieh ab! Rache für Daphne!"

★

Der Unfall musste nach ihrer Scheidung passiert sein, damals in einem dieser obskuren Swingerklubs. Ihr Ex-Mann war für die Schweinerei jedenfalls nicht verantwortlich, soviel stand fest. Rein zeitlich gesehen kam er als Vater nicht in Frage. Aber wie zum Teufel hatte das geschehen können? Simone hatte ausnahmslos Safer Sex praktiziert. Eine Selbstverständlichkeit, wenn man es mit völlig Fremden trieb. Und dennoch, trotz aller Vorsicht … Ein schadhaftes Kondom musste ihr zum Verhängnis geworden sein, vermutete sie. Was sonst? Anders war die Katastrophe beim besten Willen nicht zu erklären.
In den vergangenen Stunden hatte sie sich kaum bewegt. Sie saß zusammengesunken hinter ihrem Schreibtisch, den Kopf auf ihre Fäuste gestützt, und fixierte das D auf der Tastatur ihres PCs. D wie Desaster. D wie Drama. D wie Demütigung. Und jetzt?, fragte sie sich nicht zum ersten Mal. Wie sollte sie denjenigen, der sie geschwängert hatte, ausfindig machen? Ein Ding der Unmöglich-

keit bei der unüberschaubaren Zahl an Kandidaten, die oftmals nur mit Ledermasken und Hundehalsbändern bekleidet gewesen waren und die sie bestenfalls am Klang ihrer Schreie erkannte.
Aber ein Kind brauchte einen Vater, eine männliche Bezugsperson, an der es sich orientieren konnte. Vor allem dann, wenn die Mutter kein gesteigertes Interesse zeigte, sich selbst um den Balg zu kümmern. In ihrer Hoffnungslosigkeit hatte Simone sogar schon die haarsträubende Idee geboren, Doppler die Sache in die Schuhe zu schieben. Sie hätte ihm irgendetwas von einer Frühgeburt vorschwafeln und den Trottel glauben lassen können, *er* wäre der Glückliche. Doch dann war ihr bald klar geworden, dass es für den Nachwuchs allemal besser wäre, ohne Vater aufzuwachsen als mit einem wie Doppler.
Ihre Karriere war jedenfalls im Arsch. Ihr Ziel, nach Feuersturms Pensionierung an die Spitze der Kriminaldirektion vorzustoßen, konnte sie sich als alleinerziehende Mutter abschminken. Als solche würde sie den Anforderungen, die man an eine Spitzenbeamtin stellte, nicht gewachsen sein. Wie sollte sie auch, mangels Flexibilität? Überstunden, Wochenenddienste und dergleichen kamen nicht in Frage, wenn daheim ein Kind auf Zuwendung wartete. Und einmal mehr würde ein Mann das Rennen machen, eine dieser Halbintelligenzen, die sich zuhauf in der Bundespolizeidirektion herumtrieben. Schöne Aussichten waren das! Verflucht, sie hatte es selbst vermasselt! Ihr ganzes Leben hatte sie zerstört. Und wofür? Für einen kurzen Moment der Lust.

Simone hätte heulen können vor Wut. Der Gedanke, hinkünftig ein erniedrigendes Dasein als Hausfrau und Mutter zu fristen, schnürte ihr die Kehle zu. Was sollte sie mit einem Kind anfangen? Sie konnte die kleinen Rotznasen nicht ausstehen! Kinder nervten. Kinder waren wie Doppler, nur kleiner. Von früh bis spät hielten sie einen auf Trab und immerzu musste man aufpassen, dass sie nichts anstellten. Für einen selbst blieb da keine Zeit mehr.

Als die Tür scheppernd aufflog, zuckte sie heftig zusammen.
„Verzeihen Sie die Störung, Frau Kollegin“, sagte Feuersturm. „Im Zusammenhang mit der Fahndung nach Perchtl scheint ein gröberes Missverständnis vorzuliegen, das wir raschest ausräumen sollten.“
Simone warf ihm einen flüchtigen Blick zu. Erst jetzt bemerkte sie Michael Borstinger, der sich im Windschatten ihres Vorgesetzten in den Raum drängte.
„Ein Missverständnis?“, erkundigte sie sich gereizt. „Welcher Art?“
„Herr Borstinger meint, Sie würden sich weigern, ihn unter Polizeischutz zu stellen, und das, obwohl sein Leben bedroht sei.“
„Das stimmt“, riss der Angesprochene das Wort an sich. Sein sonst so perfekt gestyltes Haar hing ihm wirr in die Stirn. „Eine Unverschämtheit ist das! Diese Person tut nicht das Geringste, um meine Sicherheit zu gewährleisten. Dabei weiß sie genau, dass ich der Nächste auf Perchtls Liste bin.“

„Und deswegen bat mich Herr Borstinger zu intervenieren."
„So, tat er das?" Simone lehnte sich abwartend zurück und verschränkte ihre Arme. Feindselig starrte sie den Versicherungsvertreter an.
„Ich bin überzeugt, dass die Anschuldigungen völlig aus der Luft gegriffen sind. Habe ich recht, Frau Kollegin?"
„Was heißt aus der Luft gegriffen?", rief Borstinger empört. „Glauben Sie, ich denke mir das alles bloß aus? Ihre feine Frau Doktor rührt keinen Finger! Wahrscheinlich verdächtigt sie nach wie vor mich, meinen Bruder umgebracht zu haben, obwohl ihr mittlerweile völlig klar sein sollte …"
„Brüllen Sie hier nicht herum!", schrie ihn Simone an. Erbost sprang sie auf. Was fiel dem Arschloch ein? So konnte er sich daheim aufführen, bei seinem Frauchen, aber nicht bei ihr! „Was erlauben Sie sich? Kommen daher und wollen mir unterstellen …"
Borstinger ließ sie nicht ausreden. „Ich werde Sie anzeigen!", keuchte er und beugte sich weit über ihren Schreibtisch. Aug in Aug standen sie einander gegenüber. „Jawohl, anzeigen werde ich Sie! Ich werde eine Beschwerde einreichen und dafür sorgen …"
„Haben Sie das nicht bereits getan?"
„Ihre Frechheiten werden Ihnen noch vergehen! Sollte mir etwas zustoßen, mache ich Sie persönlich dafür verantwortlich! Darauf können Sie Gift nehmen!"
„Dazu dürften Sie dann kaum mehr in der Lage sein. Klappe zu, Maus tot, sag ich immer."

„Also das ist doch … Sie unverschämte …“
„Meine Herrschaften, meine Herrschaften“, ging Feuersturm dazwischen. „Ein bisschen mehr Sachlichkeit, wenn ich bitten darf. So kommen wir doch nicht weiter.“ Beschwörend schlug er seine Hände zusammen. „Also es handelt sich um Folgendes“, wandte er sich Simone zu, nachdem der Versicherungsvertreter widerstrebend auf Abstand gegangen war. „Herr Borstinger behauptet, er werde von Perchtl verfolgt.“
„Das behaupte ich nicht nur, das ist so! Er ist hinter mir her. Ich habe ihn gesehen, zweimal. Gestern und heute. Vor meinem Haus war er. Warum zum Teufel nehmen Sie ihn nicht fest?“
„Sind Sie sicher, dass es sich um den Gesuchten handelt? Laut Ihrer Beschreibung sieht er dem Phantombild überhaupt nicht ähnlich.“
„Das ist es ja!“ Borstinger verlor völlig die Fassung. Seine Halsschlagader trat wulstig hervor.
„Ihr Gekritzel ist keinen Pfifferling wert. Da ist ein völlig anderer drauf!“
Feuersturm erhob mahnend seinen Zeigefinger. „Mäßigen Sie sich bitte! Ich bin überzeugt, dass es dafür eine ganz einfache Erklärung gibt. Sie haben zuvor von einem kleinen, stämmigen Typen gesprochen. Stimmt das?“
„Ja, allerdings.“
„Mhm, mhm. Frau Doktor, könnte es sein, dass …“
Die Kriminalbeamtin nickte. „Trägt dieser Mann vielleicht einen Vollbart?“, fragte sie und warf Borstinger einen verächtlichen Blick zu.

„Allerdings! Wenn Sie ihn kennen, verdammt noch einmal, weshalb unternehmen Sie dann nichts? Worauf warten Sie? Dass er mich umbringt, wie die anderen? Verhaften Sie ihn!“
„Verhaften? Sind Sie bei Trost? Der Mann, von dem Sie sprechen, ist Gruppeninspektor Sylvester, einer der Kollegen, die Sie rund um die Uhr im Auge behalten sollen.“
„Wie ich es mir gedacht habe.“ Feuersturm nickte zufrieden. „Auf Frau Dr. Reichenbach ist Verlass. Sie wird dafür sorgen, dass Ihnen nichts zustößt.“
Borstinger stierte sie wütend an. Sein knallroter Kopf sah aus, als würde er jeden Moment platzen. „Trotzdem“, fauchte er und seine Hände ruderten wild in der Luft herum. „Sie sollten endlich etwas unternehmen!“

10

Die längste Zeit bezweifelte Kleist, an der Alten Donau richtig zu sein. Warum hätte sich Monja die Mühe machen sollen, vom Entlastungsgerinne hierher zu wandern? Aus Heimweh etwa? Weil sie sich nach ihrem Kellerverlies in Sobeks Haus sehnte? Schwachsinn! Da hatte ihm wohl jemand einen Bären aufbinden wollen. Ein Verdacht, der durchaus gerechtfertigt erschien, wusste man, von wem der Hinweis auf Monjas neuen Aufenthaltsort stammte.
Noch am Vorabend war es Kleist gelungen, die beiden Obdachlosen aufzuspüren, die in der Nacht von Sonntag auf Montag das Reptil angeblich beim Umzug beobachtet und am Bahnhof Floridsdorf mit ihrem Abenteuer geprahlt hatten. Genauer gesagt hatte nur einer geprahlt, denn der, der sich Schiffer nannte, konnte sich beim besten Willen an nichts erinnern. An rein gar nichts. Weder an den Alligator noch an sonst etwas, das ihm in den letzten 55 Jahren widerfahren war. Der andere, ein Herr Zahn, hatte zwar in aller Kürze die Sichtung bestätigt, doch war es ihm in weiterer Folge ein größeres Bedürfnis gewesen, bei einem Bier auf Staatskosten ausschweifend über das Zusammenspiel von Wurst und Senf zu referieren.
Entsprechend skeptisch schipperte Kleist seit den frühen Morgenstunden auf einer Feuerwehrzille die Alte Donau ab. Diesmal wieder mit von der Partie Mister Oktober, der, brauner gebrannt denn je, alles andere als einen rekonvaleszenten Eindruck hinterließ. Kleist hatte sich bereits mit einem weiteren Tag voller leerer Kilometer ab-

gefunden, als eine Meldung über Funk kam, die ihn in höchsten Alarmzustand versetzte. Der Alligator war von mehreren Zeugen am Gänsehäufel gesehen worden, wo er im FKK-Gelände eine Handvoll Nackedeis in Angst und Schrecken versetzt hatte.

Der 30-PS-Motor röhrte auf, als Konrad Gas gab und Kurs auf das Strandbad nahm. Und nun?, überlegte Kleist. Sein Herz schlug ihm bis zum Hals. Wenn er ehrlich war, hatte er nie ernsthaft damit gerechnet, dem Alligator persönlich das Handwerk legen zu müssen. Immer hatte er gehofft, eines der anderen EGAL-Teams würde eher an Ort und Stelle sein und das Vieh unschädlich machen. Tja, erstens kam es anders und zweitens als man denkt. Jetzt lag es also an ihm, dem Spuk ein Ende zu bereiten.

Aber wie?, fragte er sich und er musste zugeben, dass er sich mit der Frage schon früher hätte beschäftigen sollen. Seine Erfahrungen in der Großwildjagd waren beschränkt, ganz abgesehen von den ihm zur Verfügung stehenden Mitteln. Außer zwei an langen Stangen befestigten Fangschlingen und einer Rolle Klebeband hatte er nichts vorzuweisen.

Mehr wäre auch nicht nötig, hatte Konrad gemeint, der laut eigenen Angaben genau wusste, wie man Alligatoren zu Leibe rückte. Eine der Schlingen zog man dem Reptil über den Kopf, damit es nicht ausbüchste, die zweite zurrte man um sein Maul, um dieses anschließend mit Klebeband zu fixieren. Dann warf man das Tier schwuppdiwupp auf den Rücken und fesselte seine Füße. Fertig. Das wär's. Ein Kinderspiel.

Nun, ganz so einfach würde es wohl nicht werden, ahnte Kleist. Möglicherweise wäre Monja nicht gewillt, seinen Annäherungsversuchen tatenlos zuzusehen.
„Dort ist er!“, riss ihn ein Schrei aus seinen Gedanken. Konrad tippte ihm auf die Schulter und deutete zur Liegewiese.
Tatsächlich. Schon von Weitem konnte Kleist den Alligator sehen. Er hatte es sich auf einer Holzpritsche gemütlich gemacht und ließ sich die Sonne auf den Rücken scheinen. Als er die herannahende Zille bemerkte, erwachte er aus seiner Lethargie. Umgehend glitt er zu Boden und wackelte auf das Ufer zu.
„Schneller!“, schrie Kleist. „Gib Gas! Er versucht abzuhauen.“
„Was heißt schneller?“, maulte Konrad. „Wie stellst du dir das vor? Schneller geht die Schüssel nicht.“
Kleist erkannte, dass sie es nicht schaffen würden. Ein paar läppische Meter trennten sie von dem Reptil. Doch es waren ein paar Meter zu viel. Tatenlos musste er mit ansehen, wie Monja das Wasser erreichte und in den trüben Wellen verschwand.
Konrad drosselte den Motor und blickte auf seine Uhr. „Zeit für eine Jause“, erklärte er. „Gehen wir was essen?“
Der Kriminalbeamte würdigte ihn keines Blickes. Das Jagdfieber hatte ihn gepackt und ließ seine Wangen glühen. Auch wenn der erste Versuch fehlgeschlagen war, nun wusste er, dass sich Monja tatsächlich an der Alten Donau aufhielt. Ein Faktum, das seine Chancen beträchtlich erhöhte. Hier standen dem Vieh weitaus weniger

Fluchtmöglichkeiten zur Verfügung als auf der Donauinsel. Wenn er und seine Leute das ganze Gebiet systematisch absuchten, Quadratmeter für Quadratmeter durchkämmten, saß Monja früher oder später in der Falle.

★

Ein forsches Klopfen ließ Doppler hochfahren. „Was?“, hauchte er erschrocken. Mist, verfluchter! Er musste eingenickt sein. Sicher nur für einen Moment. Bemüht, sich nichts anmerken zu lassen, kurbelte er das Fenster seines Dienstwagens hinunter.

„Morgen Doppler“, nickte Gruppeninspektor Sylvester und schnalzte mit der Zunge, auf die coole Art. „Ich übernehme jetzt. Irgendwelche besonderen Vorkommnisse?“

Doppler schüttelte den Kopf. Nicht, dass er wüsste. Seit gestern Abend war er wieder vor Borstingers Haus auf der Lauer gelegen, endlose zwölf Stunden lang, doch Perchtl hatte sich nicht blicken lassen. „Nein, nein“, hüstelte er und rieb sich den Schlaf aus den Augen. „Alles ruhig. Der Typ weiß, dass wir ihm auf den Fersen sind. Der wird es nicht wagen, hier aufzukreuzen.“

„Dein Wort in Gottes Gehörgang.“

„Ja, dann, hm, werde ich jetzt heimfahren, oder?“

„Okay, alles klaro.“ Sylvester schlug zweimal aufs Autodach und zwinkerte fidel. „Schönen Tag noch!“

„Gleichfalls. Und viel Spaß!“ Doppler beugte sich vor und startete den Motor.

„He, warte!“, stoppte ihn sein Kollege. „Ist das nicht *sie*?“

„Wer?“
Sylvester deutete auf eine Frau, die über die Straße huschte und in einen roten Renault Twingo stieg. „Klar ist sie das. Die Schwägerin von Borstinger. Oder seine Geliebte. Wie man's nimmt.“
„Kann sein. Na und?“
„Die Dame sieht aus, als wäre sie ziemlich in Eile.“
Doppler zuckte mit den Schultern. „Ist mir doch egal“, knurrte er. „Sie geht uns nichts an. Wir sollen uns um *ihn* kümmern, hat es geheißen.“
„Stimmt.“ Sylvester formte seine rechte Hand zu einer Pistole, indem er Daumen und Zeigefinger wegspreizte, und legte auf Doppler an. Ein weiteres Zungenschnalzen begleitete die Geste.
Der Bezirksinspektor grunzte mürrisch. Das lässige Gehabe seines Mitarbeiters ging ihm allmählich auf die Nerven. *Er* war hier der Coole. So viel stand fest. „Sonst noch was?“, fauchte er.
„Nope.“
„Kann ich jetzt?“
„Sicher, hau schon ab.“ Sylvester schlug erneut aufs Autodach, so kräftig, dass es knallte. „Wie gesagt, schönen Tag noch!“
„Ja, ja“, maulte Doppler. „Und hau nicht ständig auf den Wagen, sonst bin wieder ich schuld, wenn etwas kaputt ist.“

★

Simone fühlte sich nach dem Aufstehen kaum besser als am Tag davor. Ob es an ihrer Schwangerschaft und der damit einhergehenden Schwermut lag oder an der Flasche Portwein, die sie am Abend im Alleingang geleert hatte, war weder nachvollziehbar noch relevant.
Ein paar Tage Schonung, hatte dieser Dr. Salameh gesagt. Vielleicht sollte sie seinen Rat beherzigen und sich tatsächlich eine kurze Auszeit gönnen, überlegte sie. Solange man Perchtl nicht gefasst hatte, war ihre Anwesenheit im Büro sowieso nicht vonnöten. Wenn etwas Dringendes anlag, konnte man sie auch daheim erreichen und mit einem guten Buch in der frisch gemähten Wiese zu liegen, würde sie bestimmt auf andere Gedanken bringen. Auf erfreulichere.
Simone warf einen Morgenmantel über ihr dünnes Spitzennachthemdchen und setzte sich zum Frühstück hinaus auf die Terrasse. Ja, sie war deutlich in die Breite gegangen, fiel ihr auf, als sie vorsichtig ihren Bauch befühlte. Weshalb hatte sie das nicht schon früher bemerkt? Um das festzustellen, hätte sie nicht einmal auf die Waage steigen müssen, was sie aus Gründen des psychischen Wohlbefindens ohnehin seit Jahren vermied. In dieser Hinsicht unterschied sie sich nicht von den meisten anderen Frauen. Wenn es um den eigenen Körper ging, war hemmungslose Verdrängung angesagt.
Schwamm drüber. Was geschehen war, war geschehen. Lamentieren hatte ja doch keinen Sinn. Irgendwie würde sie mit der neuen Situation schon zurechtkommen. So wie sie bisher mit allen Situationen zurechtgekommen war.

Wäre doch gelacht! Und zur Not gab es immer noch Albert, der sich um das Kind kümmern konnte. Wenn es sein musste, auch gegen Bezahlung. So fünf Euro pro Stunde sollten reichen. Würde er in seiner neuen Rolle als Nanny nur halb so viel Engagement an den Tag legen wie beim Putzen, wäre das Kind bei ihm bestens aufgehoben.
Simone lehnte sich zurück und hielt ihr Gesicht in die Sonne. Die letzte Gelegenheit, ein bisschen Farbe zu tanken. Im Tagesverlauf würden heftige Gewitter übers Land ziehen, als Vorboten einer Kaltfront, hatten sie in den Morgennachrichten angekündigt. Na dann, Sommer ade.

Ein Motor heulte auf, eine Kupplung krachte. Simone blinzelte hinunter zum Gartentor. Zwischen den Ästen der Birke sah sie einen roten Wagen an der Umkehrstelle vor dem Grundstück wenden und schließlich anhalten. Sie hörte eine Autotür zufallen und einen Moment später kam auch schon Birgit Borstinger zum Haus heraufgetrippelt, mit ganz kleinen Schritten, ein bisschen wackelig in ihren hochhackigen Pumps. Simone stemmte sich aus dem Gartenstuhl und eilte ihr entgegen. Birgit sah aus, als wäre sie einem Horrorfilm entsprungen. Ihr rechtes Auge war zur Gänze zugeschwollen und bläulich rot verfärbt, an ihrer Oberlippe klaffte ein breiter Riss. Getrocknetes Blut klebte in ihrem Mundwinkel.
Simone packte sie beim Arm. „Kommen Sie, ich helfe Ihnen“, sagte sie und führte ihre Besucherin ins Haus, um sie notdürftig zu verarzten. „War *er* das?“, erkundigte sie sich. „Hat er Sie so zugerichtet?“

Ein Nicken unter Tränen kam als Antwort. Birgit zitterte wie Espenlaub. Sie stand unter Schock und brauchte ein paar Minuten, um sich zu beruhigen. Den Marillenbrand, den ihr Simone reichte, stürzte sie in einem Zug hinunter. „Und jetzt raus mit der Sprache!“, drängte die Kriminalbeamtin. „Wie ist das passiert?“
Birgit wagte nicht, sie anzusehen. Ständig starrte sie auf ihre Schuhe. „Er, hm, hat sich so verändert“, begann sie stockend. „Er kann nichts dafür, müssen Sie wissen. Er hat Angst. Michael fürchtet um sein Leben.“ Vorsichtig befühlte sie ihr lädiertes Auge.
„Wie bitte?“ Simone warf ihr einen wütenden Blick zu. Sogar jetzt nahm Birgit diesen Arsch noch in Schutz, als ob das Schlamassel, in dem er steckte, ein ausreichender Grund wäre, sie zu verprügeln.
„Seit ein paar Tagen ist er völlig von der Rolle. Immer nervös und kurz vor dem Ausrasten. Er behauptet, er sei völlig auf sich allein gestellt, die Polizei würde nichts unternehmen, um ihn zu schützen. “
„Ich weiß. Er war gestern in der Bundespolizeidirektion. Wie ein Berserker hat er sich aufgeführt. Dabei wird er rund um die Uhr überwacht. Ihm kann nichts passieren.“
Birgit nickte. „Das habe ich ihm auch gesagt, erst vorhin beim Frühstück. Aber er hat sich schrecklich aufgeregt und wollte mir nicht glauben. Ich habe versucht, ihn zu beruhigen, habe vorgeschlagen, dass er sich freinehmen und zu Hause bleiben soll, bis alles vorüber wäre. Doch davon wollte er nichts wissen. Sie kennen ihn ja. Und wer macht meine Arbeit?, hat er gefragt. Was das anbelangt,

diskutiert man besser nicht mit ihm. Sein Job ist ihm heilig, der kommt an erster Stelle. Also habe ich es gut sein lassen und bin in die Küche gegangen, um sauber zu machen. Plötzlich stürmt er herein und brüllt: Schau dir das an! Eine Sauerei ist das! Was?, frage ich und sehe, dass er sich ein bisschen Eidotter auf die Brust gekleckert hat. Kaum der Rede wert. Nur ein kleiner Spritzer. Ich sage: Halb so wild, zieh das Hemd aus, ich hol dir ein frisches, da schlägt er zu. Einfach so, ohne Vorwarnung, mit der Faust, zweimal."

Simone stand auf und stellte die Schnapsflasche zurück in die Hausbar. „Und das ist vermutlich nicht zum ersten Mal passiert, oder? Letztens, als Sie diese Brille trugen …"

Birgit zuckte mit den Schultern. „Er will das nicht", flüsterte sie. „Es ist der Druck, der auf ihm lastet. Da verliert er die Kontrolle. Ich weiß nicht, was ich tun soll. Wie kann ich ihm helfen?"

„*Ihm* helfen?" Die Kriminalbeamtin schnaubte verächtlich. „Überlassen Sie das ruhig mir! Um Ihren feinen Michael werde ich mich persönlich kümmern. Dem wird es noch leidtun, was er Ihnen angetan hat!"

„Sie wollen zu ihm?" Birgit sah unschlüssig auf. Einmal mehr zerfetzte sie ein nass geweintes Taschentuch.

„Allerdings, das will ich. Denken Sie, ich lasse ihm das einfach so durchgehen? Ganz bestimmt nicht! Und Sie bleiben schön hier und warten, bis ich wieder da bin!"

Simone lief nach nebenan ins Schlafzimmer, um sich anzukleiden.

„Aber das, hm, er … er ist nicht da“, rief ihr Birgit nach. „Er hat einen Geschäftstermin.“
„Was?“ Die Kriminalbeamtin kehrte umgehend zurück. „Einen Geschäftstermin hat er? Erst vergreift er sich an Ihnen und dann spielt er den adretten Versicherungsvertreter? Wie kaltschnäuzig kann man eigentlich noch sein? Und wann wird er wieder zu Hause sein, der Herr Unentbehrlich?“
„Ich weiß es nicht. Er wollte erst in die Firma fahren, um irgendwelche Unterlagen zu holen, und dann zu einem neuen Kunden. Der möchte seinen ganzen Betrieb versichern lassen. Ein Bombengeschäft, hat Michael gesagt. Das kann er sich nicht entgehen lassen. Da springt eine Riesenprovision für ihn heraus, bei so einem Bootsverleih. Alleine aus der Haftpflichtversicherung …“
„Bootsverleih?“ Simone stutzte.
„Ja, ich glaube schon. Das hat er gesagt.“
„Und wie heißt dieser Kunde? Wissen Sie das?“
Birgit überlegte einen Moment. „Hm … Wohlgeb oder so. Warum?“
Die Kriminalbeamtin vergaß fast aufs Atmen. „Wohlgeb?“, hauchte sie. „Wann? Wann hat er diesen Termin?“
„Um Zehn.“
Simone wirbelte herum und kontrollierte die Zeitanzeige des DVD-Players. „Scheiße!“, hauchte sie. 9 Uhr 24.

★

Einmal mehr flimmerte das Video über Dopplers Flatscreen. So schockierend die Aufnahmen auch waren, sie

hatten etwas, das den Bezirksinspektor zu fesseln vermochte. Die Faszination des Unbekannten, des Unerwarteten. 34 Jahre lang hatte er von seiner perversen Neigung nicht die leiseste Ahnung gehabt und dann plötzlich, auf einmal … Normalerweise sollte man seine Veranlagung spätestens in der Pubertät bemerken, fand er, wenn sich die ersten sexuellen Fantasien einstellten. Aber damals war ihm an seinem Verhalten nichts Abartiges aufgefallen. Wie die meisten Buben hatte er begonnen Mädchen hinterherzugaffen. Und das tat er bis heute. *Er* war inzwischen um einiges älter und reifer geworden, die Mädchen, auf die er es abgesehen hatte, nicht unbedingt.
Ein wesentliches Warnsignal war ihm wohl entgangen. Oder er hatte es nicht wahrhaben wollen. Seine begierigen Blicke waren so gut wie nie erwidert worden. Sogar das *Gelbe Geschoß* hatte daran nichts ändern können. War es möglich, dass die Frauen seit jeher instinktiv ahnten, dass er schwul war? Gab es diese sagenumwobene weibliche Intuition tatsächlich? Verflucht, er hatte das immer als Humbug abgetan.
Aber ausgerechnet *Kleist* … Mein Gott! Doppler hätte nie gedacht, dass er auf diesen Typ Mann stehen würde. Der Kerl war für seinen Geschmack viel zu mager. Zu groß, zu schlaksig. Ein langes Elend mit kurzen blonden Haaren. Was also hatte er an sich? War es seine Ausstrahlung, seine ruhige, zurückhaltende Art, seine Besonnenheit? Die sogenannten *inneren Werte*, auf die es laut Simone ankam. Doppler stieß ein heiseres Lachen aus. Von wegen innere Werte! Ausgerechnet sie hatte es notwendig,

einen solchen Stuss zu verzapfen! Sie, die es mit wirklich jedem trieb, solange der nur an ein Bett gefesselt und gewillt war, sich von ihr erniedrigen zu lassen.
Aber egal, jetzt ging es nicht um sie. Es ging um ihn und um Kleist und darum, wie sich ihre Beziehung in Zukunft entwickeln sollte. Ein Verhältnis am Arbeitsplatz brachte bekanntermaßen erhebliche Probleme mit sich. Wenn man Tag für Tag gemeinsam in einem Büro hockte, hatte man sich dann am Abend überhaupt noch etwas zu sagen oder war der Zauber bald verflogen? Ganz abgesehen von dem gehässigen Tratsch der Kollegen, der unausweichlich blieb. Und dann gab es noch einen wesentlichen Faktor, den man nicht außer Acht lassen durfte. Wie ernst war es Kleist mit ihrer Beziehung? War er gewillt, eine klare Entscheidung zu treffen und seinem jetzigen Freund, diesem Bauchtänzer, den Laufpass zu geben?
Doppler fand, dass es auf alle Fälle vernünftig wäre, die Sache langsam anzugehen, nichts zu überstürzen. Er wollte seinen Kollegen erst einmal privat besser kennenlernen. Vielleicht lud er ihn demnächst zum Abendessen ein oder sie gingen ins Kino und sahen sich einen romantischen Schinken an. Und danach … Nun, was danach geschehen konnte, zeigte das Video allzu deutlich.
Seufzend widmete sich der Bezirksinspektor wieder dem Geschehen auf dem Bildschirm. Eine gewisse erotische Ästhetik konnte man dem Film nicht absprechen, fand er. Vielleicht lag das am weichen Licht oder an den sanften Überblendungen. Und Kleist ging geschickt mit seinen Händen um. Das musste man ihm lassen. Der Kerl wuss-

te, was er tat. Er, Doppler, hatte an dem Treiben ganz offensichtlich großen Gefallen gefunden.
Versuchsweise öffnete er seine Hose und langte hinein. Wonach er suchte, war eine allerletzte Bestätigung, ein unumstößlicher Beweis. Doch da war nichts, stellte er fest. Keinerlei Anzeichen von Erregung. Nicht die geringsten. Doppler packte härter zu und führte seine Hand in schnellen Bewegungen auf und ab. Verbissen konzentrierte er sich auf Kleists spindeldürre Beine und schmale Hüften. Er stellte sich vor, wie ihn sein Kollege in die Arme nahm, wie sich ihre heißen Lippen berührten und er fand es schön. Nein, genauer gesagt *wollte* er es schön finden, aber irgendwie klappte es nicht.
Wieso, um alles in der Welt? Weshalb empfand er nichts? Auf dem Bildschirm war ihm seine Lust deutlich anzusehen, da wälzte er sich in Ekstase hin und her, aber nun … Himmel, irgendetwas in seinem Inneren schien sich querzulegen, kämpfte vehement gegen seine Veranlagung an. Kein Wunder, sah er ein. Die vielen Jahre, in denen er sich etwas vorgemacht hatte, ließen sich nicht so einfach auslöschen. Das dauerte eben seine Zeit. Sicherlich würde er noch hart an sich arbeiten müssen, ehe er uneingeschränkt zu seiner sexuellen Orientierung stehen konnte.
Doppler arbeitete so hart, dass ihm bald der rechte Arm wehtat. Als die Kassette zu Ende war, spulte er sie zurück und begann von Neuem. Beharrlich, vom Ehrgeiz angetrieben, erpicht darauf, endlich Gewissheit zu erlangen.
Erst das stürmische Läuten an der Wohnungstür setzte seinen Bemühungen ein vorläufiges Ende.

Simone musterte ihn von oben bis unten. „Was ist los mit dir?“, fragte sie. „Du wirkst ein wenig, hm, derangiert. So erhitzt.“
„Ähm, Gymnastik“, erklärte er schnell. „Ich muss mich fit halten.“
Seine Vorgesetzte ging nicht näher darauf ein. „Wo ist Borstinger?“, fragte sie stattdessen.
„Borstinger? Zu Hause vermutlich.“ Doppler hatte das unangenehme Gefühl, dass sie es besser wusste.
„Nein, dort ist er nicht. Ich habe Sylvester angerufen und der ist nachschauen gegangen.“
„Tja, dann weiß ich es auch nicht.“ Doppler zuckte mit den Schultern.
„Während deiner Schicht hat er das Haus also nicht verlassen?“
Sofort bekam er ein schlechtes Gewissen. „Äh, nein“, hüstelte er.
„Ganz sicher?“
„Sicher. Das heißt, sehr wahrscheinlich … Ich meine, es kann sein, dass ich kurz eingeschlafen bin … Nur für ein paar Sekunden. Möglich, dass er ausgerechnet in diesem Moment …“
„Komm mit!“, befahl sie und packte ihn beim Arm. „Wir machen einen Ausflug an die Alte Donau!“

★

Es hatte merklich abgekühlt. Ein frischer Wind schlug Borstinger ins Gesicht, als er aus der U-Bahn-Station Alte

Donau trat. Er hatte beschlossen, bis auf Weiteres auf sein Auto zu verzichten. Zurzeit fühlte er sich unter Menschen einfach wohler. Die Masse gab ihm Sicherheit. In aller Öffentlichkeit würde es Perchtl nicht wagen, ihn anzugreifen. Nicht vor so vielen Zeugen.
Borstinger war klar, dass er in erster Linie selbst für sein Wohlergehen verantwortlich war. Sich ausschließlich auf den Schutz der Polizei zu verlassen, wäre ein fataler Fehler gewesen. Auch jetzt noch, nachdem er dieser selbstherrlichen Kommissarin die Leviten gelesen hatte. So richtig zur Schnecke gemacht hatte er sie! Inzwischen dürfte der feinen Frau Doktor klar geworden sein, dass man sich mit ihm nicht anlegte. Hochmut kommt vor dem Fall, sagte er immer. Ganz klein war sie geworden.
Das Blockhäuschen beim Eingang des Bootsverleihs war nicht besetzt. *Heute wegen drohender Unwetter geschlossen*, stand auf einem Zettel, der am Kassenfenster klebte. Borstinger sah auf die Uhr. Punkt zehn. Er war keine Minute zu früh. Als er forsch gegen die Eingangstür hämmerte, sprang diese knarrend auf.
„Herr Wohlgeb?", rief er und trat ein.
Keine Antwort. Borstinger durchquerte den Raum und gelangte durch den Hinterausgang auf die weitläufige Wiese, die sich bis zur Alten Donau erstreckte. Ganz nett, der Betrieb, dachte er. So um die 40 Tret- und Ruderboote mussten das sein, die dort unten an den Stegen lagen. Drei Segelboote waren auch da. Die Flotte gab einiges her, versicherungstechnisch gesehen. Sturmschaden, Haftpflicht, Betriebsausfall … Wenn er dann noch eine anständige

Pensionsvorsorge unterbrachte oder eine Krankenversicherung, würde er in diesem Monat auf eine Spitzenproduktion kommen. Auf eine, von der seine Konkurrenten im Rennen um den Organisationsleiterposten nur träumen konnten.
Ein leises Klappern ließ ihn aufhorchen. Suchend sah er sich um. Das Geräusch musste aus der Werkstatt am anderen Ende des Grundstücks gekommen sein. Dort steckte der Typ also. Borstinger lief hinüber und riss die schwere Eisentür auf.
„Hallo, Herr Wohlgeb?“, probierte er es wieder.
Der Arbeitsraum war sauber aufgeräumt. Zwei Ruderboote lagen verkehrt herum auf Holzböcken und es roch nach frischer Farbe. Ein schmaler Durchgang auf der Rückseite führte in eine kleine Rumpelkammer.
„Herr Wohlgeb, sind Sie da? Mein Name ist Michael Borstinger. Astral Versicherung. Wir haben telefoniert.“
„Stimmt“, hörte er jemanden hinter sich sagen.
Der Versicherungsvertreter wirbelte herum. „Haben Sie mich aber erschreckt“, keuchte er und streckte Wohlgeb seine Hand entgegen. „Ich habe Sie gar nicht kommen hören.“
Der Mann machte keine Anstalten, den Handschlag zu erwidern. Er lehnte an einem Werkzeugschrank, hielt ein Ruder umklammert und starrte ihn an. Ein bisschen armselig wirkte er in dem viel zu weiten Hemd und der zerschlissenen Bundfaltenhose, die ihm gerade bis zu den Knöcheln reichte. Die Hälfte seines Gesichts verbarg sich hinter einer riesigen Sonnenbrille. Einer mit Strasssteinen besetzten Damenbrille, wie Borstinger auffiel.

Hüstelnd zog der Versicherungsvertreter seine Hand zurück. Sein Verkäuferinstinkt gab ihm ein klares Bild von dem, was ihn erwartete. Wohlgeb gehörte der Kundenkategorie Sieben C an. Der Typ des zurückhaltenden Skeptikers. Ein bisschen schrullig, vorsichtig und übergenau. Einer, der lange zuhörte, keinen Ton von sich gab und erst zum Schluss alles bis ins kleinste Detail hinterfragte. Borstinger stand eine harte Geduldsprobe bevor. Aber gut Ding braucht eben Weile, sagte er immer, und wen er einmal am Haken hatte, den ließ er nicht mehr los. Egal wie lange es dauerte, den Fang an Land zu ziehen.
„Ein netter Betrieb ist das hier“, versuchte er das Eis zu brechen. „Wirklich sehr beeindruckend. Da haben Sie sicher ordentlich viel Arbeit investiert, stimmt’s? Und nicht nur Arbeit. Ha, ha! Tja, ohne Fleiß kein Preis, sag ich immer. Verständlich, wenn man dann im Falle des Falles den Schaden so gering wie möglich halten will. Gerade als Unternehmer ist man ja einer Vielzahl an Risiken ausgesetzt. Da kann schnell etwas passieren. Hab ich recht?“
Keine Reaktion. Wohlgeb machte den Eindruck, als hörte er überhaupt nicht zu.
„Dann kommen wir am besten gleich zur Sache“, schlug Borstinger vor. „Ich habe eine Menge Unterlagen für Sie mitgebracht. Ein ganzes Sicherheitspaket sozusagen. Äh, wollen wir hier bleiben oder gehen wir in Ihr Büro?“
„Wir bleiben hier.“

★

Dunkle Wolken zogen von Nordwesten her über Wien. Eine heftige Windböe erfasste Simones Wagen und rüttelte ihn durch. Als die Kriminalbeamtin das Fenster hochsurren ließ, machte sich prompt dieser beißende Geruch bemerkbar. Dopplers Geruch. Was immer er zuvor getrieben hatte, es musste ihn ordentlich ins Schwitzen gebracht haben.
Sie hatten die Reichsbrücke hinter sich gelassen und rasten mit halsbrecherischer Geschwindigkeit die Wagramer Straße entlang. Zehn Uhr fünfzehn sagte die Uhr am Armaturenbrett. Die Fahrt hatte länger gedauert als erwartet.
„Dann ist also der Wohlgeb-Onkel der Mörder?“, wunderte sich der Bezirksinspektor, der den Sachverhalt noch nicht in allen Details durchschaut hatte.
Simone presste ein leidendes Stöhnen hervor. „Nein. Kapierst du denn gar nichts? Es ist doch klar, dass sich Perchtl als Wohlgeb ausgegeben und Borstinger zum Bootsverleih bestellt hat, um ihn dort zu erledigen. Sein Onkel hat von alldem keine Ahnung gehabt.“
„Nicht? Aber ich dachte, es war der Onkel, der eine Versicherung abschließen wollte.“
Simone beachtete ihn nicht weiter.
„Wo sind sie?“, stieß sie hervor, als sie mit dem Wagen in die Arbeiterstrandbadstraße driftete, beinahe einen Fahrradkurier niedermähte und mit quietschenden Reifen vor dem Bootsverleih zum Stillstand kam. „Ich habe vorhin das Einsatzkommando informiert. Warum sind die noch nicht da?“

Während sie aus dem Wagen sprang, griff Doppler zum Funkgerät, um sich nach dem Verbleib der Kollegen zu erkundigen.
„Seid ihr wahnsinnig?“, erboste sich der Radfahrer, dessen Beine in den hautengen Radlerhosen vor Schreck schlotterten. Seine Rastalocken standen ihm zu Berge.
„Habt ihr keine Augen im Kopf? Ihr könnt doch nicht einfach …“
Doppler kam Simone nachgelaufen. „Sie sind auf der anderen Seite der Alten Donau“, vermeldete er. „Beim falschen Bootsverleih. Da ist ihnen wohl ein kleiner Irrtum passiert. Aber sie haben versprochen, so schnell wie möglich herzukommen.“
„Hört ihr mir überhaupt zu?“, schrie der Kurier.
Er war völlig außer sich und dass man ihn beharrlich ignorierte, verbesserte seine Laune keineswegs.
„Ich könnte jetzt tot sein, ihr arroganten Arschlöcher!“
„Sieht ruhig aus“, stellte die Kriminalbeamtin fest und wies auf den Anschlag am Kassenhäuschen. „Die haben heute geschlossen.“
„Dann ist Borstinger also gar nicht hier?“
„He, ihr, verflucht noch einmal! Ich rede mit euch!“
„Ich denke schon, dass er hier ist.“ Simone rüttelte an der Holztür. „Versperrt“, bemerkte sie. „Mach was, Doppler!“
Der Bezirksinspektor blickte sich ratlos um, dann stürzte er – einer spontanen Eingebung folgend – auf den Boten zu.

„He, was soll das, Alter?“, quietschte der Rastamann, als er unsanft vom Rad gestoßen wurde. „Bist du übergeschnappt?“
„Hiermit konfisziere ich Ihr Fahrzeug“, amtshandelte Doppler und hielt ihm seine Dienstmarke unter die Nase.
„Du tust *was*? Das kannst du nicht machen. Ich protestiere aufs Schärfste gegen diesen Akt der Willkür! Faschistische Methoden sind das!“
„Wird das heute noch was?“, drängte Simone.
„Staatsterroristen seid ihr! Reaktionäre Schweine!“ Der Bote geriet immer mehr in Rage. Tränen der Wut traten in seine Augen. Zornig stampfte er auf. „Was bildest du dir ein? Du kannst dir nicht einfach mein Bike krallen und damit abhauen! Ich muss eine dringende Sendung …“
Als die Fensterscheibe der Kasse mit einem lauten Knall barst und Millionen von Glassplittern zu Boden regneten, wurde ihm klar, dass der Polizist nie in Erwägung gezogen hatte, das Rad als Fortbewegungsmittel zu verwenden.
„Diesmal gar keine eingetretene Tür, Doppler?“, feixte Simone.
Sie kletterten in das Blockhaus und liefen durch den Hinterausgang auf die Wiese hinaus. Niemand war zu sehen.
„Und jetzt?“, fragte der Bezirksinspektor.
„Zuerst checken wir die Umkleidekabinen, dann die Werkstatt dort drüben“, entschied sie.
„Geht klar.“ Doppler riss seine Glock aus dem Halfter und rammte die erste Tür aus den Angeln. „Gesichert“, sagte er.
„Leer“, sagte Simone.

Schon flog die nächste auf.
„Gesichert", sagte Doppler.
„Leer", sagte Simone.
Und die dritte.
„Gesichert", sagte Doppler
„Pst!", zischte Simone. „Hörst du das? Ruft da jemand?"
Der Bezirksinspektor spitzte seine Ohren. Jetzt hörte er es auch. Aber es war mehr ein Wimmern als ein Rufen. „Es kommt von dort vorne, glaube ich!"
Vier Kabinen weiter fanden sie ihn. Der Mann war mit einem Bootstau an einen Gartenstuhl gefesselt worden und wand sich verzweifelt hin und her.
„Helfen Sie mir!", krächzte er, nachdem ihm Doppler das Klebeband vom Mund gerissen hatte.
„Sind Sie Josef Wohlgeb?", fragte Simone.
„Ja. Binden Sie mich los!"
„Wir suchen nach Ihrem Neffen. Wo steckt er?"
„Ich weiß es nicht. Vielleicht in der Werkstatt. Vorhin hat er dort … Halt! Wo rennen Sie hin? Bleiben Sie da!"
Simone war bereits losgestartet. Die 60 Meter über die Wiese legte sie im Sprint zurück.
„Binden Sie mich endlich los!", flehte Wohlgeb Doppler an.
Der Bezirksinspektor klopfte ihm beruhigend auf die Schulter. „Es wird gleich jemand kommen, der sich um Sie kümmert. Laufen Sie nicht weg!"
Die Kriminalbeamtin war inzwischen bei der Hütte angelangt. Die Taktik, die sie sich unterwegs zurechtgelegt hatte, war nicht besonders aufwendig. Einfach rein und

auf ihn mit Gebrüll! Soviel bekannt war, trug Perchtl keine Waffe bei sich. Und soviel nicht bekannt war … Scheiß drauf, das Risiko musste sie eingehen!
Gleich als sie die Tür aufriss, sah sie ihn neben einem aufgebockten Ruderboot liegen. S-förmig zusammengefaltet. Der Abschaum der Menschheit. Splitternackt, an Händen und Füßen gefesselt und mit einem Gefrierbeutel über dem Kopf. Blutige Striemen verunstalteten seinen Rücken. Aus einer aufgeblähten, bläulich angelaufenen Fratze glotzten ihr weit aufgerissene Augen entgegen. Alleine sein Anblick genügte, um Simones Hass aufs Neue zu schüren. Das war es also, dachte sie. Das schreckliche Ende eines Menschen. Das akzeptable Ende eines Versicherungsvertreters. Das gerechte Ende eines Arschlochs.
Sie stieg über Borstinger hinweg und kontrollierte den Nebenraum. Von Perchtl fehlte jede Spur.
„Was ist?“, hörte sie Doppler rufen, der draußen angetrampelt kam.
Simone lief ihm entgegen. „Du kannst die Pistole wegstecken. Perchtl ist nicht da. Nur Borstinger. Aber wir sind zu spät. Wir können nichts mehr für ihn tun. Warten wir, bis die Kollegen …“ Als sie den Schatten zwischen den Birken auf der Uferböschung bemerkte, verstummte sie. Eine dunkle Gestalt hetzte über die Stufen und rannte auf den Anlegesteg hinaus. „Da ist er!“, schrie sie. „Er versucht abzuhauen!“
Sie stürmten los, schlitterten den Abhang hinunter und jagten hinter dem Flüchtigen her. Ein Blitz erhellte das Gelände, gerade als Perchtl in eines der Tretboote sprang.

Gleichzeitig mit dem Donnergrollen öffnete der Himmel seine Schleusen und ein heftiger Schauer prasselte hernieder.

„Wir nehmen ein Ruderboot", entschied Simone. „Mit dem sind wir schneller." Nach der dritten Drehung um die eigene Achse erkannte sie, dass dem nicht so war. „Doppler, was machst du da?", plärrte sie. „Du musst *beide* Ruder ins Wasser tauchen! … Ja, genau … Und jetzt hart steuerbord! … Steuerbord! Das ist rechts … Nein *rechts* … von *mir* aus gesehen!"

Schwere Tropfen trommelten auf das Blechdach der Werkstatt. In ihrem Inneren winselte ein Handy *We are the champions*. Doch der Anruf blieb unbeantwortet.

„Mmh … mmh", erstickte Michael Borstingers letzter Schrei, ehe ein Zucken durch seinen Körper ging und seine Augen erloschen.

Perchtl trat kräftig in die Pedale. Das Tretboot hüpfte über die Wellen und hielt direkt auf das andere Ufer zu. Sein Vorsprung hatte sich deutlich vergrößert. Inzwischen lagen etwa 50 Meter zwischen ihm und seinen Verfolgern.

„Halten Sie an, Perchtl!", brüllte Simone in der Hoffnung, das Klatschen der Regentropfen und das Fauchen des Windes zu übertönen. „Ich habe eine Waffe!" Das entsprach durchaus der Wahrheit. Sie hatte eine Waffe, zwar nicht bei sich, aber sie hatte eine. Irgendwo zu Hause musste sie liegen.

„Lass mich das machen", keuchte Doppler. „Ich blase ihn mit einem Schuss von seinem Scheiß-Tretboot runter!" Er erhob sich und zog seine Glock. Der strömende Regen

peitschte ihm ins Gesicht. In dem schlingernden Kahn hatte er alle Mühe, sein Ziel anzuvisieren. „Das ist meine letzte Warnung!“, rief er. „Ergeben Sie sich oder …“
„Oder was?“, keifte Simone, als er das Gleichgewicht verlor und ins Wasser stürzte.

★

Es goss wie aus Kübeln. Alle paar Sekunden wischte sich Kleist den Regen aus dem Gesicht. Von der Urania-Insel kommend tuckerten er und Mister Oktober Richtung Nordbahndamm. Die Jagd nach Monja stand unmittelbar vor ihrem Höhepunkt. Der Alligator war von zwei Fischern in der Nähe des Arbeiterstrandbads gesichtet worden und die Teams der EGAL hatten begonnen, ihn mit eilig herbeigeschafften Schleppnetzen einzukreisen.
Als die Zille in den Windschatten der Wagramer Straße tauchte und der Regen für einen kurzen Augenblick aussetzte, bemerkte Kleist das Ruderboot, das etwa hundert Meter schräg vor ihnen im Wasser trieb. Sein erster Gedanke war: Was bewog einen Menschen dazu, bei diesem Sauwetter eine Bootsfahrt zu unternehmen? Und der nächste lautete: Die Frau, die in der Nussschale verbissen gegen die Naturgewalten ankämpfte, sah irgendwie aus wie Simone. Aber wieso sollte ausgerechnet *sie* … Nein, unmöglich!
Ein Anruf hielt ihn davon ab, sich weiter um die Angelegenheit zu kümmern. „Ja?“, schrie er in sein Handy. „Ah, Rabih … Im Moment ist es nicht so günstig, weißt du …

Was? … Nein, ich habe es nicht vergessen … Ja, ich weiß, versprochen ist versprochen, aber … Das geht jetzt nicht. Ich bin im Dienst … Ich verstehe nicht … Du bist schon im Tierschutzhaus? … Du hast *was*? … Nein, keinen Bernhardiner! Auf gar keinen Fall! … Hübsche Augen? … Und wenn schon. Bedenke: Jetzt ist er noch klein, aber in einem halben Jahr … Nein, sage ich, ein Bernhardiner kommt nicht in Frage! … Auch wenn er süß und tollpatschig ist … Triff bitte keine voreiligen Entscheidungen, hörst du. Wir diskutieren das später. Ich bin hinter Monja her … Ja, Rache für Daphne. Ich melde mich bei dir … Fang jetzt nicht damit an … Nicht weinen … Rabih, beruhige dich, ich sage dir doch …"

Abrupt brach er das Gespräch ab. Der Alligator! Im gleißenden Licht eines Blitzes hatte er ihn deutlich gesehen. Das Vieh kam ihnen mit atemberaubender Geschwindigkeit entgegen.

„Konrad, dort!", brüllte er. „Auf elf Uhr! Halt an!" Seine Warnung ging im Knall des Donners unter.

„Hast du was gesagt?", fragte der Feuerwehrmann.

„Du sollst bremsen! Monja … da, sie ist schon neben uns."

„Bremsen? Ein Boot hat keine Bremsen", klärte ihn Mister Oktober auf.

Mit einem Mal versenkte Kleist all seine guten Manieren in der brodelnden Alten Donau. „Red keinen Scheiß, du vertrottelter Kretin!", brüllte er. „Dreh um, verflucht, oder ich reiß dir den Arsch bis zu den Ohren auf!"

★

Doppler schlug wild um sich. „Hilfe!“, schrie er und hustete. „Hilf mir!“
„Was ist?“ Simone zupfte sich eine Haarsträhne aus dem Mund. Sie war nass bis auf die Knochen. Und das sollte etwas heißen, so fett, wie sie geworden war.
„Los, komm zum Boot zurück!“, fauchte sie. „Worauf wartest du?“
„Ich versuch's ja.“
„Und? Kannst du nicht schwimmen?“
„Doch.“
„Aber?“
„Nicht besonders gut.“
Die Kriminalbeamtin seufzte. Der Vollidiot hatte den Einsatz wieder einmal gründlich vermasselt. Perchtl konnten sie abschreiben. Der erreichte in diesem Moment das andere Ufer und krabbelte im strömenden Regen die Böschung zur Anton-Sattler-Gasse hinauf. Auf halber Höhe wandte er sich noch einmal um, dann hastete er weiter.
„Würdest du mir bitte helfen?“, jammerte Doppler.
Ihm helfen? Sollte sie das tun? Die Sache war gelaufen. Wozu brauchte sie ihn jetzt noch? Sie könnte einfach zum Bootsverleih zurückpaddeln und ihn seinem Schicksal überlassen.
Wieder zuckte ein Blitz vom Himmel. Diesmal gefährlich nahe.
Simone gab sich einen Ruck. „Von mir aus“, sagte sie. „Halt dich am Ruder fest.“ Als sie sich umdrehte, um es aus der Dolle zu heben, erstarrte sie. Der Alligator kam direkt auf sie zu. Mit eleganten Schwanzbewegungen

glitt er pfeilschnell durch die Wellen. Unmittelbar vor ihrem Boot tauchte er ab.
„Beeil dich, Doppler!“, brüllte sie. „Monja kommt!“
„Was? Wer?“
„Der Alligator!“
„Der Alli …“
… gator tauchte keine zwei Meter vor ihm auf. Regungslos lag er im Wasser und musterte seine Beute. Simone zögerte keine Sekunde. Sie hob das Ruder und drosch auf ihn ein. Immer wieder, so fest sie konnte.
„Verschwinde!“, keuchte sie. „Lass Doppler in Ruhe!“
Monja ließ sich nicht breitschlagen. *Mmh ... Essen*, dachte sie. Der Happen kam ihr gerade recht.
„Doppler, schieß doch!“, rief die Kriminalbeamtin, während sie den Riemen erneut auf den Alligator herabsausen ließ. Allmählich ging ihr die Kraft aus. Zum ersten Mal in ihrer gesamten Polizeilaufbahn bereute sie es, keine Waffe bei sich zu tragen. „Schieß!“
„Wie denn? Ich habe meine Pistole verloren!“
„Himmelherrgott noch einmal! Dann schwimm weg!“
Der Bezirksinspektor konnte nicht. Wie hypnotisiert starrte er den Alligator an. Monja starrte zurück. Ihre Blicke verhakten sich.
„Nein, bitte nicht!“, flüsterte Doppler. „Friss mich nicht! Sei ein gutes Krokodil.“
Monja war weder gut noch böse. Und sie war ein Alligator. Eine Alligator*in.* Mit weit aufgerissenem Maul schnellte sie auf ihn zu.
„Doppler!“, kreischte Simone ein letztes Mal.

Ein Blitz fuhr hernieder. Zeitgleich explodierte der Donner.

★

Spitze Zähne bohrten sich in seine Schulter. Mit einem Ruck wurde er in die Tiefe gerissen. Doppler versank in einem schäumenden Strudel aus perlender Luft und trübem Wasser. Monja ritt mit ihm Rodeo. Sie wirbelte ihn herum, stieß ihn vor und zurück und rollte mit ihm um ihre eigene Achse. Das war sein Ende, erkannte er. Der erschütternde Tod eines jungen, aufstrebenden Polizisten. Eines schwulen Polizisten. Sein Aufschrei hallte durch die Alte Donau wie der Gesang eines Buckelwals.
Wasser strömte in seinen Mund, füllte seinen Rachen und trat irgendwo hinter seinen Ohren wieder ins Freie. Er spürte das Prickeln kleinster Luftbläschen am Gaumen, merkte, wie reiner Sauerstoff durch seine Schleimhäute in die Blutbahn drang. Verflucht, er atmete! Aber wie …? Der Blitz!, fiel ihm ein. Die elektrische Ladung und das starke Magnetfeld hatten eine Veränderung in ihm hervorgerufen. Eine Mutation! Wahnsinn! Er war zu einem Superhelden geworden! Dem Fisch-Mann. Gierig ließ er eine weitere Ladung Wasser durch seine Kiemen strömen. Sein Körper bebte unter einer Woge aus purer Energie. Die Kraft kehrte zurück. Viel mehr Kraft, als er je besessen hatte.
Mit beiden Händen packte er Monjas Kehle und drückte zu. Sie bäumte sich auf, versuchte sich aus seinem stäh-

lernen Griff zu winden, doch er ließ ihr keine Chance. Ein klägliches Piepen tönte aus ihrem Maul. Immer wieder. Piep … piep … piep.
„Sein Puls normalisiert sich“, hörte er Kleist sagen.
„Ich glaube, er wird wach“, verkündete Simone.
Der Bezirksinspektor nahm sie nur verschwommen wahr. Ein dunkler Klecks in einem grauen Schleier.
Sie zog einen Stuhl an sein Bett und nahm Platz. „Wie geht’s dir?“
Eine gute Frage, dachte Doppler. Eben war es ihm noch hervorragend gegangen, aber jetzt, wo sie ihn darauf ansprach, fühlte er sich ein wenig matt und schwummrig.
„Ich habe Monja gefangen“, erklärte er.
„In deinen Träumen“, höhnte sie.
Hinter ihr tauchte Kleist aus dem Nebel auf. „Die Kollegen haben ein bisschen zusammengelegt. Ähm, das da ist für dich.“
Verlegen lächelnd streckte er Doppler einen Blumenstrauß entgegen. „Gefällt er dir?“ Wohl kaum, dachte er und zog ihn unschlüssig wieder zurück. „Ich werde ihn besser gleich in eine Vase stecken.“ Viel war bei der von Simone initiierten Sammlung nicht herausgekommen. Der Strauß war eine Schande. Vier Nelken und ein wenig zerzaustes Grün.
Doppler versuchte sich aufzurichten. Es gelang ihm nicht. Sein rechter Arm ließ sich nicht bewegen. „Wo … wo bin ich?“
„Im Krankenhaus“, klärte ihn Simone auf. „Ein Blitz hat dich getroffen. Ein Wunder, dass du noch lebst.“

„Ein Blitz? Ja, ich weiß, aber …“ Verwirrt sah er sich um. Im abgedunkelten Zimmer leuchteten und blinkten mannshohe Apparaturen und gaben seltsame Geräusche von sich. „Aber wieso? Ich meine, ich habe Monja doch besiegt.“
„Schwachsinn!“, stieß seine Vorgesetzte hervor. „Komm zu dir! Du fantasierst.“
„Ein bisschen leiser“, ermahnte sie Kleist. „Du weckst die anderen Patienten.“
Doppler schüttelte traurig den Kopf. „Aber ich verstehe nicht … Ich meine, wieso hat *dich* der Blitz nicht erwischt?“
Simone zuckte mit den Schultern. „Glück gehabt. Er hat mich wohl um Haaresbreite verfehlt.“
„Und Perchtl?“
„Ist entkommen und untergetaucht“, murmelte Kleist, der immer noch mit den Blumen in der Hand dastand und nicht so recht wusste, was er mit ihnen anstellen sollte.
„*Vorerst*“, konkretisierte Simone. „Drei Stunden später haben wir ihn dann gefunden. Bei Hirschstetten, auf den Gleisen der Ostbahn. Hübsch in drei Teile zerlegt. Er hat sich vor einen Güterzug geworfen.“
„Und meine Superkräfte?“ Doppler wollte es nicht wahrhaben, dass er alles nur geträumt hatte. „Der Blitz hat mir doch Superkräfte verliehen.“
„Rede keinen Scheiß!“, fuhr sie ihn an. „Was willst du mit Superkräften? Superintelligenz hättest du weitaus nötiger.“

„Ich denke, du solltest ihn nicht aufregen“, mischte sich Kleist ein, als das Piepsen aus Dopplers Überwachungsmonitor in einen lang gezogenen Pfeifton überging.
„Also gut“, entschied sie widerstrebend und stand auf.
„Und noch etwas: Das mit dem Film bringst du gefälligst wieder in Ordnung!“
Simone schaute ihn irritiert an. Diesen aufmüpfigen Ton war sie von Kleist nicht gewohnt. Fast bereute sie es, ihm alles gebeichtet zu haben. „Ja, ja. Ich fahre nachher in seine Wohnung und lasse die Kassette verschwinden. Dann wird er denken, er hätte sich eure Romanze nur eingebildet … Das Pfeifen nervt allmählich“, knurrte sie und deutete auf den Herzmonitor.
„Kommt kein Arzt?“
„Scheinbar nicht.“
„Dann sollten wir etwas unternehmen, bevor er irreversible Hirnschäden davonträgt.“
Als sich ihre Blicke streiften, begannen sie schallend zu lachen.
„Ich mach das“, entschied Simone und hämmerte mit der Faust auf Dopplers Brust, bis sein Herz zu schlagen anfing. „Okay, erledigt. Ich denke, wir können gehen. Ich kenne da einen netten Italiener, ganz in der Nähe. Hättest du Lust, Thomas? Ich lade dich ein. Als Honorar für deine schauspielerischen Leistungen sozusagen.“ Von den Spenden für den Blumenstrauß war einiges übrig geblieben, das sie bereit war, bedenkenlos zu verprassen.
„Gibt es ein Problem?“, hörte sie jemanden sagen. Die Tür war aufgegangen und ein Arzt schaute herein.

„Hat sich schon erledigt“, verkündete Kleist.
„Na dann ist es ja gut.“ Der Mediziner zögerte einen Moment. „Thomas? Bist du das?“
„Ah, Martin! Hallo. Ich hätte dich fast nicht erkannt, in deinem schicken Klinikoutfit.“
„Tja, das verleiht mir einen Hauch von Würde. Findest du nicht?“ Der Arzt drehte sich neckisch um die eigene Achse und tänzelte hin und her. „Im Gegensatz zu dem Marilyn-Kleid, meine ich. Ist der Patient ein Freund von dir?“
„Ein Kollege.“
„Sieh einer an. Gleich und Gleich gesellt sich gern. Wohl auch bei der Polizei … Ich habe ihn damals bei der Hühnerstall-Show auf der Schmelz kennengelernt.“
„*Doppler*? Doppler war bei dem Travestieabend?“
„Ja. Scheint ihm gefallen zu haben. Vor allem das Rahmenprogramm.“
„Wann werden Sie ihn entlassen?“, schaltete sich Simone ungeduldig ein.
„Eine Weile wird er noch hierbleiben müssen.“ Der Doktor setzte ein verschlagenes Grinsen auf. „So schnell kommt er mir nicht davon. Er schuldet mir noch was. Stimmt's Doppler?“
Der Bezirksinspektor blinzelte seine Vorgesetzte beunruhigt an. „Was meint er? Was schulde ich ihm? Muss ich das alles bezahlen? Ich habe doch extra eine Versicherung abgeschlossen.“
Ganz im Gegenteil zu ihr, dachte sie bitter. Es war ein Fehler gewesen, Borstingers Angebot so leichtfertig aus-

zuschlagen. Den exklusiven Schwangerschaftsbonus hätte sie jetzt gut gebrauchen können.
„Also dann …“ Der Arzt wandte sich zum Gehen. „Sag Rabih einen lieben Gruß von mir.“
„Wir werden uns auch auf den Weg machen, Thomas“, entschied Simone. „Und leg endlich die Blumen weg oder willst du sie wieder mitnehmen?“
„Wartet!“, rief Doppler ihnen nach, als sie schon fast bei der Tür draußen waren. „Was ist eigentlich mit Monja passiert?“

★

Und Monja träumte: *Mmh ... Essen!* Ein besonderer Leckerbissen war ihr da vors Maul geraten. Der Typ roch jetzt schon faulig. Den brauchte man erst gar nicht tagelang irgendwo einzubunkern, bis er schön zart und abgelegen war.
Sie schmatzte im Schlaf und sah dabei außerordentlich zufrieden aus. Ihre kurzen Beinchen zuckten, ihr Schwanz schlug aufgeregt hin und her.
Der Alligator lag nur wenige Meter weiter auf derselben Abteilung, genoss aber im Gegensatz zu Doppler das Privileg eines Einbettzimmers. Hugo Sobek hatte als verantwortungsbewusstes Herrchen Vorsorge getroffen und bereits vor langer Zeit eine Tierkrankenversicherung für seinen Liebling abgeschlossen.
Wie Doppler hatte Monja nach dem Blitzschlag unter Herzrhythmusstörungen und einer mäßiggradigen Halb-

seitenlähmung gelitten. Dazu musste sie sich künftig mit einigen angesengten Schwanzschuppen abfinden. Ein Makel, der dem Bezirksinspektor glücklicherweise erspart geblieben war.
Der behandelnde Primar zeigte sich optimistisch. Der Alligator war von robuster Natur, erholte sich zusehends und hätte eigentlich am nächsten Morgen entlassen werden können. Zur Beobachtung wollte man ihn aber noch ein paar Tage hier behalten. Jedenfalls so lange, wie seine Privatversicherung bereit war, die horrenden Kosten zu übernehmen.

Epilog

Sehr geehrter Herr Doppler,

unter Bezugnahme auf oben angeführten Versicherungsvertrag müssen wir Ihnen mitteilen, dass laut Klausel 28B für Unfallfolgen aufgrund von Tsunamis, Blitzschlägen und Schiffskatastrophen nach Eisbergkollisionen kein Leistungsanspruch besteht.

Wir bedauern, dass es uns im gegenständlichen Fall nicht möglich ist, eine Vergütung zu erbringen, und hoffen dahin gehend auf Ihr Verständnis.

Wir danken Ihnen für das in uns gesetzte Vertrauen und würden uns freuen, Sie auch weiterhin zu unseren zufriedenen Kunden zählen zu dürfen.

Mit freundlichen Grüßen

Astral Versicherung AG
Abteilung Unfallversicherung

Bedankt seien: Andrea, Anne und Regina
für Ratschläge, Einwände und Korrekturen

Sämtliche Personen und Handlungen dieses Romanes sind frei erfunden. Ähnlichkeiten mit lebenden Personen oder realen Begebenheiten sind zufällig und nicht beabsichtigt.

Cover: Peter Eberl, Gleisdorf; www.hai.cc
Gesamtherstellung: Leykam Buchverlag
ISBN 978-3-7011-7629-8
www.leykamverlag.at